D

Monika Helfer

DIE BAR IM FREIEN

Aus der
Unwahrscheinlichkeit
der Welt

Deuticke

Einige der Erzählungen sind in den
Vorarlberger Nachrichten veröffentlicht worden.

1 2 3 4 5 16 15 14 13 12

ISBN 978-3-552-06190-3

Satz: Eva Kaltenbrunner-Dorfinger, Wien
Druck und Bindung: CPI – Ebner & Spiegel, Ulm
Printed in Germany

FSC
www.fsc.org
MIX
Papier aus verantwortungsvollen Quellen
FSC® C006701

Für meine Familie

Der Gedanke, mir helfen zu wollen,
ist eine Krankheit
und muss im Bett geheilt werden

Aus: Franz Kafka, »Der Jäger Gracchus«

VERBRECHERKARTEI

Kleiner Mann

Ich stopfe meinen Müll in den Container, mein Fahrrad steht daneben. Ein kleiner Mann kommt zu mir. Ich kenne ihn. Er geht am Morgen zur *Beschützenden Werkstätte*, und am Abend kehrt er zurück nach Hause.

Kleiner Mann: »Ich habe dich schon ein paar Mal da gesehen.«

»Ich dich auch.«

Kleiner Mann: »Warum schraubst du die Flasche auf?«

»Weil ich den Verschluss zum Metall werfe und die Flasche, weil sie weiß ist, zum weißen Glas.«

Kleiner Mann: »Die Flasche ist durchsichtig.«

»Das stimmt. Es gibt bunte Flaschen, braune, grüne, und es gibt durchsichtige Flaschen. Die Durchsichtigen sind die Weißen.«

Kleiner Mann: »Aha. Ich habe einen Schirm.«

»Schön dein Schirm, schön groß.«

Kleiner Mann: »Es regnet aber nicht.«

»Stimmt. Du hast einen Schirm, weil es zum Regnen anfangen könnte. Es sieht ganz danach aus. Schau, die dunklen Wolken!«

Kleiner Mann: »Wenn es regnet, spanne ich den Schirm nicht auf.«

»Warum das? Da wirst du doch nass, und der Schirm kann dich vor der Nässe schützen, und wenn man nass ist und durchnässt, kann man leicht krank werden.«

Kleiner Mann: »Ich spanne den Schirm nicht auf, weil er neu ist.«

»Hast du Angst, dass er kaputtgehen könnte?«

Kleiner Mann: »Wenn ich ihn nicht aufspanne, wird er nicht kaputt.«

»Da hast du recht. Dann könntest du ihn aber gleich zu Hause lassen.«

Kleiner Mann: »Wenn ich ihn zu Hause lasse, fragen mich die Leute, ob ich keinen Schirm habe.«

Es fängt zu regnen an. Ich steige vom Rad und gehe zu dem kleinen Mann und sage: »Komm, ich spanne dir den Schirm auf. Ich verspreche dir, er wird nicht kaputt. Ein Schirm ist dazu da, dass er aufgespannt wird, wenn es regnet, sonst bräuchte man ja keinen Schirm.«

Kleiner Mann: »Du hast ja auch keinen Schirm.«

»Ich habe mein Fahrrad.«

Kleiner Mann: »Das schützt dich nicht vor Regen.«

»Stimmt. Aber ich kann mit dem Schirm nicht gut Fahrradfahren.«

Kleiner Mann: »Fahr einfach ganz schnell durch den Regen, dann wirst du auch nicht nass. Was machst du, wenn du hier fertig bist?«

»Ich fahre auf den Friedhof, und dann fahre ich zur Apotheke, dort stelle ich mein Rad ab, und dann gehe ich auf den Schlossberg.«

Kleiner Mann: »Warum auf den Friedhof?«

»Einen Grabbesuch machen.«

Kleiner Mann: »Bringst du etwas mit?«

»Ich wechsle die Kerzen aus. Die alten werfe ich weg, und die neuen zünde ich an.«

Kleiner Mann: »Hat es Schnee auf dem Schlossberg?«

»Nein. Da ist alles grün. Vorgestern haben noch Kühe auf der Wiese geweidet.«

Kleiner Mann: »Warum hast du dann deine Schistöcke auf dem Gepäckträger?«

»Das sind Wanderstöcke, die nehme ich, weil meine Knie nicht mehr so gut funktionieren.«

Kleiner Mann: »Weil du schon alt bist?«

»Ja, wahrscheinlich deshalb.«

Kleiner Mann: »Hast du eine Uhr?«

»Nur an der Wand in der Küche zu Hause, für das Handgelenk habe ich meine Firmuhr. Die ist zehn Jahre jünger als ich. Aber die zieh ich nie an.«

Kleiner Mann: »Tickt deine Uhr noch?«

»Das weiß ich gar nicht, weil sie nämlich in meiner Schreibtischschublade liegt. Heute hat man ja Uhren, die mit Batterie betrieben werden. Oder mit Sonne.«

Kleiner Mann: »Mit Sonne? Schenkst du mir deine Uhr, wenn du sie nicht brauchst?«

»Es ist eine Damenuhr.«

Kleiner Mann:« Dann nützt sie mir nichts. Gute Nacht.«

»Gehst du jetzt schon ins Bett?«

Kleiner Mann: »Nein, das nicht, aber wir sehen uns erst morgen wieder, und da liegt die Nacht dazwischen.«

Nie mehr heiraten!

Nojud Ali, eine Jemenitin, wurde mit zehn Jahren vom US-Magazin *Glamour* zur Frau des Jahres 2008 gewählt. Sie ist ein schönes Kind, mit Haaren wie Lack, sie trägt ein Seidenkleid, das ihr die freundlichen Menschen gekauft haben, eine Kette mit Glitzersteinen und amerikanische Sportschuhe.

Ich führe mit ihr und ihrer Betreuerin folgendes Gespräch: »Nojud, darf ich ein paar Fragen an dich stellen? Ist Nojud dein Vorname? Mit Glamour hat deine Geschichte wohl nichts zu tun?«

Nojud: »Nojud mein Name, was Glamour ist, weiß ich nicht.«

»Du bist ausgewählt worden«, sage ich, »weil du deinem dreißig Jahre älteren Ehemann davongelaufen bist. Das war mutig von dir.«

Nojud: »Meine Tante hat mir geholfen. Sie hat mich in einen Bus gesetzt, und ich bin zum Gerichtsgebäude in die Hauptstadt Aden gefahren. Einmal habe ich ein bisschen Glück gehabt.«

Frage an die Betreuerin: »Nojud ist von ihrem Vater zwangsverheiratet worden. Sie ist vor ihrem Ehemann geflohen, weil er sie vergewaltigt und misshandelt hat. Was kann ich Nojud fragen?«

Betreuerin: »Sie können alles fragen, was man ein zehnjähriges Kind fragen kann.«

»Nojud, sag mir, was ist das bisschen Glück, das du gehabt hast?«

Nojud: »Der Richter war geduldig und hat mich zu sich nach Hause genommen, eine weiße Katze hat bei mir im Bett geschlafen. Es gab gute Leute, die sich um mich gekümmert haben. Eine Bürgerrechtsbewegung übernahm die Kosten für meine Scheidung. Man hat mir neue Kleider gekauft, dieses da. Gefällt es dir? Und ich bekam Kuscheltiere geschenkt, die ich aber alle gleich in meine Tasche gesteckt habe. Die möchte ich meinen Geschwistern mitbringen.«

Frage an die Betreuerin: »Nojuds Vater behauptet, er habe kein Geld für die Verheiratung bekommen und der Mann habe ihm versprochen, Nojud erst nach der Geschlechtsreife anzurühren.«

Betreuerin: »Beides entspricht nicht der Wahrheit. Der Mann bestreitet das Versprechen, das Kind in Ruhe zu lassen, bis es zur Frau geworden ist. Was kann er bis dahin mit ihr schon anfangen? Haushaltshilfe, gut, aber für die würde er nicht so viel zahlen. Und gezahlt hat er. Nojuds Vater ist ein Bettler, er hat sechzehn Kinder, er ist ein Landflüchtling, er weiß nicht einmal, wie das Wasser in der Stadt funktioniert. Inzwischen weiß er es. Aber es hat ihm niemand beibringen dürfen, den er nicht respektiert. Das war schwierig, weil er am Anfang niemanden in der Stadt respektiert hat. Er begründet die Verheiratung Nojuds mit einer Stammesfehde. Niemand versteht das genau, weil nichts Genaues gesagt werden darf. Eine seiner Töchter wurde entführt und entehrt, und eine andere kam ins Gefängnis.«

»Was hat das mit Nojud zu tun?«, frage ich. »Sie ist doch auch seine Tochter?«

Betreuerin: »Im Jemen wiegen die Traditionen schwerer als staatliche Rechte. Und eine Tochter, was ist eine Tochter? Ja, ja, das ist schwer zu verstehen für eine Europäerin wie Sie. Der Sieg über den Kommunismus hat die Dihadisten gestärkt.«

Frage an die Betreuerin: »Was für Konsequenzen hat Nojuds Fall?«

Betreuerin: »Kurz nach Bekanntgabe ihres Schicksals gab es Folgebeispiele. Ein neunjähriges Mädchen, das jetzt ebenfalls geschieden ist. Aber nicht immer sind die Gerichte auf der Seite der Opfer.«

Frage an Nojud: »Ich habe gehört, du möchtest wieder bei deiner Familie leben?«

Nojud: »Ja. Aber ich werde nie mehr heiraten. Ich könnte Ärztin werden, wenn ich will, hat mir eine freundliche Frau von den NGOs gesagt. Ich müsste zur Schule gehen und fleißig lernen.«

»Ja, aber dann musst du wieder von zu Hause weg«, sage ich.

Nojud: »Ich weiß nicht. Ich bin erst zehn Jahre alt.«

»Nojud, du hast einen Wunsch frei«, sage ich.

Nojud: »Eine schneeweiße Katze, so eine wie sie der weise Richter gehabt hat. Wenn sie Junge bekommt, darf ich mir eines aussuchen. Er sagt, er kann allerdings nicht versprechen, ob das Junge schneeweiß sein wird wie seine Mutter.«

Ich bedanke mich bei Nojud und der Betreuerin für das Gespräch.

Verbrecherkartei

Ich fahre mit dem Rad über die kleine Brücke. Vom Rosenplatz kommen mir drei Buben entgegen, Alter circa zehn bis zwölf Jahre. Oder auch jünger. Sie stellen sich vor mich hin.

Erster Bub: »Du fährst jeden Tag zu verschiedenen Zeiten über die Brücke.«

»Ja und?«

Zweiter Bub: »Dann fährst du zum Friedhof.«

»Ist das verboten?«

Dritter Bub: »Dann stellst du dein Rad bei der Apotheke ab und gehst auf den Schlossberg.«

»Ist das ein Verhör?«

Erster Bub: »Wir hätten nur ein paar Fragen an dich.«

»Was muss ich tun?«

Zweiter Bub: »Wir brauchen deinen Fingerabdruck.« Er zieht ein kleines Stempelkissen und ein Heft aus seinem Hosensack.

Dritter Bub: »Bitte, den Daumen einmal ins Stempelkissen und dann auf diese Seite hineindrücken.«

Ich tu, worum ich gebeten worden bin. »Was ist das für ein Heft?«, frage ich.

Erster Bub: »Das ist eine Verbrecherkartei.«

»Sind außer meinem auch noch andere Fingerabdrücke in dem Heft?«

Der dritte Bub blättert zurück. Ich sehe zwei Fotos, eines von vorne aufgenommen, eines von der Seite, darunter eine Unterschrift. »Wer ist das?«

Zweiter Bub: »Das ist mein Onkel. Ihn haben wir auch erfasst. Er heißt Serafettin Erbeyram.«

Erster Bub: »Meine Mama kommt auch noch dran.«

Dritter Bub: »Mein Papa auch und mein Taufpate auch.«

»Und dann sucht ihr auch Leute von der Straße, die ihr nicht kennt, wie mich zum Beispiel?«

Erster Bub: »Wir wissen, dass du Monika heißt und jeden Tag zu verschiedenen Zeiten über die Brücke fährst.«

»Das heißt dann für mich, dass ihr auch ein Foto von mir braucht, eines von vorne, eines von der Seite, also zwei?«

Dritter Bub: »Dann solltest du bitte deine Kapuze kurz herunterziehen.«

»Habt ihr den Fotoapparat dabei?«

Erster Bub: »In meiner Schultasche, die liegt auf der Bank beim Spielplatz. Ich hol sie schnell.«

Zweiter Bub: »Inzwischen könntest du deine Unterschrift unter deinen Fingerabdruck setzen. Da ist ein Kugelschreiber.«

»Warum fragt ihr nicht eure Schulkollegen und Freunde, ob sie mitspielen?«

Dritter Bub: »Kinder können keine Verbrecher sein. Es ist kein Spiel.«

Zweiter Bub: »Der Bürgermeister kommt auch noch dran. Ja, und auch die beiden Brüder, denen der Gemüseladen gehört. Die sind mit mir verwandt. Die kommen auch dran.«

»Wer hat die Idee gehabt zu dem Spiel?«

Der zweite Bub zeigt auf den ersten Bub, der mit seinem Schulrucksack daher kommt. Der zieht einen Fotoapparat heraus.

»Halt!«, rufe ich.

Zweiter Bub: »Sie hat unterschrieben. Drück ab!«

Erster Bub schaut auf meine Unterschrift: »Was heißt das?«

»Monika Schwalb«, antworte ich.

Erster Bub: »Der Familienname ist eindeutig falsch.«

»Woher wisst ihr das?«

»Er ist eindeutig falsch«, fährt er mich an und tritt gegen mein Vorderrad. »Er ist falsch, er ist falsch!«

Dritter Bub: »Wir haben Verbindungsleute. Und es ist kein Spiel!«

Erster Bub: »Wir brauchen den richtigen Familiennamen, sonst nützt das alles nichts. Würdest du jetzt bitte die Kapuze herunterziehen und uns deinen richtigen Familiennamen draufschreiben!«

»Ich ziehe meine Kapuze nicht herunter«, sage ich, »und ich schreibe auch nicht den richtigen Familiennamen.«

Zweiter Bub: »Es ist nicht richtig, wenn du alles falsch machst!«

Gestern hat jemand bei meinem Fahrrad die Reifen gestochen. Beim Hinterrad und beim Vorderrad.

Illegal

»Ich heiße Saba und stamme aus Marokko. Ein Student nahm mich aus Anstand zur Frau, so dass ich nun keine Illegale mehr bin. Er war der zweite gute Mensch, dem ich in der Fremde begegnet bin.

Sicher habe ich noch viele Fehler. Meine Haare wachsen dicht und kraus, und ich habe zuviel davon, die Hälfte würde mir genügen. Meine Eltern sind Berber, das tätowierte Gesicht meiner Mutter erscheint mir im Schlaf. Die kranken Augen meines Vaters sind ein finanzielles Problem. Ich habe vier Geschwister, zwei Brüder, die faul sind wie nasses Holz. Meine zwei Schwestern bedienen den Vater und die Brüder. Alle leben sie in einer provisorisch gezimmerten Hütte ohne Wasser und Strom. Ich wusste von einem Tag auf den andern, dass ich mein Dorf verlassen musste. Man sieht mir meine Willenskraft nicht an. Ich wirke eher scheu. Ich bin zurückhaltend, aber nicht ängstlich. Ich besuchte in Marokko nie die Schule, es hat keinen Sinn zur Schule zu gehen. Besser man liegt zu Hause herum und schaut in den Himmel. Man lernt nämlich in Wahrheit nichts. Die Lehrer sind tätig, ohne zu arbeiten. Sie spielen Karten. Ich kann in meiner Sprache weder schreiben noch lesen. Mit fünfzehn nahm mich eine Hebamme mit in die nächste Stadt und stellte mich einer Diplomatenfamilie vor.

Eine staatliche Überprüfung ist nicht auszuschließen. Es kann passieren, dass man schauen will, ob ich wirklich mit dem Studenten lebe, der jetzt übrigens ein praktischer Arzt geworden ist. Ich wohne mit zwei Freundinnen in einer Wohngemeinschaft, bin westlich gekleidet und habe zwei Paar Plateauschuhe, beide schwarz. Ein Paar ganz neu. Der Arzt wohnt mit einer Frau zusammen, die wiederum einem Illegalen zur Menschenwürde verholfen hat. Das sind zwei wirklich gute Menschen. Ich muss offiziell drei Jahre mit dem Arzt verheiratet sein, dann können wir uns scheiden lassen.

Der erste gute Mensch war die Schwester des Diplomaten. Sie sah mich in den herrschaftlichen Damastvorhang weinen. Gleich krempelte sie ihre Ärmel auf. Ihr habe ich einen Platz in einer Organisation zu verdanken, in der ich normal behandelt wurde. Mit normal meine ich, dass es mir erlaubt war, eigene Gedanken nicht nur zu denken, sondern auch auszuführen. Die Diplomaten nämlich hatten mir das Ausgehen verboten. Kost und Logis waren der Gegenwert für meine Arbeit auf dem Fußboden. In der Organisation ergab sich die Möglichkeit, eine deutsche Abendschule zu besuchen. Tagsüber arbeitete ich in der Post, Abteilung kleine Pakete. Mir gelang der Hauptschulabschluss, worauf ich stolz bin und das auch sein kann, weil es nämlich eine Schinderei war. Nie hatte ich meinen Kopf so angestrengt. Ich liebe dieses gescheite Gefühl. Ich kann jetzt in Deutsch schreiben, in meiner Heimatsprache nicht. Einen Großteil meines Geldes schicke ich an meine Eltern. Der Vater kann bald am Grauen Star operiert werden, dann bin ich seine Wohltäterin. Gefällt mir gut, dieser Gedanke. Macht mich richtig stolz.

Als ich zum ersten Mal meine Eltern besuchte, wurde ich wie eine Königin empfangen. Sie legten mir einen Teppich vor die Füße, und mir war erlaubt zu tun, was sonst der Vater tat. Alle warteten auf meine Befehle.

In einem Monat vollende ich mein 20. Lebensjahr. Ich genieße mein Leben in vollen Zügen, das ist eine Redewendung, die ich gern verwende. Sie macht mir gute Laune.«

Der Vogel

Ich kenne die alte Frau K. nur vom Sehen, vom Hören, wenn sie den Namen ihrer Katze ruft: »Miezle, Miezle!« Vor ein paar Tagen, als ich mit dem Rad an ihr vorbeigefahren bin, hat sie *mir* nachgerufen.

Alte Frau: »Bitte, stehenbleiben!«

»Kann ich etwas für Sie tun?«

Alte Frau: »Da!« Sie zeigte mit ihrer Hand auf ein zerknülltes Taschentuch am Straßenrand. »Helfen Sie ihm auf! Er ist verletzt und kann nicht mehr fliegen.«

Ich hob das Taschentuch auf, als wär's ein Vogel und warf es mit Schwung ins Gebüsch.

Alte Frau: »Jetzt ist er gerettet.«

Gestern saß sie am Straßenrand. Ich blieb stehen. »Sind Sie hingefallen?«

Alte Frau: »Hilf mir!«

Ich stellte mein Rad zur Seite und fasste sie an beiden Händen. Sie war so leicht und mein Schwung so heftig, dass wir beide beinahe umgekippt wären. Ich konnte uns gerade noch ausbalancieren. Ich führte sie zu ihrem Haus. Die Tür war nur angelehnt.

Alte Frau: »Ins Schlafzimmer, da!«

Ein Geruch schlug mir entgegen, dass ich mich sehr zusammennehmen musste. Ich hielt den Atem an.

Alte Frau: »Aufs Bett!«

Ich hob sie auf die Matratze, es war, als ob die Zeit stehengeblieben wäre, so langsam ging alles. Sie klopfte mit ihrer dürren Hand neben sich auf das Federbett. Also setzte ich mich neben sie. Sie zeigte mit ihrer dürren Hand auf ihre Haare, die zu einem Knoten gebunden waren.

Alte Frau: »Aufmachen!«

Ich löste ihr die Haare, sie fielen dünn über ihre Schultern, weit den Rücken hinunter. Sie jammerte.

»So lange Haare haben Sie«, sagte ich. Und dachte, wenn sie schon gestorben sein wird, werden ihre Haare noch eine Zeitlang weiterwachsen.

Alte Frau: »Sie kosten fünfzig Schilling, aber ich verkaufe sie nicht.«

»Will jemand Ihre Haare kaufen?«

Alte Frau: »Der Frisör, aber ich gebe sie nicht her.«

»Müssen Sie auch nicht.«

Ich schob die Vorhänge beiseite und öffnete beide Fensterflügel. Sehr kalte Luft strömte ins Zimmer. Ich legte der Frau die gelbe Wolldecke um die Schultern. Da hörte ich die Haustür. Eine Stimme rief: »Frau K., wo sind Sie?« Eine Krankenschwester stand vor uns.

Die Krankenschwester sagte zu mir: »Tut mir leid, ich habe mich ein wenig verspätet, gut, dass Sie schon da sind.«

Frau K. jammerte wieder.

Krankenschwester: »Ihr tut alles weh, und dann jammert sie, und wenn ihr nichts weh tut, jammert sie auch. Da haben Sie keinen leichten Job.«

»Ich glaube, Sie verwechseln mich«, sagte ich. »Ich habe Frau K. lediglich ins Haus begleitet.«

Krankenschwester: »Dann sind Sie gar nicht die neue Pflegerin? Die müsste nämlich jetzt hier sein. Ich habe mich schon gewundert über Sie. Eine Pflegerin in Militärhosen und Bergschuhen.«

»Ich wollte gerade meine Wanderung machen, da ist mir Frau K. dazwischengekommen«, sagte ich.

Krankenschwester: »Und was mache ich jetzt, wenn die Pflegerin nicht da ist, ich habe gleich einen wichtigen Termin. Können Sie nicht warten? Es wird sicher nicht lange dauern. Ich rufe einmal im Büro an.«

Sie telefonierte mit dem Handy. Ich schloss das Fenster und zog die Vorhänge vor. Sie waren braun und ließen das Zimmer ungepflegt erscheinen.

Krankenschwester: »Die Pflegerin ist schon auf dem Weg. Sie können gehen, danke.«

Ich verabschiedete mich ohne Händeschütteln, weil ich dachte, Frau K. tut das vielleicht weh an den Nerven, und der Krankenschwester wird es egal sein, wenn wir uns nicht berühren.

Die alte Frau rief mir nach: »Sie hat mein Kissen gestohlen!«

Der Nächste, bitte!

Vor meinem Bett stehen Menschen. Sie warten, bis ich endlich meine Augen aufmache. Zuvorderst eine Zigeunerin mit einem kleinen Mädchen an der Hand. Es hat einen Kopfverband, man sieht das durchgesickerte Blut.

Zigeunerin: »Ich warte bereits seit Mitternacht. Ich wollte die Erste sein. Wenn ich nicht die Erste bin, bin ich die Letzte. Man hat unser Haus niedergebrannt. Wir sind aus dem Haus geflohen. Da hat man hinter uns her geschossen. Man hat meinen Mann und meinen Sohn erlegt. Wie man Tiere erlegt.«

»Setzen Sie sich!«, sage ich. »Ich rufe eine zuständige Stelle an.«

Zigeunerin: »Nicht anrufen! Du helfen!«

Ich sage: »Der nächste, bitte!«

Eine Frau mit Föhnfrisur steht vor mir.

Frau: »Man hat mir meine Geldtasche gestohlen.«

»Wer ist man«, frage ich.

Frau: »Da kommen viele in Frage, die mir nicht gefallen. In der Geldtasche war alles, ein Foto von meinem Lieblingskind, hundert Euro.«

»Da sind Sie bei mir falsch«, sage ich. »Gehen Sie zum Fundamt! Erst zum Fundamt, dann zur Polizei.«

Ein Mädchen mit einem roten Wintermantel steht vor mir. Sie hält vier Finger in die Höhe, den Daumen nach innen gebogen. (So haben wir vor fünfzig Jahren aufgezeigt.)

Kind: »Ich muss aufs Klo. Warum hat das Mädchen da vorne einen Kopfverband?«

»Weil auf das Kind geschossen worden ist«, sage ich.

Kind: »Darf man eigentlich auf Kinder schießen?«

»Man darf auf gar nichts schießen, das lebt«, sage ich. »Wenn ich etwas zu sagen hätte, würde ich mit Strafe alle Gewehre verbieten.«

Kind: »Und die Polizei?« – Pause. – »Ich könnte dem angeschossenen Mädchen eine Puppe von mir schenken, ich hab nämlich siebzehn zu Hause.«

»Der nächste, bitte!«, sage ich.

Ein Hund steht vor mir. Er sieht elend abgemagert aus. »Wem gehört dieser Hund?«, frage ich. Keinem gehört dieser Hund. Und wie man weiß, können Hunde nicht sprechen.

Da steht ein Zigeuner in einem Laden und will sieben Flaschen Coca-Cola kaufen. Er hat zu wenig Geld. Dann nimmt er vier Kilo Zucker.

Zigeuner: »Was kosten vier Kilo Zucker?«

»Wofür brauchst du den Zucker?«, frage ich.

Zigeuner: »Für Zuckerwasser. Coca-Cola ist zu teuer.«

»Wie viele Kinder hast du?«

Zigeuner: »Sieben. Sieben Kinder habe ich, die alle wünschen sich Coca-Cola.«

Ein Mann steht hinter ihm. Er kauft vierzehn Coca-Cola-Dosen.

Zigeuner: »Guter Mann, der zahlt.«

»Der nächste bitte!«

Eine Dame steht vor mir, sagt: »Ich habe Kleider zu verschenken. Keiner will sie haben. Gute einheimische Qualität. Keine Kinderarbeit aus Fernost. Dieser Kamelhaarmantel zum Beispiel, ein Stück von meinem verstorbenen Mann, kostet ein Vermögen.«

Ein Vermögen gerade nicht, will ich sagen, sage ich aber nicht. Ich sage: »Gehen Sie zur Caritas! Da ist man froh über Ihre Spende.«

Mein Mann sagt: »Willst du nicht aufstehen? Frühstück ist fertig. Es ist bereits zehn Uhr.«

»Was steht in der Zeitung?«, frage ich.

Mein Mann: »In Ungarn sind Faschisten durch ein Dorf gezogen und haben Zigeunerhütten niedergebrannt, ein Mann und ein Kind wurden erschossen, ein Mädchen verletzt.«

»Erlegt«, sage ich. »Wie man Tiere erlegt.«

Mein Mann: »Das ist eine Schande. Das ist das erste Pogrom in Europa, seit wir bei der EU sind. Das kann man nicht so hinnehmen.«

»Glaubst du, die Sonne kommt heute noch durch?«, frage ich.

Mein Mann: »Mit Milch oder ohne Milch heute, dein Kaffee?«

»Ohne«, sage ich.

Ich bin taubstumm

Auf meinem Waldweg überholte mich eine Frau. Sie drehte sich um und blieb vor mir stehen. Ihre Augen stachen, der Mund war schmal, das Haar hausfrauenartig geschnitten. Sie erinnerte mich an eine Schauspielerin in dem Fassbinder-Film *Händler der vier Jahreszeiten*, mir fiel ihr Name nicht ein.

Frau: »Haben Sie Angst vor dem Tod? Oder müsste ich sagen: Haben Sie Angst vor dem Sterben?«

»Ihre Frage überfällt mich.«

Frau: »Lassen Sie sich ruhig Zeit.«

»Ob ich Angst vor dem Sterben habe, müssten Sie mich eine Minute vor meinem Tod fragen. Das kann ich jetzt nicht beantworten. Das wäre jetzt so leicht hingesagt.«

Frau (und leicht sagte sie es hin): »Ich habe keine Angst vor dem Tod. Wenn er jetzt kommt, in diesem Moment und ich umfalle, werde ich keine Zeit haben, nachzudenken.«

»Über das Sterben reden und dabei tot umfallen, das gibt es nur im Kino«, sagte ich.

Frau: »Ach, das sagen Sie nur, weil Sie ein schweres Herz haben.«

»Ich will nur genau sein. Bei so einem Thema sollte man genau sein«, sagte ich.

Frau: »Ich habe das aus einer Laune heraus gesagt. Ich bin hinter Ihnen gegangen und habe auf Ihren Rücken geschaut, da ist mir das eben eingefallen. Nichts für ungut.«

»Wer geht jetzt vor«, frage ich, »Sie oder ich?«

Ich verlangsamte meinen Schritt. Mir wäre lieber, wenn ich die Frau von mir weggehen sähe.

Wie das manchmal so ist, passte das Wetter zu unserem Thema, der Nebel lag dicht im Tal, Glocken läuteten eine Beerdigung ein. Eine Blaskapelle krachte. Mir fiel ein, dass meine Tochter als Kindergartenkind, wenn die Dorfmusik spielte, das Fenster aufriss und im Takt um den Küchentisch marschierte. Sie wollte nicht, dass wir hinausgehen, dann hätte sie nämlich nicht um den Tisch marschieren können, und sie wollte um den Tisch marschieren und nicht über den Platz.

Und dann trat ich prompt in die Hundescheiße, von der ich ja weiß, dass sie jeden Tag auf diesem Teil des Weges liegt, weil knapp darunter ein Hundebesitzer mit zwei Hunden wohnt, einem braven Blonden und einem Rottweiler. Inzwischen kennen mich die Hunde, und der Klügere von beiden bellt auch nicht mehr, wenn er mich sieht. Wenn ich nachdenke, bin ich nicht in der Lage, mich auf den Dreck zu konzentrieren. So wenig nützt Nachdenken fürs Leben.

Ich hatte Sehnsucht nach einem heißen Kakao. Zuhause spritzte ich die Schuhsohlen mit dem Schlauch sauber. Ich duschte mich, zog mich um und rührte das Pulver in die Milch. Zum Süßen verwendete ich Vanillesirup.

Es läutete an der Tür.

Ein junger Mann, akkurat gekleidet und frisiert, hielt mir einen Zettel vor das Gesicht. Darauf stand: »Ich bin taubstumm.«

Ich bat ihn herein, er blieb an der Treppe unten stehen. Ich suchte meine Geldbörse, fand sie nicht gleich. Ich winkte ihn zu mir herauf. Er kam schüchtern. Ich zeigte auf den Stuhl in der Küche. Er setzte sich. Ich zeigte auf den Kakao. Er nickte. Ich nahm eine Tasse, füllte sie auf und stellte sie vor ihn hin. Ich tat so, als sagte ich: Vorsicht, heiß! Ob ich ihm ein Stück Zopfbrot mit Butter anbieten sollte? Ich stellte die Sachen auf den Tisch, ein Messer dazu, eines für ihn, eines für mich. Wir hielten beide das Messer in der Hand. Wir sahen einander an. Er trank sehr langsam. Dann stand er auf. Ich reichte ihm das Geld, er ging unsicher die Treppe hinunter, als ob er ein Gehproblem hätte. Das war mir vorher nicht aufgefallen. Ich begeleitete ihn zur Tür und reichte ihm die Hand. Er schüttelte sie heftig.

Taubstummer: »Danke.«

Er erschrak und ging eilig davon.

Was wissen wir schon!

Freundin sagt: »Nichts. Wir wissen nichts. Ich sehe die Frau noch lächeln und in die Sonne blinzeln, und dann lese ich die Todesanzeige.«

»Du kannst nicht in ein Herz schauen«, sage ich.

Freundin: »Man hat sie doch geliebt! Hast du die vielen Autos gesehen, die vor der Kirche, vor dem Laden, auf dem Gehsteig, hinunter bis zur Hauptstraße geparkt haben? Alle haben sie gekannt.«

»Ihr Name wird ewig leben«, sage ich. »Ihre Schuhe können ewig leben. Ihre Silberbrosche. Einmal hat sie mir eine Schachtel für meinen Siebenjährigen mitgegeben. Sie hatte Rahmdeckeli für ihn gesammelt. Abgelöst, gewaschen und getrocknet, weil sie sonst bald schlecht riechen.«

Freundin: »Was glaubst du? Kannst du glauben, dass sie ewig leben wird? Sie sieht so hübsch aus auf dem Todesbild, hergerichtet wie für ein Fest, mit einer Silberbrosche am Kragen.«

»Wir wissen ja nichts«, sage ich. »Wir wollen, dass die so Traurig-Fortgegangenen auf uns hernieder schauen, uns gar beschützen, und wenn wir dann selber gestorben sind, wollen wir von ihnen begrüßt werden.«

Freundin: »Alles, was wir sagen, ist schon tausend Mal gesagt worden. Der Satz über die armen Angehörigen. Und: Gerade im Winter, wo es so kalt ist, und gerade im Sommer, wo es so heiß ist. Und: Hätten sie, die so traurig fortgegangen sind, nicht noch eine Weile warten können! Aber: Gibt es einen günstigen Zeitpunkt? Und auch schon hunderttausend Mal ist gesagt worden: Dort, wo sie jetzt sind, haben sie es gut. Glaub doch einfach!«

Gleich, ich wette, kommt der Freund zur Tür herein und sagt, könnt ihr nicht von etwas anderem sprechen? Wer hat Lust auf ein Lachsbrötchen?

Freund: »Was sitzt ihr da so trübsinnig und redet über den Tod? Das Leben dauert länger als der Tod. Reden wir vom Leben. Wer hat Lust auf ein Gläschen Sekt?«

Freundin: »Arbeitest du heute nicht?«

Freund: »Unfreiwilliger Firmenurlaub heißt das, was ich gerade genieße. Hat auch was Gutes. Es gibt nichts Schlechtes, das nichts Gutes hat.«

»Wir sollten einmal wenigstens versuchen, wenn wir reden, über Dinge zu reden, die nicht schon vorformuliert worden sind«, sage ich.

Freundin: »Wie soll das gehen? Wir sind Menschen!«

»Jeder Mensch denkt doch«, sage ich. »Ein Gedanke kommt, ein anderer legt sich darüber. Sag genau, worüber du nachgedacht hast. Mit deinen Worten, ohne die Einleitung. Weißt du, was mich an dir besonders aufregt? Dass du immer, wenn du etwas Banales sagst, zuerst sagst: Was ich jetzt sage, ist wirklich banal. Sag doch einfach, was du denkst! Das fällt uns am schwersten.«

Freund: »Ich zum Beispiel finde nie die richtigen Worte. Mein Wortschatz ist nicht der größte.«

»Sag einfach, was du siehst«, belehre ich. »Da wird ein Loch ausgehoben, die Erde ist lehmig, der Sarg wird in die

Tiefe gesenkt, Schnee fällt darüber. Aus. Den Toten im Sarg, wenn es kalt ist, haben wir warm angezogen, weil es uns Lebende friert. Aus. Wenn es heiß ist, tragen die Toten leichte Sachen, tote Mädchen tragen Sommerkleider und sind barfuß. Aus. Im Winter denken wir Lebenden darüber nach, wie die Toten im Sarg frieren, so leicht bekleidet. Im Sommer denken wir, sie werden es nicht aushalten vor Hitze. Aus. Was müssen Tote aushalten? Entweder sie werden verbrannt oder sie verwesen wie Küchenabfälle auf dem Kompost. Aus. Das will ich sagen. Das sage ich. Aus.«

Freundin: »Grashalme sind zweischneidig wie das Leben. Wirf zwei Schuhe auf den Boden und schau dir an, wie sie liegen, falls du denkst, alles verlaufe in eine Richtung. Richtig so?«

»Es gibt keine Wahrheit«, belehre ich weiter. »Tabus bedeuten nichts. Lass jedem seine Sünde! Eine Frau putzt den sauberen Boden, bis er verschwindet. Kannst du dich an den Tag erinnern, als dein Kind das erste Mal einen kleinen Schritt machte? Ich war glücklich an diesem Tag.«

Der Freund zeigt auf, aber dann drückt er den Finger gegen die Lippen.

BÖSE ZEICHEN

Was einmal aus mir werden wird

Als Lucy zehn Jahre alt war, lernte ich sie kennen. Sie schaute in den Sternenhimmel und sagte zu sich selbst: »Was wohl einmal aus mir werden wird?«

»Alle Türen stehen offen für dich«, sagte ich.

Sie hatte mich groß angesehen.

Als Lucy zwölf war, sah ich sie zum zweiten Mal. Sie saß auf der Gartenmauer und hatte ein weißes Kätzchen auf ihren Knien.

»Und«, sagte ich, »weißt du schon, was du werden willst?«

»Ich will Tierpflegerin werden«, sagte sie. »Dann werde ich in einem Tierheim arbeiten. Hast du gewusst, dass es Leute gibt, die ihre Tiere einfach aussetzen? Zum Beispiel, wenn sie in den Urlaub fahren, machen sie die Autotür auf und schubsen den Hund auf die Straße. Dieser Hund wird dann auch bei uns landen. Ich will dafür sorgen, dass er sich bei uns richtig wohl fühlt.«

»Und ob du Tierärztin werden könntest, hast du dir das auch überlegt?«

»Tierärztin? Ich? Ich weiß nicht.«

Lucy lebte allein mit ihrer Mama. Die Mama arbeitete im Krankenhaus. Hatte sie Tagdienst, wärmte Lucy das vorgekochte Essen auf. Hatte die Mama Nachtdienst, schaute Lucy oft fern bis nach Mitternacht und schlief im Wohnzimmer ein. Sie fürchtete sich allein in ihrem Bett.

»Türen haben auch eine Rückseite«, sagte sie. »Wie kann ich wissen, wer dort steht und einbrechen will? Ich hätte so gern einen Hund, wenigstens eine Katze, aber wir dürfen im Haus keine Tiere halten. Auch nicht heimlich.«

»Wenn sie heimlich gehalten werden, weiß das ja niemand«, sagte ich.

»Die Mama weiß es, und die Mama will, dass man die Regeln einhält.«

Lange habe ich Lucy nicht gesehen. Dann saß sie im Regionalzug am Fenster. Es waren ihr helles Gesicht, ihre spitzen Knie, ihre wasserblauen Augen, ihre aschblonden Haare, die sie mit gelber Farbe gefärbt hatte.

»Erinnerst du dich an mich?«, fragte ich.

Lucy: »Lange her.«

Sie zog den Mantel um ihren Bauch, und als sie merkte, dass ich sie dabei beobachtete, wurde ihr Gesicht finster, und sie zog den Mantel noch fester um ihren Bauch. Sie war schwanger.

»Freust du dich auf das Baby?«, fragte ich.

Lucy: »Irgendwie schon und irgendwie nicht.«

»Wohnst du noch bei deiner Mama?«

Lucy: »Nicht mehr lange. Sobald ich etwas gefunden habe, ziehe ich aus. Weißt du jemand, der ein Zimmer vermietet?««

»Ich höre mich um«, sagte ich. »Freut sich der Papa auf das Baby?«

Lucy: »Es gibt keinen Papa.«

Sie stand auf und lief zum Ausgang.

Ich war unsicher. Ihre Mutter wollte ich nicht anrufen, und Lucys Handynummer kannte ich nicht. Ich strickte mit weicher Wolle ein Jäckchen.

Als ich Lucy endlich wieder sah, schob sie einen Gebrauchtkinderwagen und wollte mich nicht sehen. Sie tat so, als kennte sie mich nicht. Ich ging ihr nach.

»Ich hab überhaupt keine Zeit«, sagte sie.

»Darf ich dein Kind anschauen?«, fragte ich.

Sie schob das Wagendach zurück. Das Baby war bis zum Hals zugedeckt, trug eine Mütze, tief in die Stirn gezogen. Was vom Gesichtchen übrig blieb, war hell, und die Augen waren geschlossen, der Mund war rund wie ein Kleinbuchstabe.

»Ein Mädchen?«, fragte ich.

»Mhm.«

»Und wie heißt sie?«

»Emma.«

»Das ist ein guter Name, der gefällt mir.«

»Wenn sie groß ist, kann sie Tierärztin werden.«

»Ich kenne ein Indianer-Wiegenlied«, sagte ich. »Willst du es hören?

Der Käfer ist blind
Der Käfer ist blind
Der Käfer ist blind

So lange singen die Indianerfrauen, bis die Kinder einschlafen.«

Rede an die Deckenlampe

Er war ja immer ein braves Kind gewesen, das habe ich auch zu den Polizisten gesagt, hat sich immer aus allem ein Gewissen gemacht. Vor seiner Erstkommunion hat er mich gefragt, er wisse nicht, was er beichten solle. »Mir fällt nur Mülltrennung ein«, hat er gesagt, »ich hab oft, wenn du mich zu den Containern geschickt hast, alles in einen einzigen geworfen.«

Das hab ich den Polizisten dann nicht erzählt.

Es war ihm oft langweilig. Schuld an allem war sein Umgang. Schlechte Freunde. Das hat mein Lebensgefährte auch gesagt. Er habe ihm Geld geklaut, und als ich das nicht glauben wollte, haben wir uns gestritten. Immer öfter war das der Fall. Eine Mutter muss zu ihrem Sohn halten. Auch wenn er die ganze Welt verwüstet. War nicht ernst gemeint – eine Redewendung.

Mein Lebensgefährte ist ausgezogen, und leider muss ich meinem Sohn die Schuld dafür geben.

Ich meine, habe ich zu den Polizisten gesagt, wenn er am Wochenende einen Mülleimer aus den Angeln hebt, ist er noch lange kein Verbrecher. Und einen über den Durst trinken, das macht jeder einmal. Wie sollen sie das Leben kennenlernen, wenn sie sich vor dem Leben verschließen. Ich habe mit meinem Sohn jeden Morgen ein ernstes Wort reden wollen. Er hat mir nicht zugehört.

Wie ich schon sagte. Er ist immer ein gutes Kind gewesen, vor der Zeit mit diesem Umgang. Dieser Umgang hat ihn verdorben. »Bring deine Freunde mit«, hab ich ihm gesagt, »ich will sie kennenlernen.« Einmal hat er sie mitgebracht, und es war alles so verkrampft, da bin ich zu meiner Freundin gefahren, noch um zehn Uhr in der Nacht. Als ich am nächsten Tag nach Hause gekommen bin, sind sie alle herumgelegen, Mädchen und Burschen. Auf den guten Teppich ist gekotzt worden. Alkohol ist verschüttet worden. Ich bin ja keine, die herumschreit. Ich bin spazieren gegangen und hab ihnen eine Chance gegeben, alles wieder in Ordnung zu bringen. Nichts wurde in Ordnung gebracht. Die Sauerei war da, die Kinder waren weg. Kinder sind das ja keine mehr. Jugendliche.

Vom Mädchen, das in meinem Bett gelegen ist, habe ich ein Stück von den verfilzten Haaren gefunden. Da wird jetzt alles voller Läuse sein, hab ich gedacht. Dann war mein Sohn zwei Tage verschwunden. Am dritten Tag, war ich so froh, dass er nicht tot ist, dass ich wieder nichts gesagt habe. Hab ihm ein Bad einlaufen lassen und ihm dann die nassen Haare geschnitten. Er hat noch einen Nacken wie ein Kind.

»Hättest nicht aufzuräumen brauchen«, hat er gesagt, »hätte ich alles allein gemacht.« So ist er.

Die Polizisten hatten keine Zeit, mir zuzuhören. Sie haben sein Zimmer durchsucht und das Marihuana gefunden. Das haben die halt. Das baut einer von seinen Freunden an. Sicher nicht zum Verkaufen. Nur zum Eigenbedarf. Das hat jeder von denen.

Mein Sohn ist das Einzige, was mir noch geblieben ist. Da will ich doch nicht den Kontakt mit ihm abbrechen.

Dann hat er die Freundin gehabt, die mit den verfilzten Haaren. Die waren absichtlich verfilzt. Irgendwie hatte ich sie gern. Sie hat mir die Zwiebeln zum Fleisch geschnitten und dabei einen Schluck Wasser im Mund gehabt. Sie hat gesagt, wenn man das macht, tränen die Augen nicht. Ich hab ihr meine roten Stiefel geschenkt, die sie dann bunt besprüht hat.

Ich schwöre dir, er ist unschuldig, sage ich zu unserer

Deckenlampe, weil ich ja jetzt niemanden mehr habe – meine Freundin hat sich distanziert.

Mein Sohn hat zum Spaß die Strumpfhose seiner Freundin über den Kopf gezogen. Er wollte die Frau im Supermarkt doch nur erschrecken. Er hat ja nichts gestohlen, hat keine Waffe gehabt, nicht einmal eine Spielzeugpistole. Wie ich meinen Sohn kenne, wollte er vor seiner Freundin cool sein.

Das versteht wahrscheinlich nur ein Ding wie du, das nicht zurückreden kann, habe ich zur Deckenlampe gesagt.

Ich schenke dir sein Herz

Ein Mann aus Palästina sitzt in einer Talkshow. Sein Arabisch wird übersetzt. Die Stimme des Übersetzers klingt unsicher.

Talkmaster: »Erzählen Sie, wie es dazu kam, dass Sie das Herz Ihres Sohnes einem israelischen Mädchen geschenkt haben!«

Palästinenser: »Mein Sohn Achmed wurde beim Spielen erschossen. Er war gerade sieben Jahre alt. Ich habe noch drei andere Kinder. Aber er war mein Liebling, und das sage ich nicht erst jetzt, wo er tot ist. Als er gestorben ist, waren seine Organe erst sieben Jahre alt, also noch frisch. Da habe ich mich dazu entschlossen.«

Talkmaster: »Haben Sie bewusst dazu israelische Kinder ausgesucht?«

Palästinenser: »Inwendig unterscheiden wir uns nicht. Ich dachte, wenn zum Beispiel das Herz meines Sohnes in einem andern Kind weiterleben kann, dann lebt Achmed noch für mich. Das Mädchen Sama mit seinem Herzen ist nach der Transplantation gesund geworden. Als sie mir den Tee serviert hat, schaute ich ihr gerade in die Augen, und Achmed schaute zurück.«

Talkmaster: »Was waren das noch für Organe?«

Palästinenser: »Zwei Nieren, die Leber wurde geteilt, die Milz, das Herz.«

Talkmaster: »Muslime, Juden und Christen waren die Empfänger. Ein orthodoxer Jude hat sich im Fernsehen beklagt, dass ausgerechnet seine Tochter eine arabische Niere bekommen sollte.«

Palästinenser: »Ich habe, bis auf zwei Kinder, die leider verstorben sind, alle besucht. Der orthodoxe Jude hatte große Probleme, mich zu empfangen. Seine Tochter musste ihn führen. Sie schlug in meine Hand, sie saß neben mir auf dem Sofa, und ich dachte wieder, Achmed sitzt neben mir. Immer war er gekommen, wenn ich gerufen hatte. Das jüdische Mädchen hatte ein Stoffpferd mit Rädern auf ihren Knien, und als ich sie fragte, was sie am liebsten hätte, sagte sie: Jetzt, wo ich wieder gesund bin, möchte ich ein lebendiges Pferd und mit ihm fortreiten.«

Talkmaster: »Sie haben mit Ihrer Aktion viel bewirkt, eine Dokumentation wurde gedreht. Hat sich Ihr Leben verändert?«

Palästinenser: »Ich reise viel. Ich habe ein schlechtes Gewissen, weil meine drei anderen Söhne von mir vernachlässigt werden. Das Kino, das schon baufällig war, konnte renoviert werden. Überall läuft der Film. Man sieht die Kinder mit Achmeds Organen beim Spielen, beim Schlafen.«

Talkmaster: »Könnte man sagen, dass es weniger um die Kinder als um das Symbol geht?«

Palästinenser: »Ich verstehe Ihre Frage nicht. Es geht immer darum, ob man lebt oder tot ist. Fragen Sie Sama, das

Mädchen mit Achmeds Herz. Sie will Schauspielerin werden. Ihre Mutter sagt, es sei, als wären ihr Flügel gewachsen.«

Talkmaster: »Weil sie eine Berühmtheit ist. Das Mädchen mit dem symbolischen Herzen kokettiert in die Kamera.«

Palästinenser: Sie wollen es nicht verstehen. Reisen Sie in unser Land, und Sie werden eine Erfahrung machen. Was in der Zeitung steht, ist nur geschrieben. Geschriebene Worte sind keine Schüsse, die das Leben auslöschen. Glauben Sie mir, unsere Kinder und Jugendlichen wollen einfach nur gut leben, schöne Kleider anziehen, in Diskos gehen, sich verlieben und eine Familie gründen. Weiter nichts. Wie überall in der Welt. Krieg ist nur im Fernsehen interessant.«

Talkmaster: »Ist es für Sie denkbar, dass es durch Ihre Aktion eine Annäherung an Israel gibt?«

Palästinenser: »Denkbar ist für mich alles. Was geschehen wird, geschieht. Wenn man kein Glück hat, sollte man wenigstens vernünftig sein. Und wenn ich meine Handlung beschreiben sollte, kann ich sie nur als vernünftig beschreiben. Das Private bleibt in unserer Familie. So will ich es. Meine drei Söhne werden mich bald wiederhaben.«

Der Übersetzer räuspert sich, der Talkmaster schüttelt dem Palästinenser wie einem Freund die Hand. Hoffentlich haben sie ihn gut untergebracht, denkt er. War ein wichtiges Thema, denkt er, nicht aufschiebbar. Morgen spreche ich mit einem Philosophen über die scheinbare Zunahme von Grausamkeit in unserer Gesellschaft. Übermorgen wird der neue Klassenkampf debattiert, und was mache ich danach?

Jedenfalls, wird sich der Talkmaster denken, ein kühles Bier oder zwei, habe ich mir verdient, ich bin noch voll Adrenalin, damit ich wieder herunterkomme zu mir selbst. Am Wochenende will ich mit meiner Frau und meinen Töchtern einen Ausflug ins Grüne machen. Picknick. Ich weiß gar nicht mehr, wie das ist. In der weichen Wiese sitzen und sich als erwachsener Mann einen Hang hinunterrollen lassen. Vorausgesetzt das Wetter passt. Und hoffentlich wenig Steine auf dem Hang.

Zwei Mädchen

Sie nimmt Maß an der Katze, weil sie ihr Hosenträger stricken will. Zuerst die Träger, wegen der Hose wird sie die Mama fragen. Und warum sie das macht? Weil sie das noch nie gesehen hat, eine Katze mit Hosenträgern. Ihre Freundin sagt zu ihr, du bist doch plemplem. Sie hat einen Knäuel Wolle mitgebracht. Sie bindet um die einzelnen Finger der beiden Hände die Wolle, verbindet sie miteinander und ihre Freundin soll das entstandene Gewebe abnehmen. Aber das da, sagt die Freundin, die ich Alice nenne, nützt überhaupt keinem. Da sind meine Hosenträger noch besser. Das ist auch nur ein Spiel, sagt Berta, und ein Spiel muss nichts nützen, das muss nur lustig sein. Sie lassen den Wollknäuel auf den Boden fallen, und die Katze freut sich.

Komm gehen wir zum Spielplatz, Alice, dort gibt es ein kleines Häuschen, und da können wir uns hineinsetzen. Wir können so tun, als wohnten wir darin. Es gehört mir, sagt Alice, oder willst du lieber, dass es dir gehört. Jedenfalls, sagt Alice, kommt die, der das Häuschen nicht gehört, zu der Hausbesitzerin auf Besuch. Du hättest mich eingeladen. Weißt du, mit einer richtigen Briefeinladung, wo auf dem Kuvert ein Siegel von rotem Wachs ist. Was soll denn das sein, fragt Berta. Das macht man bei wichtigen Briefen so, sagt Alice, das weiß ich von meinem Bruder.

Ich will, dass mir das Haus gehört, sagt Berta. Da muss ich dir etwas mitbringen, sagt Alice, Blumen vielleicht, Kuchen vielleicht, vielleicht meinen Mann, wenn Sonntag ist. Ich hätte einen Mann, sagt Alice, aber der würde in Afrika arbeiten, und käme nur einmal im Monat mit dem Flieger nach Hause. Der würde mir Gold und Silber in Ketten mitbringen, was da niemand hat. Das würde ich allerdings zu meinem Besuch nicht anziehen. Wegen der Angeberei, und weil du dann neidisch auf mich wärst.

Wieso soll ich neidisch auf dich sein, sagt Berta, wo ich doch selber einen Mann habe, der ein riesengroßes Spielzeuggeschäft besitzt?

Oder müssen wir überhaupt verheiratet sein?, fragt Alice. Außerdem stinkt es in dem Haus. Ich glaube, das hat ein Bub als Klo verwendet. Die sind so grausig.

Ich weiß, was wir machen könnten, sagt Berta, wir spielen Kreuzzüge, ich bin eine Christin, und du bist eine Böse. Ich will dich bekehren. Ich weiß, wie das geht, das hab ich im Fernsehen gesehen. Ich laufe weg, und du musst mich fangen und einsperren. Langweilig, nur zu zweit, sagt Alice.

Traust du dich ein Fahrrad in den Bach zu werfen, fragt Berta, ich hab gesehen, wie ein Bub ein fremdes Fahrrad in den Bach geworfen hat. Trauen würde ich mich schon, sagt Alice, aber das macht mir keinen Spaß, das ist nur eine Sekunde lustig, so lange das Rad in der Luft hängt. Ich will länger lustig sein.

Hast du Geld, fragt Berta. Ich hab von meiner Oma einen Zehner, sagt Alice, aber den hab ich zu Hause, mit dem will ich auf Ballerinas sparen.

Hast du denn gar keine Ballerinas? Ich hab zwei paar Ballerinas, gelbe und rote.

Kannst mir dann ja ein Paar abgeben, sagt Alice.

Einfach so geschenkt, fragt Berta, du bist doch plemplem.

Hat dir schon einmal ein Bub ein Bussi gegeben?

Ein Bussi gegeben, sagt Berta, du redest ja wie ein Baby, ich weiß sogar, wie ein Zungenkuss geht.

Sag ich dir halt nicht, wer es war.

Sicher der Thomas, weil der alle abknutschen will.

Du bist so gemein, Berta!

Einmal hat mich ein Mann aus einem Autofenster heraus gefragt, ob ich einsteigen will, er will mir etwas zeigen.

Das erfindest du jetzt, sagt Berta. Genau diese Geschichte hat uns das Fräulein in der Schule als Beispiel erzählt, und gesagt, dass wir das nie machen dürfen.

Ist aber wahr, sagt Alice.

Und bitte, was für eine Farbe hat das Auto gehabt, was für eine Marke, was für eine Autonummer?

Das Auto war silbrig, und mit Marken kenne ich mich nicht aus, sagt Alice, aber ich weiß, dass der Mann einen Schnurrbart gehabt hat und ausländisch geredet hat.

Lügner, sagt Berta, du willst dich nur wichtig machen.

Also gut, stimmt nicht. Der hat nicht ausländisch gesprochen, das Auto war blau, und überhaupt war es der Herr Direktor.

Wehe du lügst, sagt Berta, ich frag ihn, und wenn du gelogen hast, stehst du blöd da.

Frag doch, traust dich eh nicht!, sagt Alice.

Mails

Carolin und ich schreiben einander regelmäßig Mails. So habe ich über sie erfahren und sie über mich. Hauptsächlich vom Innenleben. Außen passiert so wenig. Sie war verheiratet, dann wieder allein, in einer Beziehung, dann wieder allein, in einer nächsten Beziehung und wieder allein. Ihre Tochter ist für ihr Studium nach Wien gezogen. Folgendes Mail hat Carolin an mich geschrieben:

»Ich bin ein Einzelwesen. Ich sitze allein an einem Tisch mit vier Stühlen, ich schlafe allein in einem Doppelbett. Jetzt muss Schluss sein. Heute habe ich mir eine neue Haarfarbe machen lassen. Keine Angst, ich bin immer noch deine Carolin.«

»Das klingt so, als hättest du einen Mann kennengelernt«, mailte ich zurück.

Und sie: »Wo, liebe Monika, lerne ich einen Mann kennen? Glaubst du, ich setze mich in ein Lokal und warte, bis mich einer anspricht? Glaubst du, ich spreche einen Mann an? Man lernt keinen Mann mehr kennen, als ob man zwanzig wäre. Folgendes habe ich mir überlegt. Ich werde mir übers Internet ein paar Adressen verschaffen. Kann ja sein, dass ein Mann für mich dabei ist. Du hast mir selber gesagt, auf mich wartet noch einer. Denkst du das noch immer?«

Und ich: »Du bist noch viel zu jung, um alt zu sein. Lass es auf dich zukommen.«

Dann hörte ich vierzehn Tage lang nichts mehr von Carolin. Und dann: ein Riesenmail an einem Sonntag. Kopierte Nachrichten ihrer neuen Bekanntschaft. Was ich dazu sage. Er ist Arzt. Er schreibt Gedichte. Hat ein Arzt überhaupt Zeit, Gedichte zu schreiben? Folgendes Gedicht hat er Carolin geschrieben:

In dieser nacht sprach ich mit fremder zunge
Besprach mich mit anderen lang verstummten
Am morgen fand ich sie stumm in meiner höhle.

»Glaubst du«, schrieb Carolin, »hat er das Gedicht selber geschrieben? Er interessiert sich für Ähnliches wie ich. Die holde Kunst. Ich weiß nicht genau, ob er mich auf den Arm nehmen will.« – Übrigens hatte sie fünf Kilo abgenommen. – »Ich bin auf der Überholspur«, mailte Carolin.

Am Abend habe ich in einer Gedichtsammlung geblättert, sein Gedicht fand ich nicht. Wäre ja auch ein Zufall gewesen.

»Er ist Kinderarzt«, schrieb Carolin. »Er fragt mich, was ich so in meinen Schubladen aufbewahre, ob ich Steine sammle.«

Sie hat ihm in einem Mail erzählt, dass sie unter einem Stein im Wald eine winzige Blaskapelle gefunden habe, die gleich wieder verschwunden sei.

»Glaubst du«, fragte Carolin, »ist diese Art von Humor günstig?«

»Denk nicht nach, schreib einfach«, mailte ich zurück. »Mach die Augen zu und hau auf die Tasten.«

Da hatte sie den Arzt gefragt, ob er gerne esse, ob er kochen könne, sie koche nämlich gerne und gut dazu, das sei ihr oft bestätigt worden.

So ging das einen Monat lang. Dann lud sich der Arzt selbst für ein Wochenende zu ihr ein. Das brachte sie in Panik.

»Was soll ich machen, Monika?«

Ich mailte zurück: »Such ihm ein Hotel in deiner Nähe! Lass es erst gar nicht darauf ankommen, dass er sich bei dir einquartiert. Wenn er wirklich der Traummann ist, ist eine vorläufige Distanz deinerseits das Klügste.«

Carolin wollte, dass ich sie in ihrer Kleiderwahl berate.

Also besuchte ich sie. Sie hatte wirklich abgenommen. Ihre Haare waren rot und sehr stufig geschnitten, sehr stufig. Sie sah aus, als wollte sie unbedingt jung sein.

»Keine Rüschen«, sagte ich, »keine Streifen, trag uni, kakaobraun passt gut zu den Haaren, der Pullover kann ruhig eng sein bei deiner Figur. Trag Schuhe mit Absätzen, damit deine schönen Beine zur Geltung kommen.«

»Die Fingernägel rot?«

»Nicht unbedingt«, sagte ich. »Sei unbesorgt.«

Ein Gedicht mailte er noch, bevor er anreiste:

Eine kerze wird angezündet
Und es wird dunkel
Die leute sind daheim
Der zarte mensch im bett

Und dieses Gedicht fand ich dann doch. In der Nacht, als ich nicht schlafen konnte. Es stammt von E. E. Cummings. Immerhin liest der Arzt.

Der Arzt war arbeitslos und hatte abgekaute Fingernägel. Carolin hatte Mitleid mit ihm.

Mein Papa ist Busfahrer

»Sie haben widerrechtlich einen Landbus in Betrieb genommen. Entspricht das den Tatsachen?«

»Haben Sie ein wenig Zeit?«

»Ich gebe Ihnen eine Viertelstunde.«

»So fängt es an. Zunächst zog nur meine Frau aus. Sie hat mir unseren Sohn zurückgelassen. Er geht noch in den Kindergarten. Jedes Mal, wenn ich für ihn gekocht habe, hat er gesagt, das schmeckt falsch, das macht die Mama besser. Finden Sie, dass ich zu ausführlich erzähle?«

»Fahren Sie fort.«

»Als ich es dann endlich geschafft habe, dass ihm mein Scheiterhaufen schmeckt, wollte ihn seine Mutter zurück. Sie hat ihn vor dem Kindergarten abgefangen, und weil ich ihn nicht mit Gewalt von ihr wegreißen wollte, bin ich allein fortgegangen. Aber ich habe ihre neue Wohnung gefunden und habe sie gestellt. Sie hat den Bub im Schrank versteckt und ihm befohlen, still zu sein. Er hat mich an der Stimme erkannt und gerufen: Papa, hol mich! Wir haben dann so gestritten, meine Frau und ich, dass wir gar nicht gemerkt haben, wie der Bub aus der Wohnung gelaufen ist. Wir haben ihn gesucht, sie in der einen Richtung, ich in der anderen. Er hat sich im Heizungskeller versteckt. Hinter der Tür. Hat seinen Bär im Arm gehabt und in ihn hineingeweint. Ich kann mir keinen Anwalt leisten. Sie schon. Mein Vorwurf lautet: böswilliges Verlassen. Ihr Vorwurf lautet: mangelnde Verantwortung. Ich trinke nicht, ich habe meine Freunde aufgegeben. Sie hat die besseren Chancen, weil sie einen reichen Vater hat. Die Schwiegermutter wäre eigentlich auf meiner Seite, nur sagt sie das nicht laut.

»Dass Ihre Frau wieder zurückkommt, wäre das nicht das Klügste?«

»Klug vielleicht schon, aber für mich kommt das nicht in Frage.«

Der Busfahrer zieht ein Foto aus seiner Geldtasche und zeigt es dem Vorgesetzten. Ein heller Bub lehnt an einem Landbus.

»Das ist mein Fritz. Dass ich den Bus widerrechtlich gefahren habe, war sicher falsch, aber wenn ich sagen würde, es tut mir leid, wäre das gelogen. Fritz hat seinen Freunden erzählt, dass ich ihn mit dem Bus vom Kindergarten abhole. Ich habe ihm das nie versprochen. Er hat es seiner Mutter erzählt, und die hat nur gelacht. Immer, wenn ich Fritz heimlich auf dem Spielplatz getroffen habe, wo er mit meiner Schwiegermutter war, hat er mich angefleht, ihn doch endlich mit dem Bus abzuholen, sonst würden ihn alle im Kindergarten für einen Schmähbauch halten. Es war gerade keine Fahrt offen, da habe ich den Bus genommen und habe vor dem Kindergaren gewartet. Alle sind auf den Bus losgestürmt, alle wollten hinein. Ich habe meinen Buben auf den Arm genommen und gesagt, die Fahrt ist allein für Fritz, und habe dann noch diesen Riesenfehler gemacht zu sagen, ihr kommt, versprochen, ein andermal dran. Fritz ist auf meinem Schoß gesessen, und wir sind losgefahren, nur Nebenstraßen. Eine halbe Stunde hat die Fahrt gedauert. Auf das Schild habe ich die Schrift *Sonderfahrt* gelegt. Ich kann mich nur entschuldigen, mehr nicht.«

»Grob gesehen, handelt es sich bei der Sache um eine innerbetriebliche Angelegenheit. Ich werde versuchen, Ihnen für den Ehestreit einen Anwalt zu besorgen. Es muss ja nicht öffentlich werden, dass wir da nachhelfen, nicht, dass man das dann in der Zeitung lesen kann. Ich glaube, jetzt ist die Viertelstunde vorbei. Kopf hoch.«

»Ich möchte Ihnen das Foto von Fritz dalassen, wenn es Ihnen recht ist.«

»Er könnte ja direkt mein Enkel sein.« Der Vorgesetzte greift sich auf die Glatze. »So einen Blondschopf wie er habe ich auch einmal gehabt.«

Böse Zeichen

Angefangen hat mein Unglück mit dem Tod meines Rosenbäumchens. Mein Mann hat es mir zum dreißigsten Geburtstag geschenkt. Das war ein Fest! Von ewiger Liebe war die Rede gewesen. Fünf Jahre später hab ich meine Nachbarin beobachtet, wie sie dampfendes Putzwasser auf mein Rosenbäumchen gegossen hat. Sie hat das böse Zeichen gesetzt und hat selber nicht gewusst, wohin das führt. Ich weiß auch nicht, warum sie mich verhext hat. Von da an ging es jedenfalls steil bergab. Ich habe verdächtige Zettel gefunden. In der Jacke meines Mannes. Restaurantrechnungen für zwei Personen, Übernachtungen in Hotels. Mein Mann hat sich herausgeredet – Geschäftsessen, Geschäftsreisen. Das kannst du der Katz erzählen, hab ich ihm gesagt. Er hat angefangen, auf seine Figur zu achten. Hat vor dem Frühstück geturnt und jeden Tag ein frisch gebügeltes Hemd angezogen. Ich habe ihm aufgelauert. Habe Laurie zu meiner Mutter gebracht, das Kind sollte nicht wissen, dass sein Papa ein Schuft ist. Habe mich vor seiner Firma hinter einem Eichenstamm versteckt. Viele Male, vergebens. Bei solchen Operationen muss man Geduld haben, das weiß man ja aus Filmen. Dann, endlich, es war wie eine Erlösung für mich, kam er mit einer blond gefärbten Frau, und beide stiegen sie in sein Auto ein. Er hat ihr die Tür aufgehalten. Wann hat er mir zum letzten Mal die Tür aufgehalten? Ich war mit dem Fahrrad unterwegs, und eine Verfolgungsjagd mit dem Rad hab ich nicht einmal in einem Film schon gesehen. Er kam an diesem Abend nicht nach Hause, der Schuft. Sein Handy war tot. Ich hatte meine Laurie auf dem Schoß, und beide sahen wir auf das verreckte Rosenbäumchen. Nur gelogen hat der Schuft. Gelogen, gelogen, gelogen. Meine Freundin, eine pragmatische Natur durch und durch, hat mir geraten, mit der Blondgefärbten zu reden. Habe ich mich also mit der Blondgefärbten in einem Café verabredet. Sie wollte nicht, dass der Schuft es erfährt. Sie hatte Tschicks auf dem Tisch, obwohl Rauchverbot war. Fast hätte sie mich erbarmt. Meine Freundin hat mir geraten, mich mit der Blondgefärbten gut zu stellen. Hab ich also meine rosarote Farbe ausgeschüttet. Und den Honigblick aufgesetzt. Sie hat geweint. Und, um ehrlich zu sein, echte Tränen. Kein Theater. Das spürt unsereins. Hat mich erbarmt, die Blondgefärbte, die Rosmarie heißt. Rosmarie liebt den Schuft. Ich hab zu Rosmarie gesagt, es wird dir genauso ergehen wie mir. Ein böser Mensch wird kommen, so einer wie meine Nachbarin, der wird etwas vernichten, was du liebst. Rosmarie hatte kein Rosenbäumchen, hat nur in einer kleinen Wohnung in einem Block gewohnt. Könnte ja sein, Rosmarie, hab ich gesagt, dass ein böser Mensch, so einer wie meine Nachbarin, dir eine Krankheit anwirft. Ich hab ihre Hand genommen, die kalt war wie tot. Rosmarie, hab ich gesagt, vergiss ihn. Und: Sie hat sich von ihm losgesagt. Im Kaffeehaus noch. Vor meinen Augen. Ich hab ihn wieder, meinen Walter, hab ich gedacht, und heute bin ich schwanger im vierten Monat.

Aber verflucht ist verflucht.

Stellen Sie sich vor: Er hat die Scheidung eingereicht, hat doch tatsächlich die Scheidung eingereicht! Will sich von einer werdenden Mutter trennen, von Laurie ganz zu schweigen. Er zahlt für uns, hat er gesagt, er zahlt für das Ungeborene und für Laurie, nur will er mit mir nichts mehr zu tun haben, und wenn er am Hungertuch nagt. Wohnt mit der Blondgefärbten im Block und hat sein Auto verkauft. Sie fahren mit Rädern in die Firma und tun glücklich. Aber!

Friedhof

Der kleine Mann steht vor mir und breitet seine Arme aus. Wir kennen einander.

»Halt! Nicht weiterfahren! Die Blumen da auf deinem Rad, wie lange halten die?«

»Ein, zwei Tage. Pfingstrosen sind empfindlich.«

»Wir haben in der Werkstunde Filzblumen gemacht. Ich könnte dir eine verkaufen oder zwei. Filzblumen halten ganz bestimmt ewig.«

Der kleine Mann nimmt aus seiner Tasche zwei Filzblumen, eine orange, eine rot.

»Geb ich dir beide um zwei Euro.«

»Ich hab aber kein Geld bei mir.«

»Dann schenke ich dir die Blumen für deine tote Tochter, bis du sie mir bezahlt hast.«

»Ich weiß nicht, ob sie zur Paula aufs Grab passen.«

»Filz ist zeitlos«, sagt der kleine Mann. »Außerdem musst du sie nie einwässern.«

»Gut, dann nehme ich sie.«

»Also, kannst der Paula sagen, sie sind ein Geschenk von mir, so lange, bis du sie mir bezahlt hast. Ab dann sind sie ein Geschenk von dir.«

Ich halte die beiden Filzblumen gegen die Sonne.

»Gefallen mir sehr gut, deine Filzblumen, hast du schön gemacht. Basteln alle aus deiner Gruppe Filzblumen oder auch andere Sachen?«

»Nur Blumen«, sagt der kleine Mann, »weil Frühling ist.«

Ich bin noch nicht fertig

»He, du, stehenbleiben! Ich bin noch nicht fertig«, rief mir der kleine Mann nach.

Ich bremste und schob mein Fahrrad zu ihm zurück. »Was wolltest du noch sagen?«

»Du bist mitten im Gespräch davongefahren, das ist unhöflich«, sagte der kleine Mann.

»Dann entschuldige ich mich bei dir.«

»Ich bin aber immer noch beleidigt. Das kann man nur mit mir machen.«

»Das ist doch Unsinn«, sagte ich, »das kann man mit jedem machen, und das passiert auch ständig. Gar nicht aus bösem Willen.«

»Manchmal aus bösem Willen«, sagte der kleine Mann.

»Das denkst du von mir? Das kann ich nicht glauben. Du kennst mich doch. Komm, sind wir wieder gut. Sag mir, wo waren wir stehengeblieben?«

»Bei den Filzblumen, die ewig leben«, sagte der kleine Mann. »Du hast mir nicht gesagt, wo sie hinkommen.«

»Auf Paulas Grab. Über Paulas Bild. Da stecke ich sie hin.«

»Ich habe schon einmal das Bild gesehen, wir sind nämlich mit der Gruppe auf den Friedhof spaziert und haben Gräber angeschaut. Ich habe zur Chefin gesagt, das ist Paula, Freundin von mir. Obwohl ich sie lebendig nicht gekannt habe. Das habe ich gesagt, weil ich dich kenne und weil die Paula von dir ist. Sie war eine Schönheit, hat die Chefin gesagt. Wie lange ist sie jetzt schon unter der Erde?«

»Heuer werden es sechs Jahre«, sagte ich zum kleinen Mann. Ich ließ mir nicht anmerken, dass ich über den Ausdruck *unter der Erde* sehr erschrocken war. Das wird sich nie mehr ändern.

»Wie alt wäre sie jetzt«, fragte der kleine Mann.

»Rechne zu einundzwanzig sechs dazu. Was kommt dann heraus?«

Der kleine Mann nahm die Finger. »Fang ich mit was an?«

»Fang an mit zweiundzwanzig.«

»Aber kann man eigentlich weiterzählen bei Toten?«

»Du meinst, ob das Alter aufhört, wenn man nicht mehr lebt?«

»So ähnlich.«

»Ich glaube«, sagte ich, »Paula ist ewig jung. Also: einundzwanzig Jahre.«

»Ist ganz schön ein Vorteil«, sagte der kleine Mann. »Wenn man bedenkt, was für Beschwerden im Alter kommen. Kopfweh, Fußweh, Bauchweh, oft kann ich nicht schlafen.«

»Wenn man tot ist«, sagte ich, »schläft man für immer.«

»Wenn ich einmal tot bin, möchte ich manchmal aufwachen und schauen, wo ich bin. Die Chefin sagt, die Toten kommen in den Himmel und schauen auf die Erde. Ich schau dann zu dir hinunter, ich sehe dich dann mit dem Rad auf den Friedhof fahren und auf den Schlossberg gehen. Freu ich mich grad schon darauf.«

»Ich sterbe sicher vor dir, ich bin schließlich älter als du.«

»Mich könnte ein Blitz treffen. Ich weiß, was man tun muss, wenn es blitzt. Hat uns die Chefin erklärt. Füße eng zusammenstellen und sich ducken, ganz klein machen. So wird man nicht getroffen.«

»Wenn du das alles weißt, wird dich der Blitz nicht treffen«, sagte ich.

»Auch wieder wahr«, sagte der kleine Mann und gab mir den Weg frei.

»Halt!«, rief er mir nach. »Eine Filzblume schenke ich

der Paula, eine schenkst du ihr, ich schenke ihr die rote, du kannst ihr die orange schenken. Krieg ich dann von dir noch einen Euro. Was machst du mit den Pfingstrosen?«

»Die lege ich auf das Grab, und wenn sie welk sind, schmeiße ich sie zum Grünmüll.«

»Das passiert mit meinem Geschenk nicht«, sagte der kleine Mann. »Noch ein Vorteil.«

»Kann ich jetzt weiterfahren?«, fragte ich.

»Ich bin jetzt fertig«, sagte der kleine Mann. »Du kannst jetzt weiterfahren.«

»Weißt du«, sagte ich, »sollen wir das nicht beibehalten, dass du nach jedem Gespräch sagst: Ich bin fertig. Wenn du fertig bist. Dann gäbe es kein Missverständnis mehr.«

»Ich bin fertig«, sagte der kleine Mann.

Ich weiß nicht, wer ich bin

»Ich weiß nicht, wer ich bin«, sagt der Patient zum Psychiater.

Psychiater: »Wussten Sie je, wer Sie sind?«

Patient: »Kann mich nicht erinnern. Ich kann nicht schlafen. Ich kann nur schlafen, wenn ich Tabletten nehme. Ich bin so getrieben. Meine Arbeiten sind fertig, aber keiner nimmt sie.«

Psychiater: »Sind Sie zufrieden mit Ihrer Leistung?«

Patient: »Ich für mein Teil bin zufrieden, ich weiß nicht, was es da noch zu verbessern gibt. Die haben sich auf mich eingeschworen.«

Psychiater: »Wem außer Ihren Auftraggebern haben Sie die Arbeiten gezeigt?«

Patient: »Meiner Frau, meinen Kindern, meinen Freunden.«

Psychiater: »Würden Ihre Freunde Sie kritisieren?«

Patient: »Es gibt nichts zu kritisieren.«

Psychiater: »Würden Ihre Freunde Ihnen die Wahrheit sagen, auch wenn sie wüssten, dass Sie dabei verletzt werden?«

Patient: »Keine Ahnung.«

Psychiater: »Ziehen Sie in Betracht, dass Ihre Freunde Ihnen nicht die Wahrheit sagen. Wie steht es mit Ihrer Frau und Ihren Kindern?«

Patient: »Meine Frau findet gut, was ich gut finde. Meine Kinder ebenfalls.«

Psychiater: »Dann glauben Sie an sich?«

Patient: »Wie kann ich an mich glauben, wenn ich nicht weiß, wer ich bin. Ich habe viele Fähigkeiten, habe vieles schon ausprobiert.«

Psychiater: »Kann es sein, dass Sie Ihren Ausdruck noch nicht gefunden haben?«

Patient: »Ich bin nicht mehr jung. Ich kann nicht mehr von vorn anfangen. Ich biete alles an. Wenn ich zu Barfüßigen gehe, bin ich barfuß. Wenn ich zu Königs gehe, ziehe ich meine goldenen Stiefel an.«

Psychiater: »Wissen Sie denn, was Sie sein möchten?«

Patient: »Ich wollte alles sein: Nobelpreisträger für Physik, Hundertmeterläufer, Filmstar, Revolutionär, Adeliger, der erste Mann auf dem Mond.«

Psychiater: »Kann es sein, dass Sie als Kind zu wenig Liebe erfahren haben?«

Patient: »Das kann sein.«

Psychiater: »Sie wollen, dass Ihre Leute stolz auf Sie sind?«

Patient: »Ich will, dass mein Vater stolz auf mich ist.«

Psychiater: »Lebt ihr Vater noch?«

Patient: »Halten Sie es für möglich, dass ich erlöst sein werde, wenn mein Vater gestorben sein wird?«

Psychiater: »Ob Sie dann wissen, wer Sie sind? Das glaube ich nicht. Das müssen wir zuerst noch herausfinden.«

Patient: »Sie können mir dabei helfen?«

Psychiater: »Das hoffe ich. Aber wir werden viel Zeit miteinander verbringen müssen.«

Patient: »Was soll ich jetzt machen? Ich muss in der Nacht schlafen können.«

Psychiater: »Wir werden eine geeignete Medikation finden, die nicht abhängig macht. Sonst kann ich Ihnen nur raten, bei sich selbst zu sein, sich nicht ablenken zu lassen. Sie müssen den Löwen nicht auch noch spielen. Gibt es etwas, was Ihnen Freude macht?«

Patient: »Träumen.«

Psychiater: »Interessieren Sie sich für Menschen?«

Patient: »Für die, die mit mir zu tun haben.«

Psychiater: »Für Menschen auf der Straße?«

Patient: »Für das Volk interessiere ich mich nicht. Das hat nur eine Stimme.«

Psychiater: »Was für ein Irrtum! Das Volk gibt es nicht. Es gibt nur Menschen. Allerdings viele.«

Patient: »Ich möchte nicht unter meinem Niveau behandelt werden. Der heutige Mensch interessiert mich nicht. Der heutige Mensch hat keine Ideale.«

Psychiater: »Interessieren Sie sich wenigstens für den heutigen Menschen in Ihnen? Man muss sich selbst erkennen. Wenn das nicht hilft, das Wahre zu finden, so hilft es wenigstens dabei, sein Leben einzurichten. So tut man zumindest das Richtige.«

Patient: »Können Sie mir nicht einfach nur Tabletten verschreiben? Ich brauche Sie nicht als Therapeut.«

Psychiater: »Sie können nicht erwarten, dass wir bei unserer ersten Sitzung schon auf den grünen Zweig kommen.«

Magersüchtig

Ich bin so fett! Sagt Nomi K. zu ihrem Spiegelbild. Du bist so fett, Nomi, wenn man dich angreift, bekommt man fettige Finger! Sagt das Spiegelbild zu Nomi.

Heute ist Freitag, der 17. Juni, 8 Uhr 20. Ab jetzt esse ich nicht mehr.

Nomi führt ein Ernährungsheft.

Eintrag: Ich trinke Tee, nur Tee, diesen Wermut, den Mama im Garten hat. Eine winzige Dosis mit kochendem Wasser aufbrühen. Niemals werde ich mich hinreißen lassen und mein Taschengeld verfressen wie Heidi S., den Kühlschrank leer fressen wie Heidi S. Und dann Finger in den Hals, Abführmittel, ekelhaft. Das kommt für mich nicht in Frage. Ich bin stark und stolz. Alles, was ich bekommen kann, ist nicht gut genug für mich. Ich werde meine Ikone sein.

Zwei Jahre später ist Nomi nur mehr die halbe Nomi.

Eintrag: Kaum Ausfälle mehr. Bin beinahe zufrieden mit mir. Biowürfelbrühe nur in Krisenzeiten. Jeden Tag 0,75 l Biogemüsesaft. Wenn sie mich fragen, warum ich nicht esse, habe ich Ausreden parat.

Eintrag: Habe mich irgendwie wahnsinnig schön gefühlt, viel Klamotten eingekauft, die kleinsten. Bei der Kassa hat ein Typ hinter mir gesagt, süß, aber keinen Arsch. Macht mir mittlerweile keinen Spaß mehr, das Shoppen.

Mitturnen kann Nomi nicht mehr, sie ist zu schwach. Den

Schularzttermin schwänzt sie. Sie zieht Schichten von Kleidern übereinander an, damit nicht dauernd lästig gefragt wird, warum sie so mager ist. Ihre Mutter schickt sie zum Arzt. Sie geht nicht hin und erfindet eine Diagnose. Es heißt, Nomi ist sehr krank. Sie ist jetzt eine Ikone.

Ich bin sehr krank, sagt Nomi. Sie wissen nicht, was es ist.

Ich bin allergisch auf neunzig Prozent aller Lebensmittel.

Nomis Ernährungsheft ist eine einzige Jubelschrift. Fehlerlos.

Sie liegt erst im Chemiesaal auf dem Boden, dann in der Intensivstation. Wenn sie wieder schreiben kann, will sie ein Heft mit ihrer Krankengeschichte beginnen.

Nomi befindet sich in der Akutstation für psychisch Kranke. Sie schreibt in ihr Heft, dass sie glücklich ist in dem Anorexie-Programm, weil sie nämlich beim Essen nicht kontrolliert wird. Sie muss nur ihren Biosorb trinken. Bei einem BMI unter 17 bekommt sie eine Magensonde. Sie schreibt, dass sie das unnötig findet. In einem anderen Krankenhaus, hat eine Kollegin ihr erzählt, bekommt man die Magensonde erst ab einem BMI unter 14. Nomi hat sich beim zuständigen Arzt beschwert. Ihre Niere funktioniert nicht mehr. Ihr wurde ein Harnkatheter gesetzt. Das ist ein Schlauch in der Harnröhre bis zur Blase, und der Urin rinnt dann aus dem Schlauch in den Beutel. Der Internist sagt zu Nomi, wenn sie so weitermacht, wird sie sterben. Sie weiß nicht genau, ob sie sterben will. Manchmal nicht, manchmal schon. Jedenfalls will sie nicht so gewöhnlich werden wie alle um sie herum.

Ihre Mutter hat ein geeignetes Krankenhaus für sie gefunden. Da gibt es Musiktherapie und Kunsttherapie und Gruppentherapie, Einzeltherapie und Arztgespräche. Eine nasale Sonde versorgt Nomi mit Kunstnahrung. Wenn sie über einem BMI von 17 ist, darf sie essen, sogar ein Morgenkaffee ist ihr versprochen. Sie weiß noch nicht, ob sie essen will.

Einmal hat sie kurz Lust gehabt, sich extravagant anzuziehen, und an so einem mageren Menschen wie Nomi sieht ja alles unheimlich stylisch aus. War aber nur eine Phase von Kleiderlust.

Nomi schreibt in ihr Krankenheft, dass sie eine Freundin gefunden hat, der es auch so beschissen geht wie ihr, die aber wirklich Format hat, fast wie ich, und gottseidank auch keinen Busen. Hey, hat sie zu Nomi gesagt, wir zwei sind die wirklich geilsten Typen hier.

Voodoo

Im Werkunterricht basteln die Kinder Voodoo-Puppen. Roman hat von seiner Mama bunte Stofffetzen bekommen, eine Nadel mit großer Öse und einen starken Faden. Der Mutter ist nicht ganz wohl dabei. Der Vater wird richtig zornig, als er davon erfährt. Er möchte gern wissen, wer dem Werklehrer ins Hirn geschissen hat.

Die Puppen gleichen einander wie Verwandte. Manche Kinder haben Köpfe aus Fotografien ausgeschnitten und sie auf die Voodoo-Puppe geklebt. Roman sagt, damit kann man Krankheiten heilen. Wenn zum Beispiel die Großmutter sehr krank ist und die Voodoo-Puppe bekommt ihr Gesicht aufgepickt und man wünscht sich gute Gesundheit, dann wird die Großmutter gesund.

Roman kommt eine Stunde früher nach Hause. Der Lehrer hat einen Herzanfall erlitten. Wahrscheinlich, sagt Roman, hat ein schlechter Schüler einer Lehrerpuppe eine

Nadel ins Herz gestochen. Der Lehrer ist zum Glück nicht gestorben.

Die Kinder sind so verunsichert über diesen Vorfall, dass sie beschließen, die Puppen zu entsorgen. Da fängt das Problem erst an. Was wird aus der Großmutter, wenn die Puppe mit ihrem aufgeklebten Gesicht in den Abfall geworfen wird? Was kann das heißen? Wird die Puppe verbrannt oder gar ertränkt, ist das vielleicht sogar noch schlimmer.

»Ich trenne sie auf«, sagt Romans Mutter, »Fetzen für Fetzen löse ich ab, bis ich wieder die losen Fetzen vor mir habe, dann wasche ich die Fetzen, bügle sie aus und lege sie auf den Platz zurück, auf dem sie vorher gelegen haben. So ist es, als wäre gar nichts geschehen.«

»Es ist aber etwas geschehen«, sagt Roman, »da war eine Puppe mit Großmutters Gesicht – und dann?«

»Alles was recht ist!«, schimpft am Abend der Vater und schreibt einen Brief an die Schulbehörde: »Noch nie etwas von Aufklärung gehört? Man darf doch wohl erwarten, dass ein Pädagoge sich seines Verstandes bedient, vorausgesetzt, er hat einen.«

Mit seiner Frau hat er wegen dem letzten Satzteil einen heftigen Streit.

»Wo ist dieses unselige Ding?«, schreit der Vater. Er nimmt die Puppe und schleudert sie aus dem Fenster. Da ist das Nachbarhaus und dann die Straße.

Die Mutter versucht zu beruhigen. Sie kann sich nur vorstellen, dass der Lehrer besonders originell sein wollte, dass diese Puppen jetzt doch in Mode sind, das ist so etwas wie Zeitgeist.

Roman interessiert sich nicht mehr für die Voodoo-Puppe, er hat andere Sorgen. Er hat sich Vaters Taschenmesser ausgeliehen und es dann verloren. Der Vater verdächtigt ihn, und Roman muss gut lügen, damit es kein Theater gibt.

Die Mutter ist von der Vorstellung geplagt, dass die Puppe jetzt irgendwo liegt und Unheil anrichtet. Sie schaut im Netz unter »Voodoo-Puppe« nach, und was sie findet, ist eine schwarze Seite, auf der es heißt: »Befassen Sie sich nur damit, wenn es Ihnen ernst ist.«

Sie klappt den Computer zu. Es nützt nichts, wenn sie sich sagt, alles ist doch nur Aberglaube, ich bin doch keine Heidin. Was, wenn die Nachbarin die Puppe findet und sich bedroht fühlt, was, wenn die Puppe mit Großmutters Gesicht von einem Auto überfahren wird?

Eine Woche später findet sie die Puppe unter ihrem Johannisbeerbusch. Sie ist erleichtert und macht sich sogleich an die Prozedur des Auftrennens. Sie löst vom Kopf der Voodoo-Puppe das ausgeschnittene Gesicht ihrer Mutter, das vom Regen blass geworden ist. Nach getaner Arbeit ruft sie ihre Mutter an und fragt, wie es ihr geht.

»Ich fahre morgen mit meiner Freundin nach Rom«, sagt die Oma. »Du weißt, dass ich immer schon den Papst sehen wollte.«

VIRTUELLE PFLANZEN

Der Erfinder

Josef K. war ein angesehener Erfinder. Jede seiner Erfindungen war von großem Nutzen für die Menschen, und jede seiner Erfindungen wurde von Mal zu Mal komplizierter, so dass seine Frau Charlotte Mühe hatte, die Zusammenhänge zu erkennen. Bald stellte sich heraus, dass er ohne das Beisein seiner Frau unfähig war zu denken. Charlotte war voll Bewunderung für ihren Mann, und so schlug sie ihm vor, immer in seiner Nähe zu sein, wenn er erfand. Man kann sich vorstellen, dass ihr Leben dadurch stark eingeschränkt war.

Josef K. lebte bescheiden mit seiner Frau in einem kleinen Haus, und die Sachen aus dem Zimmer des Erfinders wurden bald in die Küche befördert, weil er ja fortwährend erfinden wollte, und gekocht musste schließlich auch werden, und er wollte ja ständig bei ihr sein. Er stapelte seine fünf Kisten in der Speisekammer, benützte nur ein Drittel des Küchentischs und ermunterte seine Frau, doch beim Kochen Musik zu hören, ganz gleich ob klassisch oder wild. Sogar während des Essens ließ er nicht davon ab, seine Schrauben zu ordnen oder in seinem karierten Block Notizen zu machen.

Die Spaziergänge der beiden, die sie früher täglich unternommen hatten, fielen zusehends aus. Josef K. hatte die fixe Vorstellung, seine Frau könnte ihm währenddessen abhanden kommen, und dann wäre sein Kopf leer wie ein Platz um vier Uhr früh. Das allerdings ängstigte Charlotte, sie liebte nämlich die Natur und brauchte die Luft. Sie saßen bei geöffnetem Fenster in der Küche, was im Winter zum Problem wurde.

Charlotte riet ihrem Mann, einen Arzt aufzusuchen, so sehr sorgte sie sich um seinen Geisteszustand. Er lehnte ab. Kaum war eine Erfindung beendet, konzipierte er eine neue.

Die letzte und größte seiner Erfindungen fand nie ein Ende. Er konnte Charlotte nicht im Geringsten erklären, worum es sich dabei handelte, wofür diese Erfindung nützlich sein würde, die vielen Kabel und Stecker.

»Elektrisch?«, fragte Charlotte.

»Ja, durchaus auch elektrisch«, sagte er und war so begeistert, was sie rührte und was sie wieder spüren ließ, wie sehr sie ihn liebte. »Ja, elektrisch«, sagte er, »aber nicht nur, sozusagen, die Überwindung des Elektrischen mit Hilfe des Elektrischen. Das Elektrische hat nur einen Zweck, nämlich das Elektrische für alle Zeit abzuschaffen.«

»Kann das jemand verstehen?«, fragte sie.

»Noch verstehe ich es selbst nicht«, sagte er. »Aber wenn ich es erst verstehe, wenn ich es erst verstehe, dann, dann!«

»Ja, wenn du es erst verstehst«, seufzte Charlotte. »Dann, dann.«

Um seine Frau von ihrem Trübsinn ohne frische Luft abzulenken, erzählte Josef K. Geschichten, er sang ihr Lieder vor und kitzelte sie unter den Armen. Als ihnen einmal die Lebensmittel ausgegangen waren, öffnete Josef K. das Fenster und rief einen Passanten zu sich und bat ihn, einkaufen zu gehen. Er gab ihm seine Autoschlüssel – das Auto hatte er schon lange nicht mehr benutzt –, gab ihm sogar seine

Kreditkarte und schrieb einen langen Zettel. Den Mann, den er ja gar nicht gekannt hatte, sah er nie wieder. Das Auto auch nicht. Er fragte einen Buben, der brachte brav die gewünschten Sachen und stellte sie vor der Tür ab.

Ein Problem ergab sich, als Josef K. feststellen musste, dass sein Material zu Ende ging. Er musste zum *Hornbach*.

»Es ist leider notwendig«, sagte er zu seiner Frau und fesselte sie an den Stuhl. »Bald bin ich wieder zurück.«

Beim *Hornbach* gab es Schwierigkeiten, weil Josef K. kein Geld bei sich hatte, seinen Namen nicht mehr wusste und zu weinen anfing.

So endet diese Geschichte.

Eine Art Liebesbrief

Lieber Max,
Du wunderst Dich sicher, dass ich Dir einen Brief schreibe. Mailen war mir zu gewöhnlich. Du bist ein viriler Mann, und das ist es, was ich an Dir liebe. Ich weiß, Du würdest Dich nie von Deiner Frau trennen. Mir genügt eine Hälfte. Gestern sah ich Dich mit einer Frau, die ich nicht kenne und die jünger war als ich. Es hat mich erschüttert, zu sehen, wie Du ihre beiden Hände gehalten hast, so als wäre das eine Beschwörung. Wer ist diese Frau? Ich kann mit einem Drittel Max beim besten Willen nicht leben. Da bin ich lieber wieder allein. Oder könnte ich es doch? Verdammt. Was will ich? Ich darf jetzt keinen Fehler machen. Ich würde unsere Gespräche vermissen und unseren gemütlichen Sex.

Fritzi

Liebe Fritzi,
ein Mail auf die Schnelle. Du glaubst doch nicht, dass ich mich so einfach aus dem Staub mache. Du wirst mich nicht los. Diese junge Frau ist eine Kollegin mit mächtigem Liebeskummer, und ich war am Donnerstag ihr Zuhörer. Diese Frau verkümmert. Der Mann, den sie liebt, ist verheiratet. Sie hofft, er würde sich trennen. Sie sagt, sie habe ein Ablaufdatum, weil sie unbedingt ein Kind will. Das ist die denkbar unglücklichste Konstellation. Sie schreibt diesem Mann an einem Tag über 100 SMS. So, sagte ich zu ihr, wirst Du diese Beziehung von Dir aus beenden.

Dein hungriger Max.

Sehr geehrte Franziska,
ich darf Sie doch so ansprechen. Max hat mir von Ihnen erzählt, und dass Sie von meinem Unglück wissen. Da Sie in ähnlicher Situation sind wie ich, erhoffe ich mir Rat von Ihnen. Wie soll ich mich verhalten? Ich bin so verzweifelt, und wenn mir meine Liebe zurückgeschleudert wird, will ich nicht mehr leben.

Ihre Renate.

Liebe Renate,
sich ein Ablaufdatum zu geben, ist eine Sünde. Menschen haben kein Ablaufdatum, Frauen schon gar nicht. Jede Frau ist in ihrem Lebensalter eine Wucht. Was uns unterscheidet, ist im Groben die Tatsache, dass ich von Max nie ein Kind wollte (ich habe zwei Kinder von meinem ersten Mann – Max hat zwei Kinder mit seiner Frau). Diese, das Ablaufdatum betreffende Sorge, war also nicht die meine.

Glauben Sie mir, das Bombardieren mit Telefonaten, SMSen ist ein Fluch. Allerdings könnte sich auf diese Art die Beziehung ganz von selbst auflösen. Versuchen Sie doch, sich diesen Mann abzugewöhnen. Am besten, Sie ersetzen ihn durch einen anderen.

Ihre Franziska.

Liebe Franziska,

Ihr Mail fand ich grausam. Sie müssen doch am besten wissen, wie man leidet, wenn man einen Mann nie ganz haben kann. Sie teilen Ihren Max mit seiner Frau, und wie geht es Ihnen damit?

Renate.

Sehr geehrte Franziska,

es ist an der Zeit, Ihnen zu sagen, dass ich natürlich längst über Ihre Beziehung zu meinem Mann informiert bin, auch über seine Abmachung mit Ihnen, dass er sich nicht von mir trennen wird. Das ist aus wirtschaftlichen Gründen notwendig. Ich habe mich damit abgefunden (was eine quälende Zeit beansprucht hat). Mittlerweile verbringe ich viel Zeit in einer Gebetsgruppe und konzentriere mich auf das Wesentliche. Ich habe meinen Frieden gefunden. Das sei Ihnen auch zu wünschen.

Ursula Voss

Liebe Fritzi,

es gibt in Neuseeland eine Brückenechse – *Tuatara* – ein prähistorisches Reptil, das sich seit der Zeit der Dinosaurier vor Jahrmillionen nicht mehr verändert hat.

Das werden wir nicht schaffen. Aber Tuatara lebt auch nicht so intensiv wie wir zwei.

Dein Max.

Lieber Max,
mein Freund hat mit mir Schluss gemacht. Und weißt Du, was verrückt ist? Er trennt sich von seiner Frau. Weil er das alles nicht mehr aushält. Ich muss unbedingt mit Dir reden. Nur Du kannst mir helfen.

Renate.

Tier auf der Bühne

Soll ein Tier auf der Bühne erschossen werden, weil der Autor es so will, so muss es in der Tat erschossen werden. Es kann den Tod nicht spielen. Ein Schauspieler steht nach dem Erschießen auf und verlässt den Platz.

Deshalb, sagte meine junge Freundin, erklärte ich dem Regisseur, dass ich meinen Hund nicht für ein Theaterstück hergeben will. Es stimmt zwar, dass er ihr inzwischen lästig war, aber das war ihr dann doch zu arg. Sie sagte, sie habe einfach schon zu viel durchgemacht mit ihm. Sie hat diesen Hund seit zehn Jahren und lange wird er nicht mehr leben. Er ist krank und kann nicht mehr richtig essen. Trotzdem will meine junge Freundin abwarten, bis er von allein stirbt. Nur Pferden gibt man den Gnadenschuss. Sie hat diesen Hund bei einem Fest in Lissabon gesehen. Eigentlich hat sie nur seine Vorderpfoten gesehen. Ein dicker Mann lag auf dem Hund und schnarchte. Sie zog den Hund mit Mühe hervor, sein Fell war mit Alkohol angeschüttet. Sie schrie herum, was dem Mann einfalle, ein Tier so zu quälen. Der Mann war verrückt. Sie nahm den Hund zu sich, hob von ihrem wenig Ersparten ab und brachte ihn zum Tierarzt. Sie nannte ihn Sif, was in Portugal ein Spülmittel ist. Wahrscheinlich, weil er so schmutzig war. Alles was schlecht ist, hatte der Hund: Würmer, Geschwüre. Sie pflegte ihn tatsächlich gesund. Sein Fell glänzt rotbraun, es riecht nach ihrem Shampoo. Er hat Angst vor dem Wasser, mein Sif, sagt sie, er ist von Neurosen geplagt.

Als es Sif noch besser ging, fuhr sie mit dem Auto durch das Ried, und der Hund musste ihr nachlaufen, das war sein Training. Er sollte es noch gut haben, bevor er stirbt.

Dann lernte meine junge Freundin diesen Regisseur kennen, der besessen war von der Idee, ein Tier auf der Bühne sterben zu lassen. Sie war fasziniert von ihm, weil er so verrückt war. Trotzdem, ihren Hund würde sie nicht opfern. Ich könnte versuchen, sagte meine junge Freundin, ihm beizubringen, so zu tun, als würde er angeschossen und umfallen. Aber das ging natürlich nicht. Sif ist schließlich kein Fernsehhund.

Jetzt muss sie sich entscheiden, meine junge Freundin. Will sie Sif opfern oder ihren Freund verlieren. Ihr Freund ist fünfundzwanzig und kann neunzig werden, Sif ist zehn und lebt vielleicht noch ein Jahr. Warte, sagt meine junge Freundin zu dem Regisseur, bis er gestorben ist, dann drapieren wir ihn auf der Bühne.

Mit ausgestopften Tieren zu arbeiten fand der Regisseur abartig.

Muss denn überhaupt ein Hund vorkommen in dem Stück? Aber wenn, kann das nicht mein alter Sif sein, der einfach nicht sterben muss. »Kann ich dein Stück lesen«, fragte meine junge Freundin den Regisseur. Er war nämlich Regisseur und Schriftsteller in einem und Aktionskünstler dazu. In Wirklichkeit hatte er seinen Ausdruck noch gar nicht gefunden.

»Soll ich dir ein Geständnis machen?«, sagte der Künstler ohne Ausdruck zu meiner jungen Freundin. Sie lagen in einer Wiese und schauten in den Himmel. »Ich habe«, sagte er, »das Stück noch gar nicht geschrieben. Die Idee ist ganz groß in meinem Kopf. Sie ist heiß wie Feuer und kalt wie Eis. Wenn sie erst von meinem Kopf in den Computer springt, bin ich gerettet. Du bist eine Superfrau«, sagte der Regisseur zu meiner jungen Freundin, »alles an dir ist hipp. Kannst du schreiben? Wie war das mit den Aufsätzen bei dir in der Schule?«

»Habe immer nur Einser gehabt«, sagte meine junge Freundin. Sie wollte gern in ein Lokal in der Nelkengasse gehen, das *Jenseits* heißt. Und Sif mitnehmen.

Unter Wölfen

In einem Saal, groß wie ein Kirchenschiff, saß unter gut gekleideten Menschen eine Schriftstellerin in ihrem schwarzen Lesungskleid, grüne Stiefeletten an den Füßen. Was geredet wurde, interessierte sie wenig. Sie wusste zwar, diese Personen könnten ihr nützlich sein, für Erfolg und Berühmtheit, aber sie verbot es sich, Höflichkeit bis zur Unaufrichtigkeit zu üben. Sie wünschte sich kurz, ohne Bewusstsein, wie ein neugeborenes Kind zu sein. Oder die Seele eines Nesseltiers zu haben. Man richtete Worte an sie, sie aber war weggedriftet und hatte einen etwas blöden Ausdruck im Gesicht. Sie wusste, dass die Gründe, an die Unsterblichkeit der Seele zu glauben, nicht dem Streben nach Erkenntnis, sondern einem Bedürfnis des Gemüts entsprangen.

Der Verlagschef sagte in ihr Gesicht hinein: »Lektor K. wollte noch mit Ihnen über Ihr neues Buch reden, er wartet auf Sie.«

»Und«, fragte die Schriftstellerin Lektor K. »wie finden Sie es?«

»Es muss daran noch gearbeitet werden, es gibt da einige Ungereimtheiten.«

Ihr dümmlicher Gesichtsausdruck verflog, und sie fixierte den Lektor. Er wich ihrem Blick aus.

»Aber ja«, sagte sie, »ich gebe mich ganz in Ihre Gewalt. Sagen wir für eine halbe Stunde.«

Ein Bediensteter, schwarz gelockt, aus einem Pasolini-Film (oft sind es Männer aus Pasolini-Filmen, die ihr begegnen) bot ihr Getränke an. Unter seinen Achseln hatte sich ein eingetrockneter Teich von Schweiß gebildet. Sie leerte ein Glas Champagner, dann ein zweites, dann ein drittes, der Schwarzgelockte starrte sie an.

Ein berühmter Schriftsteller begrüßte sie, sein Händedruck war wie ein Schraubstock, so dass sie aufwachte. Sie liebte saftige Begrüßungen. Dabei war der Mann gebrechlich, und seine Tränensäcke sahen wie alte Lumpen aus.

»Ja«, sagte sie, »eine Cortisonspritze, direkt in meinen Arsch.« Ihre Füße widersetzten sich dem Gebrauch, so dass sie aus diesem und weiteren Gründen in ihrem Herzen keinen Grund zum Glücklichsein fand. So wartete sie die Rede des Verlagschefs nicht ab – er war in Socken auf den Sessel getreten und begann in russischem Englisch: »Was uns rettet, ist die Tüchtigkeit …«

Die Schriftstellerin schlüpfte aus der Tür, niemand sah ihr nach, sie verwechselte die Korridore und suchte, bis sie den Ausgang fand. Es war der für die Dienstboten. Ihre Füße waren heiß und tobten, sie zog die Stiefeletten aus und tappte in den teuren Wolford-Strümpfen, bald zog sich eine fette Laufmasche bis über ihr Knie in den Oberschenkel. Sie versuchte zu gehen und versuchte zu gehen. Wo sie war, wusste sie nicht. Es wurde dunkel, Straßenlaternen gab es keine mehr. Lärm war auf der Straße, Musik aus Computern. Kinder saßen rauchend auf einer Mauer.

Sie überholte einen alten Mann.

»Bleib stehen«, rief er ihr nach. »Ich sehe erbärmlich aus, trotzdem bitte ich dich, mit mir zu gehen. Ich zeige dir einen Schlafplatz.«

Sie dachte, dem Bart nach zu schließen, könnte es Gott sein, und sie nickte freundlich.

»Wir bewegen uns, bis wir dort sind«, sagte er. Er würde sie an einen Ort der Finsternis führen. Aber da waren sie doch schon, kein Licht weit und breit! Wenn er Gott ist, dachte die Schriftstellerin, wird er gleich über die Unsterblichkeit referieren. Oder er könnte mir die Füße heilen. Er war ein alter Mann, der vor sich hin murrte, dem Speichel aus dem Mundwinkel rann und seinen Bart nässte. Sie fühlte sich bewusstlos wie eine Pflanze, da waren sie angekommen. Ein hoher Stacheldraht türmte sich vor ihnen auf. Der alte Mann machte ihr die Räuberleiter, und sie stieg, ohne ihr Lesungskleid kaputtzumachen, darüber.

Auf der anderen Seite waren die Wölfe. Der alte Mann stand unter ihnen und sagte:

»Legen wir uns schlafen, es ist schon spät.«

Keine Liebkosung

Sie ist älter geworden, dachte er, aber ich werde mir nichts anmerken lassen, Figur ist noch fest.

Nur, sie hatte sofort bemerkt, dass er ihre Falten um den Mund registriert hatte. Ich werde so tun, dachte sie, als wäre alles so wie damals, als wir uns verabschiedet hatten. Vor elf

Jahren. Sie drückte ihren Rücken durch und warf den Kopf zurück und lächelte die Falten weg.

Er ist derselbe geblieben, ein bisschen schief geworden vielleicht, sein Gesicht ein bisschen trockener vielleicht.

»Erinnerst du dich an den Fluss«, sagte sie, »er war wild und reißend, jetzt ist er fast ausgetrocknet.«

»Das ändert sich garantiert, wenn das Schmelzwasser kommt«, sagte er, und sie dachte: Nur noch mein Herz schmilzt hier, nur noch mein Herz.

Sie war die ganze Zeit über in diesem Haus, dachte er, beim Saubermachen, beim Verschönern, während ich Affären hatte – Affären mit einer Chinesin, einer Perserin und einem Schweden. Er griff in seine Hosentasche und klappte sein Messer auf, spürte die scharfe Klinge.

»Die Rosen«, sagte sie, »hast du meine Rosen gesehen? Sie duften wie vor elf Jahren.«

»Und außerdem?«, fragte er. Für nichts weniger als für Rosen interessierte er sich. »Hast du meine Briefe erhalten?«

»Den einen mit dem Brieföffner aus Elfenbein. Der Kopfschmuck des Häuptlings ist abgebrochen. Ich wollte ihn kleben, aber dann gefiel er mir so besser, und außerdem passte er ohne Kopfschmuck besser zu mir.«

»Hast du damit schon Briefe geöffnet?«, fragte er.

»Nur deine fünf Briefe habe ich damit geöffnet«, sagte sie. »Alle sind gut verwahrt.«

Sie dachte, immer hat er die Gewohnheit gehabt, in seiner Hosentasche mit seinem Messer zu spielen. Am liebsten hätte sie geschrien: Hör augenblicklich auf, mit deinem Messer zu spielen! Er ist fünf Jahre älter als ich, dachte sie weiter, und sicher ist er verliebt, nur nicht mehr in mich, sicher in ein Mädchen, das seine Tochter sein könnte.

Sie nahm sich zusammen und fragte: »Du bist doch nicht etwa verliebt?«

»Sehr verliebt, es wird verschwinden, je weiter ich von ihr getrennt bin.«

Zorn kam in ihr hoch. Nur ja keine Tränen!

»Was wirst du tun?«, fragte sie mit fester Stimme, ein wenig zu laut vielleicht. »Was wirst du hier tun? Wo wirst du zum Beispiel wohnen?«

»Ich dachte«, sagte er »ich dachte, ich könnte vielleicht bei dir«, – Pause –, »bis ich etwas Geeignetes gefunden habe.«

»Ich habe kein Gästezimmer«, sagte sie. »Wenn du mit dem Sofa im Wohnzimmer zufrieden bist?«

»Wunderbar«, sagte er. »Ganz, ganz wunderbar!« Er hatte gewusst, dass sie Platz für ihn haben würde. Jetzt wollte er nur noch schnell aus dem Schließfach sein Gepäck holen.

Sie atmete tief durch und nahm sich vor, am Wochenanfang die Haare schneiden zu lassen. Sie wollte sich als neue Frau präsentieren, vielleicht ein rötliches Kleid kaufen und Schuhe. Was für Schuhe? Exotische Schuhe? Schlangenlederschuhe. Wo kriegt man die bei uns? Ich bin noch nicht alt, sagte sie und schaute aus dem Fenster einer Wolke zu, die sich über die Sonne zog.

Er lief aus dem Haus. Empfänglich wie er war, nahm er bald Blickkontakt zu einem Mädchen auf. Er fasste nach der Messerklinge und folgte ihr. Bliebe sie stehen, würde er ihr ein Kompliment machen. Irgendetwas an ihr war garantiert außerordentlich. Sie bog in eine Nebenstraße ein, drückte auf eine Türglocke, die Tür öffnete sich, und sie verschwand.

Gut, sagte er sich, habe ich eben bescheiden Spaß gehabt. Er machte kehrt und schlenderte in Richtung Bahnhof zum Schließfach Nummer 23.

Virtuelle Pflanzen

Ich bin einsam. Ich bin ein soziophober Mensch. Ich möchte nicht einsam sein. Ich möchte Freunde haben, die mich lieben. Ich liebe Pflanzen. Pflanzen lieben mich. Mein Nickname bei Facebook lautet Robert Blatt. Ich suche Freunde, die auch Pflanzen lieben. Bei VirtualPlantz.com stehen eine Egyptian Pine und eine Wüstenpflanze mit Namen Kleopatra. Ich fand Eintragungen einer Person mit dem Nickname »Heimat«, der hatte die allerschönsten Pflanzen. Noch nie hatte ich so herrliche Pflanzen gesehen: Edelweiß mit pelzigen Blütenblättern, tintenblauer Enzian, Alpenrosen von kräftigem Rosa mit holzigen Stielen. Könnte ja sein, dachte ich, dass hinter diesem Nickname eine ebenso herrliche Frau steht. Ich schrieb an Heimat und bot ihm an, sollte er verreisen, mich um seine virtuellen Pflanzen zu kümmern – liebend gern. Das funktioniert so: Bei Zimmerpflanzen tippe ich auf die grüne Gießkanne, wenn sie Wasser brauchen, bei Pflanzen im Freien tippe ich auf das Symbol Regen. Heimat hat seine Pflanzen auch schön passend drapiert. Das Edelweiß versteckt sich in Bergnischen, die Alpenrose unterhalb eines Gipfelkreuzes, der tintenblaue Enzian auf einer steilen Bergwiese. Ich schrieb: »My dear, I will take care of your wonderful plants.« Deshalb schrieb ich Englisch, weil es ja sein könnte, dass Heimat aus einem fremdsprachigen Land stammt. Heimat antwortete mir, und leider war er keine wunderbare Frau, sondern ein Politiker mit diesem netten Hobby. Ich fragte nach, ob er sich im Falle eines Urlaubs meinerseits um meine Egyptian pine und um meine Wüstenpflanze kümmern wolle. Zu meinem Entsetzen lehnte er ab – sowohl, dass ich seine Pflanzen, als auch, dass er meine gießt. Grund für letzteres: Er kümmere sich grundsätzlich nicht um fremdländische Pflanzen, jedenfalls nicht, so lange es in seiner Heimat noch bedürftige Pflanzen gäbe. – Daher also sein Name!

Ich war deprimiert und zornig. Gibt es denn auf der Welt niemanden, der mich lieben will? Ich war so naiv zu glauben, ein Mensch, der Pflanzen liebt, liebe auch Menschen.

Zum Glück verreise ich nie, sondern schaue viel aus dem Fenster. Lange war ich schon nicht mehr richtig an der Luft. Ich werde meine Nachtspaziergänge wieder aufnehmen. Ich kann es ja sagen: Ich bin dunkelhäutig und in meiner Art nicht gerade der Schönste. Ich hätte so viel zu geben! Ich würde alles geben für eine Frau. Würde für sie kochen. Ich wäre der perfekte Hausmann. Könnte unter Umständen auch den Macho spielen, wenn sie das lieber hätte. Ich bin stark. Meine Stimme ist kräftig. Ich kann singen. Oft singe ich zu Radiomusik.

Heimat habe ich nicht mehr kontaktiert. Er liebt die Menschen nicht. Man kann nämlich nicht nur eine Sorte von Menschen lieben – die ureigenen. Entweder liebt man die Menschen, oder man liebt sie nicht. Ich weiß nicht, ob Heimat sich selber liebt. Würde er die Menschen lieben wie sich selbst, wäre das gut oder schlecht? Bei mir wäre das schlecht für die Menschen, weil ich mich nicht lieben kann. Oder doch? Bin ich denn nicht liebenswert? Ich dusche mich zweimal am Tag, ich überziehe mein Bett jede Woche frisch. Ich bügle alles, sogar meine Unterwäsche und die Geschirrtücher. Ich könnte, sollte das Glück mir endlich begegnen, Lieder komponieren, Geschichten erfinden, Samen säen, Pflanzen großziehen, vielleicht irgendwann einmal Kinder. Verzeihen Sie mir alles. Ich bin schuld. Ich bin schuld. Ich bin schuld.

Irgendwie

»Sieht aus, als ob es gleich irgendwie zu regnen anfängt.«

Die Frau stand an der Kasse, vor ihr ein junger Türke mit definierten Muskeln. Er trug nur ein Unterleibchen, ähnlich wie vor Jahren ihr Opa in der Küche.

»Ich könnte Sie dann irgendwie nach Hause fahren«, sagte er. »Ich bin mit dem Auto da. Damit Sie nicht nass werden, irgendwie.«

Die Frau hatte sich schon gedacht, die Muskeln von diesem Mann, unglaublich. Cremt der sie ein? Die glänzen so.

Der junge Türke hatte beim Umdrehen blitzschnell abgecheckt, dass die Frau ziemlich gut gebaut war, bis zur Taille wenigstens, ihre Beine hatte er nicht gesehen.

Er hatte ihr geholfen, die Waren in die Tasche zu packen, sie hatte bezahlt.

Draußen dann regnete es nicht.

»Habe mich getäuscht, hat doch irgendwie nach Regen ausgeschaut«, sagte die Frau. »Kann jederzeit wieder anfangen, irgendwie.«

Das Wort war ausgereizt.

Sie stieg zu ihm ins Auto. Er verstaute ihre Waren im Kofferraum.

Er legte türkische Musik ein, Tarkan, ziemlich laut, und fuhr saftig los. Ihre Beine waren schwer in Ordnung. Glückstag heute.

Ihr gefiel das. Selbstbewusste Männer waren, was sie wollte.

»Tarkan«, sagte sie und wippte mit dem Knie.

»Tarkan«, sagte er, »spezial.«

Tarkan war der einzige türkische Sänger, den sie kannte. Vor ein paar Wochen hatte sie die Ankündigung eines

Konzerts gesehen. Ausschnitte hatte sie auf Ö-Regional gehört.

»Wohin?«, fragte er.

Sie überlegte. Auf ihre kleine Tochter passte die Schwester auf. In ihrer kleinen Wohnung.

»Wohin? Zu dir oder zu mir?«

»Wir könnten ein bisschen an den See fahren«, sagte sie. Er kam ihr ziemlich schlau vor. »Die Sonne scheint ja wieder. Könnten uns ins Gras legen, und du könntest mir von dir erzählen.«

Das taten sie auch. Er bremste scharf. Sie fiel leicht auf seine Seite. Er roch ein wenig nach Schweiß, vermischt mit Deo, angenehm.

Er nahm die Decke aus dem Auto. Sie lehnte sich an seine Schulter. Als ob wir uns schon ewig kennen, dachte sie.

»Was machst du so?«, fragte sie.

»Gastronomie.«

»Arbeitnehmer oder Arbeitgeber?«

»Beides.«

»Aha.«

»Und du?«

»Gastronomie.«

»Arbeitgeberin oder Arbeitsnehmerin?«

»Zurzeit arbeitslos.«

Es tröpfelte. Irgendwie.

BLAUE PFLAUMEN

Blaue Pflaumen

»Einmal muss Schluss sein!«, sagte der Knabe, seine Haare waren graublond und wie Spatzengefieder, er war schmutzig vom Scheitel bis zu den Zehen. Fünf Knaben und zwei Mädchen saßen um ihn herum, er in der Mitte, denn er war ihr Anführer. Er war zwar nicht der Älteste, aber er hatte das meiste in seinem Oberstübchen. Die hochgezogenen Schultern der Kinder und die halbgeschlossenen Augen sagten: »Wir haben Angst.«

Da sprach der Spatzengefiederte:

»Wir geben dem Meister blaue Pflaumen zu essen, die liebt er. Ich weiß, wo wir sie pflücken können. Die wälzen wir in Gift, ich weiß, wo es solches zu finden gibt, wir reiben die blauen Pflaumen, bis sie glänzen, und dann soll er sie fressen. Ich schlage vor, die Mädchen bringen sie ihm in ihren Schürzen.«

»Nein«, sagten die Mädchen wie aus einem Mund, »der Meister wird uns wieder schlagen.«

»Nicht wenn er die blauen Pflaumen gefressen hat«, sagte der Spatzengefiederte.

Und so geschah es.

Der Meister fraß gierig die Pflaumen und bald darauf wand er sich in schrecklichen Konvulsionen auf der Erde.

Aber er starb nicht. »Er will nicht verrecken«, sagte der Spatzengefiederte, »wir fesseln ihn und binden ihn an die Eisentür.«

Jetzt muss gesagt werden, wer der Meister ist. Gemeine Grausamkeit zeichnet den Meister aus. Er ist vertraut mit Quälerei. Er hat sein böses Lasso ausgeworfen und die ärmsten Kinder von der Straße eingefangen, solche, die keine Fürsprecher haben, und die für niemand interessant sind.

»Einer von uns«, sagte der Spatzengefiederte, »muss immer beim Meister sein und ihn bewachen. Du, Rotschopf, bist der erste.«

»Aber nur«, sagte der Rotschopf, der in Wahrheit der Älteste war, scheu war und grüne Augen hatte wie ein gefährliches Tier, »aber nur, wenn ich Klebstoff bekomme. Ohne Schnüffeln bringe ich das nicht hinter mich.«

Der Spatzengefiederte holte aus seinem Versteck den Klebstoff mit einer frischen Plastiktüte (gestohlen aus dem Supermarkt) und gab sie dem Rotschopf. »Aber nicht zu viel, wehe, du bist weggedröhnt, wenn wir wieder kommen.«

Die Kinder schwirrten in verschiedene Richtungen, um Fressen zu organisieren. Der Spatzengefiederte hatte die günstigsten Supermärkte mit unbedarftem Personal ausgesucht und jedem einen zugeteilt. Sie waren beim Stehlen noch nie erwischt worden. Einmal, zweimal, zwanzigmal wegen Landstreicherei eingesperrt, aber das war eine Kleinigkeit.

So geschah es, dass jeder einzelne, Knaben wie Mädchen, den Meister bewachen musste. Er stöhnte viel, und Speichel rann aus seinem Mund. Er stank fürchterlich, denn seine Samthosen waren vollgeschissen und trieften vom Urin. Mit dem Klebstoff war das auszuhalten.

Einmal, als die kleine Claire, die hübsch gewesen wäre, hätte man es sehen können, wäre sie in einer Badewanne aufgeweicht und poliert worden, aber so war sie einfach nur ein schmutziges Kind, also, als die kleine Claire, mit der Piepsstimme, den Meister zu bewachen hatte, kam ihr das Elend. Der Klebstoff bewirkte bei ihr, dass sie rührselig wurde. Und bei ihr sprach der Meister. Er flüsterte: »Binde mich los, kleine Claire (er wusste ihren Namen, denn sie war schon oft auf seinem Schoß gesessen), kleine Claire, binde mich los, und du wirst alles bekommen, was du dir erträumst.« Immer wieder zitterte er diese Worte aus seinem blauen Pflaumenmund.

»Was ist *erträumt?*«, fragte die kleine Claire.

Sie suchte nach einem Messer und fand eines und begann, an den Fesseln herumzusäbeln. Aber wie sie so am Säbeln war, und dabei »Heile Segen« sang, kam der Spatzengefiederte und überraschte sie.

Seinen Zorn kann man nicht beschreiben. Aber er schlug nicht. Er schaute der kleinen Claire so tief in die Augen, dass sie kotzen musste.

»Wir müssen den Meister töten und verscharren und dann nie wieder von ihm sprechen.«

Das taten sie auch. Alle gemeinsam und fleißig wie brave Schüler, erledigten sie ihre Arbeit.

Chrysanth

Es begab sich, dass eine Zahl von fünfunddreißig Menschen den Tod fand. Der Omnibus ohne Kennzeichen stürzte in eine Schlucht.

Jahre später fand man bei einem Murbruch die Überreste der Insassen. Die Knochen hatten sich vom Fleisch längst gelöst. So konnten sie nicht mehr zugeordnet werden. Ein Grab wurde ausgehoben.

Ein pedanter Privatgelehrter beschäftigte sich mit dem Ereignis. Es ließ ihm keine Ruhe, und in einer mondhellen Nacht schlich er sich auf den Friedhof und grub die Knochen aus. Fein säuberlich schaufelte er die Grabstätte wieder zu und pflanzte darauf ein Rosenbäumchen.

In seinem Keller reinigte er die Knochen mit einem harten Wasserstrahl. Zum Glück gab es im Steinboden einen Abfluss. Sodann bürstete er jeden einzelnen Knochen mit einem harten Stück und legte sie auf die große Arbeitsplatte. Dabei fiel ihm auf, dass unter den vielen Knochen auch relativ kleine dabei waren. Die, glaubte er zu wissen, stammten von einem Kind. Er fand in dem abgebürsteten Abfall eine Kette aus Silber mit einem Anhänger, darauf stand der Name *Chrysanth*. Da reimte sich der Gelehrte folgendes zusammen: Die Kette, weil sie zart und klein war, hatte einem Knaben namens Chrysanth gehört. Der Gelehrte war ein leidenschaftlicher Forscher am Menschen, er kannte sich bis ins kleinste Menschenteil aus. Er brachte nach der Studie der Knochen fünfunddreißig Menschen zusammen, vierunddreißig Erwachsene, ein Kind. Der Schädelform nach zu schließen, waren unter den vierunddreißig zwanzig Frauen und vierzehn Männer. Das war allerdings nicht felsenfest zu beweisen.

Das Rosenbäumchen auf dem Grabhügel blühte in blutroter Pracht.

Der Gelehrte ging selten außer Haus und vergaß zu essen, so dass er bald auf den Kellerboden fiel und nicht mehr aufkam. Er verhungerte.

Die Knochen auf der Arbeitsplatte waren sehr trocken und die Luft im Raum hatte einen Geruch von altem Fett.

Es begab sich weiters, wann, kann nicht festgelegt werden,

dass die Knochen zueinander fanden und sich zu Körpern formten. Aber weil doch nicht alles genau nebeneinander lag, sahen die Körper merkwürdig aus. Einer hatte ein falsches Kniegelenk, einer einen falschen Ellenbogen, Füße wurden vertauscht, und die Kopfanordnung war zufällig. Nur der Knabe Chrysanth sah perfekt aus.

An einem brandheißen Tag krochen die unbekleideten Körper aus dem Keller. Menschen erblickten sie und fielen vor Angst augenblicklich tot um. Denn, es sei, wie es gewesen war, an den Knochen hatte sich Fleisch angesetzt, und auf den Köpfen wuchsen Haare. Mitten unter ihnen ging aufrecht der Knabe Chrysanth. Sein einziger Makel war, dass er nackt war. Er klopfte beim Pfarrer an, und der deckte ihn mit einem Messgewand zu. Weiters ist nichts bekannt.

Das Steinhaus

Es lebten vor Jahren Mann und Frau mit neun Kindern, oder waren es zehn. Sie alle wohnten in einem Steinhaus am Bach. Als die Frau nun das zehnte, oder war es das elfte Kind, erwartete, wurde im Steinhaus umquartiert. Der Vater rollte Steine ins Haus, um einen zweiten Stock aufzubauen. Die Söhne gingen ihm fluchend zur Hand, denn sie waren ziemlich faul. Als die Zeit der Niederkunft gekommen war, waren sie mit dem Bau lange noch nicht fertig. Da zwängte sich die Mutter mit ihrem Säugling in das schmalste Zimmer. Dort verrichtete sie ihre Arbeit, wenn es draußen regnete. Sie füllte glühende Kohlen in ein Eisen und dämpfte damit die Sachen ihres Säuglings. Die anderen Kinder waren sich selbst überlassen. Sie zogen Schafen das Fell ab und brieten das Fleisch auf der Feuerstelle vor dem Steinhaus. Vater und Kinder aßen gierig, und als die Mutter mit dem Säugling zu der Feuerstelle kam, war kein Bissen mehr übrig. So ging das drei Tage lang. Die Frau verlor an Kraft und Humor. Sie hatte für ihren Säugling keine Milch mehr. So stand die Mutter, als alle schliefen, auf, tötete ein Schaf, zog ihm das Fell ab und briet das Fleisch auf der Feuerstelle. Sie schleppte das gebratene Fleisch in ihr schmalstes Zimmer und versteckte es in der Steinwand.

Mann und Kinder wachten von dem wunderbaren Fleischgeruch auf und stellten die Mutter zur Rede. Sie war gerade dabei, ihren Säugling zu stillen und tat, als hörte sie nichts. Das erboste den Mann und auch die Kinder, waren es nun neun oder zehn, sie schleppten Steine herbei und mauerten die Mutter mit ihrem Säugling ein. Dann zählten sie die Schafe, trieben sie vor sich her und suchten eine neue Bleibe.

Der arme Mann, er schluckt so komisch, ich glaube, er ist Deutscher

Ein Schriftstellerehepaar wird von einer Ärztegesellschaft eingeladen, die Ärzte wollen, ihren Kindern zur Freude, eine Dichterlesung veranstalten. Alles ist vornehm arrangiert, der Saal ist gefüllt mit den Herrschaften, die Kinder sind herausgeputzt wie für eine Theaterrolle im Sommernachtstraum. Es heißt, der Vorsitzende sei ein weltberühmter Arzt.

»Sehr jung für weltberühmt«, sagt die Schriftstellerin zu ihrem Mann. Sie trägt ihr schwarzes Lesungskleid mit den Borten und die grünen Stiefelchen, die bei jedem Schritt wehtun.

»Aber er ist nett«, sagt ihr Mann, »und seine Frau ist jung und auch nett.«

»Und vor Nettigkeit stolpern die Kinder über ihre Rüschen«, sagt seine Frau.

»Hast du ein Problem?«, fragt ihr Mann.

Das Schriftstellerpaar fängt zu lesen an, mit Routine wechseln sie einander ab, ihre Stimmen sind beide ziemlich gut und passen gut zueinander.

Und dann. Kurz nach der Pause hat die Schriftstellerin ihren ersten Ausfall. Sie liest, was nicht im Buch steht, liest ohne Pause einen automatischen Unsinn. Ihr Mann tippt sie vorsichtig an, er schwitzt auf der Stirn. Er unterbricht sie, sie duldet es nicht, kurz lesen sie miteinander, aufeinander, übereinander, er aus dem Buch, sie ihren Unsinn. Die Köpfe im Publikum bewegen sich auffallend. Der Mann bricht ab und murmelt eine Entschuldigung, die Frau wird abgeführt wie eine Patientin. An die frische Luft.

»Überanstrengung«, sagt die blonde Frau des Arztes, die aussieht wie Julie Christie in Dr. Schiwago.

Der nette Arzt wendet sich an den Schriftsteller: »Hat ihre Frau Tabletten abgesetzt?«

Die Schriftstellerin spürt eine enorme Energie in sich, genug, um eine Horde von Gästen zu beleidigen. Man weicht vor ihr zurück. Sie lässt sich müde auf einen Sitz fallen.

Dann kommen die chiffonumwickelten Kinder und sind begeistert von der komischen Schriftstellerin. Sie fragen, und die Schriftstellerin antwortet mit blankem Unsinn.

Zum Beispiel: »Weißt du, warum Tiere nicht sprechen können?«

Die Schriftstellerin: »Es gibt Frauen mit großen Brüsten und solche mit kleinen, und manchmal leihen sie sie her, und dann sind die Frauen mit den kleinen Brüsten plötzlich die Frauen mit den großen Brüsten. Und dann werden sie an ein

Bett gefesselt und bleiben so lange dort, bis die Tiere kommen und die Fesseln durchbeißen. Und manchmal regnet es durch das Dach und löst die Menschen auf, und sie rinnen aus dem Haus und verdrecken die Umgebung.«

»Der arme Mann, er schluckt so komisch«, sagt eine Frau in Abendrobe.

»Ich glaube, er ist Deutscher«, sagt eine zweite.

Der arme Schriftsteller will seine Frau aus dem Saal führen, sie wehrt sich und wirft ihr rechtes Stiefelchen in die Gesellschaft.

Der nette Arzt nimmt ihn am Ärmel: »Am besten wir lassen sie. Nach meiner Erfahrung wird sich ihr Zustand bald normalisieren. Ich konnte ihr ein starkes Medikament verabreichen.«

»Wie denn verabreichen und was, und doch nicht etwa in Champagner?«

»Ich bin weltberühmt«, sagt der nette Arzt.

Der Schriftsteller zittert und schluckt wieder so komisch.

Sie halten die Schriftstellerin in ihrer Mitte, ziehen ihr das linke Stiefelchen aus, eine Erleichterung, sie kann sich losreißen. Sie stürmt in Strümpfen die Treppe hinauf. Der nette Arzt muss mit Gewalt ihren Mann zurückhalten: »Sie wird auf die Toilette gehen und gut gelaunt zurückkommen.«

Die Schriftstellerin ist aber aus dem achten Stock in die Tiefe gesprungen.

Der goldene Schnitt

Als die Eltern Siri nicht mehr liebten, kroch sie aus dem Haus in den Wald. Sie legte sich ins Moos, zog das Knie an die Brust, verweilte kurz, ließ sich fallen und wimmerte in den Waldboden hinein. In dieser Stellung blieb sie, da war ihr rechter Fuß schon so verkrampft, dass er sich steif anfühlte wie trockenes Feuerholz. Ein Mensch kam, ob Mann oder Frau war nicht zu erkennen, seine Gesichtszüge zeugten von einem feinen Charakter, seine Augen schauten mitleidig auf Siri im Moos.

»Ist dir bewusst«, sagte der Mensch zu ihr, »dass du den goldenen Schnitt hast?«

In Siris Kopf zuckte und tobte es, sie sah in dem Menschen ein Nagetier, dann einen Vogel, Siris Wahrnehmung war erschöpft. Schließlich dann vermengte sich beides, und daraus wurde eine Fledermaus. Der Mensch, der sich über sie gebeugt hatte, trug einen weiten schwarzen Überwurf. Siri mit dem verrenkten Körper schaute zu ihm auf: »Rede nicht«, sagte sie, »handle, gib mir etwas, ich sterbe vor Schmerzen. Wer bist du eigentlich?«

Der Mensch mit dem schwarzen Umhang beeilte sich und pflückte alle Fliegenpilze, die er fand. Es waren zwei und ein halber, angefressener. Er zerrieb sie zwischen den Fingern, und Siri schleckte daran, bis sie umfiel. Sie sah eine Hochzeitsgesellschaft, die durch den Wald torkelte, aber es war nur ihre Vision. Sie sagte zu der Vision:

»Stimmt es, dass ihr durch eine Torte vergiftet worden seid?«

Die Vision antwortete: »Ein böser Mensch hat uns vergiftet, er trägt einen schwarzen Umhang, und jetzt sind wir auf der Suche nach ihm.«

Siri hatte drei Tage und drei Nächte geschlafen, ihre Haut war weiß wie Milch und ihre Zähne faulig. Der Mann mit dem schwarzen Umhang hatte ihr den Spiegel vorgehalten.

»Hab keine Sorge«, tröstete er sie, »ich kenne einen Zahnarzt, der wird den Hochzeitsgästen die schönsten Zähne ausreißen und dir damit ein Gebiss zusammenstellen, er ist ein Meister und behandelt nur Menschen mit dem goldenen Schnitt.«

Siri mit den ebenmäßigen Zähnen ging in die Stadt und wollte bewundert werden. Viele Prüfungen ließ sie über sich ergehen, und am Ende sagte man ihr, sie habe versagt. Da wollte sie zu den Eltern, und weil diese Angst vor der Strafe nach dem Tod hatten, nahmen sie Siri wieder auf und ließen sich nichts anmerken. In Wirklichkeit aber hassten sie Siri nach wie vor.

Die alte Schule

Es gab eine Frau, die hieß Vev, was ihr Kosename war. Als Kind wurde sie von den Eltern so genannt. Nie wollte sie den Namen ändern, immer wollte sie die geliebte Vev bleiben. Als ihre Eltern starben, zog sie in eine Weltstadt und ging dort beinahe verloren. Sie hatte Angst vor der Fremde und den Menschen, die sie nicht verstanden. So blieb sie nur in ihrer kleinen Wohnung sitzen, im Winter heizte sie mit einem kleinen Badezimmerofen und lag, eingehüllt in Pyjamas, Jacken und Mänteln, unter ihrer Steppdecke. Die Sommer waren heiß, und da bewegte sie sich nackt bei dem einzigen offenen Fenster. Der Blick hinaus zeigte auf ein graues Gebäude, und sie konnte in ein Fenster sehen, in dem zwei nackte Menschen Federball spielten. Sie lebte bescheiden und von dem geerbten Geld. Ein Entsetzen jagte sie und die Erkenntnis verlorener Jahre. Wozu bin ich auf der Welt? Sie kaufte abends in einem chinesischen Geschäft das Nötigste, manchmal fertig gekochte Gerichte, die sie vorsichtig in Schalen über die Treppe zu ihrer Wohnung hinauf balancierte. Als das Geld ausgegangen war und nicht einmal mehr für ein Flugticket reichte, setzte sie sich auf den Boden vor einem Schmuckladen und hielt die Hände auf. Sie wurde weggejagt und versuchte es in einem ärmlichen Viertel vor einer Kirche. Es gab Menschen, die Münzen in ihre Hände legten, Hosenknöpfe, ein paar Mal wurde hineingespuckt. Vev hielt den Kopf gesenkt und ließ es über sich ergehen. Einmal gesellte sich ein Obdachloser zu ihr und gab ihr seine Tageslosung. Vev staunte, weil es so viel war.

Sie flog in ihre Heimat zurück und fand in dem Haus der Eltern einen Brief vor, darin stand, sie werde an einer Bergschule gebraucht und solle sich melden. Vev, die keine Ausbildung hatte, dachte an einen Irrtum, meldete sich aber trotzdem. Sie fuhr in dieses Bergdorf und folgte der Karte, die zur Schule führte. Es war ein beschwerlicher Weg. Sie hatte ihr Fahrrad dabei, das sie aber bald abstellen musste. Das Gelände war viel zu steil. Kurz vor Sonnenaufgang war sie losmarschiert, sie wollte auf keinen Fall zu spät kommen. Einmal versperrte ein Drahtgeflecht ihren Weg, sie schlüpfte hindurch, da merkte sie, dass sie einsank bis zu den Knien, war das ein Sumpf, sie hörte Katzen jammern, und dachte, ich werde dem Jammern nachgehen, Katzen können genauso wenig fliegen wie ich und werden den Sumpf meiden. Die Tiere fauchten sie an, aber sie fürchtete sich nicht, sie balancierte auf einer Latte den Katzen nach und kam wieder auf festen Boden. Dann endlich sah sie die Schule. Sie war wie eine Scheune, und die Kinder waren ärmlich gekleidet, sie kamen aus verschiedenen Erdteilen, hatten Rotznasen und verfilzte Haare. Weit und breit gab es keinen Erwachsenen. Sie fragte nach dem Professor, ein Kind verstand sie und führte sie in ein sauberes Zimmer mit palmenartigen Topfpflanzen, Teppichen auf dem Boden und Teppichen an den Wänden. Der Professor sagte, dass er gleich abreisen müsse, sie solle nach ihrem Gefühl die Kinder unterrichten, eine kleine Kammer stehe ihr zur Verfügung, seine Räume allerdings dürfe sie nicht betreten, weil Privateigentum. Die Kammer war eine Schande, und auch das Bett war eine Schande, und das Bettzeug war die dritte Schande. Sie zog die Knie an ihr Kinn und schlief in ihrem Koffer. Noch so eine Nacht wie diese dachte sie, und ich bin meine Sünden los. Wem habe ich geschadet? Wer sich selbst schadet, schadet den anderen, das hatte sie gelesen und nicht verstanden.

Wie sollte sie anfangen? Unter den Kindern gab es Zwillinge, die an den Händen zusammengewachsen waren und die immer nur kicherten. Was erzähle ich den Kindern, dachte Vev? Da hatte sie die Idee mit den Kosenamen, sie ging von Kind zu Kind und prägte jedem einzelnen einen Kosenamen ein. Dabei sah sie ihm tief in die Augen und streichelte es über die Haare. Ein Knabe biss ihr in die Hand, und sie biss zurück. Als sie die ganze Gruppe gekost hatte, kamen die Kinder zu ihr, sie sagte, nennt mich Vev, und da kosten sie sich, bis die Schulglocke läutete. Sie hatte mit den Kindern im Freien gesessen, und am nächsten Tag regnete es. Da zwängten sie sich alle in die enge Kammer, sie legten das stinkende Bettzeug in den Regen, und als die Sonne kam, wurde es getrocknet und roch nach Erde. Ein Kind nach dem andern wusch sie mit Wasser aus der Regentonne, seifte ihre Haare, und weichte ihre Kleider dann im Seifenwasser ein. In der nächsten Unterrichtsstunde spülte sie mit den Kindern die Kleider im Fluss und am Abend waren sie frisch wie frisch geerntetes Gemüse. Vev schlief auf ihren Kleidern zusammen mit den Kindern, eines hatte ihren Wintermantel als Matratze, die Zwillinge waren mit dem Sommerkleid zugedeckt, und der Knabe schlief mit dem Kopf in ihrer umgestülpten Tasche.

Was lehrte Vev den Kindern, was lernten die Kinder von Vev? Sie wurden praktisch und menschenfreundlich, kannten sich mit Ungeziefer aus, mit Kräutern und Krankheiten, sie lernten von Vev das Nähen mit Nadel und Faden, und das ist die Wahrheit, sie hatten ein zufriedenes Nest, und sie liebten ihre Vev.

Weil das Gute das Gegenteil verlangt, kam das Böse, und das war eine Kommission von Inspektoren, und sie bemängelten das zufriedene Nest und sagten dazu Sauhaufen. Die Kinder wurden abtransportiert, und Vev blieb allein. Sie war zornig über ihre Demut und fand, dass es damit endgültig ein Ende haben musste. Deshalb öffnete sie gewaltsam die Privaträume des Professors, setzte sich in seinen Schaukelstuhl, benützte sein Rasierwasser, zog seine Anzüge an, rauchte seine Zigarren, trank seinen Cognac, und bald sagten die Leute auf den steilen Wegen zu ihr: »Gut, dass Ihr wieder zurückgekommen seid, Herr Professor, die Lehrerin war der großen Aufgabe einfach nicht gewachsen.«

Ein Vogel sang und klagte: »Schlechte Kunde aus der Wirtschaft!« Was das wohl bedeutet, dachte Vev und schlief im Flanellhemd des Professors ein. Sie pflegte aufs Neue, allerdings mit besseren Rahmenbedingungen, die Tugenden der Demut und Einfalt. Wenn mir langweilig ist, falle ich ins Koma, dachte sich Vev. Vielleicht gelingt es mir auch, eine Methode zu entwickeln, wie ich gehen kann, ohne den Boden zu berühren.

Die große Dunkelheit

Als die große Dunkelheit auf den frommen Mann niederbrach, fuhr ihm der Satan in seinen Leib und schlug ihn so sehr, dass er am Morgen geschunden aufwachte. Sein Körper war übersät mit Flecken und Striemen. Der fromme Mann schämte sich und betete vor seinem Privataltar um Gnade. Er wusste wohl, dass er geprüft wurde. Was habe ich in meinem Leben verbrochen, fragte er sich, und Dinge fielen ihm ein, die so bedeutungslos waren, wie zum Beispiel, dass er die Haut auf der Milch immer abschöpfte, wenn niemand hinsah, weil ihm das so schmeckte. Dass er gern den Mädchen zugehört hatte, wenn sie ihren Liebeskummer ausbreiteten. Er war auf einer Bank gesessen, nichts weiter. Er hatte keine schlechten Gedanken, oder war ein Gedanke schlecht, sich vorzustellen, dass sich die jungen Mädchen nach Liebe sehnten und diese erfüllt haben wollten? Hatte er sich denn nie nach Liebe gesehnt? Hatte er wohl, aber das war lange her. Er hatte eine Frau geheiratet, weil sie es wollte, sie sprach schön und voller Leidenschaft, doch er empfand keinen Genuss, ihn schmerzte nur die Vorstellung, dass er sie nicht liebte, und sie, wenn er sich nicht mehr verstellte, darunter leiden würde.

Er musste sein Chaos organisieren.

Da fingen seine Glieder zu schmerzen an, kein Arzt konnte ihm helfen, und er begann zu beten und versprach dem Herrn, dass, wenn er ihm seine Schmerzen und seine Depression nehme, er für ihn arbeiten wolle. Bis zu seinem Tod. Der Herr nahm ihm die Depression, aber die Schmerzen ließ er ihm. Der fromme Mann kümmerte sich um die Armen und Schwachen, viele sahen in ihm einen heiligen Mann.

Woher wussten die Leute, dass ihn der Herr prüfen wollte, in dem er ihm den Satan sandte? Jedenfalls erfuhr es der Bischof. Und er legte sich in die Nebenkammer des frommen Mannes. Er presste sein Ohr an die Wand und ihm wurde gewahr, dass ein Körper geschunden wurde, einmal schlug er auf dem Boden auf. Ein zweites Mal, viele Male. Der Bischof hielt sich die Ohren zu. Das Bett im Nebenzimmer rumpelte. Am Morgen wollte der Bischof die Arme des frommen Mannes sehen, und tatsächlich, sie waren zerschunden. Aber der Bischof hielt es für angebracht, nicht darüber zu sprechen. So leicht kommt Hysterie im Volk auf, und das wollte er vermeiden.

Lacrimosa

Das Unglück begann, nachdem die Frau zwanzig oder mehr Kilos abgenommen und beschlossen hatte, sich neu zu erfinden. Ihr Mann, der sie immer vergöttert hatte, auch das viele Fleisch an ihr, würde von nun an nichts mehr mit ihrem Leben zu tun haben. Die Söhne sahen traurig zu, lange redeten sie sich ein, dass es nur vorübergehend sei, aber es war für immer. Wie war die Zeit gemütlich gewesen, als die Mutter viel gekocht und unterm Kochen oft die Speisen probiert hatte!

Der Mann saß auf dem harten Sessel und starrte auf die Tischplatte. Sein Gemüt war verdunkelt. Er schaute aus dem Fenster und sah einen kleinen Spatz, der, wie wir wissen, ja keine Schönheit ist. Der Mann aber sah auf das Schmutzgefieder, und eine Zärtlichkeit überfiel ihn, wie er sie nie gekannt hatte. Er holte ein Blatt Papier und füllte, was er eine Ewigkeit nicht getan hatte, seine Schulfeder (fünfzig Jahre alt) mit dunkelblauer Tinte. Er schrieb auf das Blatt:

»Lieber Spatz, du siehst so übermütig aus, und was für einen Lärm du machst. Ich weiß schon, im Strauch sitzen deine Kollegen, schon antworten sie dir, bleib mein Freund.«

Der Mann spielte mit der Füllfeder, sie hatte gepatzt, und das gefiel ihm. Wie in der Schule damals, ein Klecks, und er fuhr mit dem Finger im nassen Klecks herum, er schloss die Augen, sah dann auf das Papier – er hatte ein Tier gemalt, ein modernes.

Ich sollte es mir gut gehen lassen. Was ist die geeignete Nahrung für einen echten Mann? Ein blutiges Steak, heftig gepfeffert, eine Flasche Wein dazu, schwarzer Kaffee, schwarze Schokolade und zum Schluss einen Whisky. Wen könnte ich einladen? Wer ist auf meiner Seite?

Dann gab es auch noch die Musik. Mozarts Requiem mit dem wunderbaren *Lacrimosa*, das ja angeblich von Franz Xaver Süßmayr stammen soll. Für diese Musik war sein Sessel zu hart. Er legte sich auf sein zerwühltes Bett. Ich Tränenreicher, dachte er, und er hörte mit Andacht die Musik. Kaum war sie zu Ende, drückte er auf die Repeat-Taste und lauschte und lauschte den ganzen Tag, die halbe Nacht. Ist es typisch für mich, dass mir von Mozart ausgerechnet am besten gefällt, was nicht von Mozart stammt, fragte er sich. Könnte in so einem Detail der Schlüssel zu meiner Persönlichkeit liegen? Ihr, dachte er, ihr gefällt von Mozart sicher nur, was auch von Mozart stammt. Warum weiß ich nicht, was ihr gefällt?

Er war nicht verrückt. Er spürte nur, dass er von mal zu mal heiterer wurde. Er bekam Hunger, da war es drei Uhr in der Früh. Das Küchenfester stand offen, und auf dem Sims saß der Spatz. Der Mann fand ihn außerordentlich mit seinem unscheinbaren Gefieder. Wie ich im Straßenanzug als junger Mann, dachte er sich.

ARMER LEUTE KIND

Deutscher Inder

Er steht vor meiner Tür. Sein Kamelhaarmantel lässt ihn elegant erscheinen. Er hat zwei Lederkoffer bei sich.

Mann: »Kennst du mich?«

Ich habe ihn nie gesehen. Als er die Frage wiederholt, bilde ich mir ein, seine Stimme schon gehört zu haben. Er zieht die Kappe vom Kopf. Ich sehe seine modisch geschnittene Kurzhaarfrisur. Weißblonde Haare.

Mann: »Ich bin José, der Sohn von Elvira. Ich war bei euch als Kind in den Ferien.«

Ich sage: »Du bist also José. Komm herein!«

Seine Schuhe, das sehe ich erst jetzt, sind schmutzig. Er zieht sie gleich aus. Sein Mantel riecht muffig. Er hängt ihn an den Haken. Ich erinnere mich, dass er als Kind verrückt nach Ovomaltine war. Übrigens, Elvira war meine Schulfreundin. Ich habe nie mehr von ihr gehört. Ich frage José, ob er immer noch Ovomaltine mag. Er seufzt. Ich denke mir, er sollte sich die Hände waschen. Auf jeden Fall mit Seife.

»Ovomaltine, sehr gern!«, ruft er aus.

»Wie geht es deiner Mutter?«, frage ich.

»Wir haben uns nichts mehr zu sagen. Sie erpresst mich. Wenn ich nicht mache, was sie sich gerade einbildet, sagt sie,

sie nimmt ihre Herztropfen nicht mehr, und dann stirbt sie, und ich muss damit fertig werden.«

»Das finde ich traurig.«

José sieht jung aus. Er kann aber nicht mehr jung sein. Ich frage ihn, wie alt er ist.

»So alt wie deine Tochter, 36 Jahre.«

»Hat deine Mutter einen Mann?«

»Sie hatte Männer, aber keinen Mann, und jetzt ist sie allein.«

»Was arbeitest du, wovon lebst du?«

»Ich arbeite nicht, ich lebe von guten Menschen.«

»Und wo wohnst du?«

»Ich wohne nirgends. Ich komme gerade aus Indien, dort war ich zwölf Jahre lang. Kann ich eine Zeit bei dir bleiben?«

Ich sage nicht ja, und ich sage nicht nein. Ich sage: »Jetzt nimmst du erst einmal ein Bad, ich wasche deine Wäsche, dann richte ich dir ein Bett her, du kannst dich hinlegen. Ich muss noch ein paar Sachen erledigen, bleib bitte im Haus bis ich wiederkomme.«

Er lässt Badewasser einlaufen, und als ich nach zwei Stunden zurückkehre, ist er immer noch im Bad. Hoffentlich ist nichts passiert, denke ich und klopfe an die Tür.

Er ruft aus der Wanne: »Ach, es ist so gemütlich hier!«

Der Boiler ist leer. Ich schalte auf Tag. Mein Mann sagt am Telefon, ich soll vorgeben, dass ich morgen wegfahren müsse.

Wir haben uns dann gut unterhalten, José und ich. Er hat von Indien erzählt wie vom Gelobten Land.

»Man spaziert, man philosophiert, man betrachtet die Schöpfung.«

»Du sprichst von dir. Du philosophierst und betrachtest die Schöpfung, du! Und wer kocht, wer putzt, wer gibt dir Geld?«

»Das war ein Kloster, da gab es eine Klosterküche, die Miete für mein Zimmer hat meine Mutter bezahlt, und auf einmal hat sie mir kein Geld mehr überwiesen, da wurde ich weggeschickt. Ich werde wieder nach Indien gehen. Ich werde einen guten Menschen finden, der mir jeden Monat hundert Euro überweist, dann kann ich in Ruhe dort studieren und alt werden. Könntest du dir vorstellen, dass du das für mich tust?«

Ich: »Ich muss morgen wegfahren.«

José: »Ich hoffe für dich, dass das keine Ausrede ist.«

Ich gebe ihm Fahrgeld und sehe vom Küchenfenster aus zu, wie er zum Bahnhof geht. Er hat seine Koffer nicht dabei.

Ich rufe ihm nach: »José, deine Koffer!«

»Ich hole sie irgendwann ab«, ruft er zurück und winkt mir.

Er winkt mir zu und verschwindet mit seinem gebürsteten, ausgedämpften Kamelhaarmantel. Mir wäre lieber gewesen, er hätte seine Koffer mitgenommen. Jetzt stehen sie da und sagen mir jeden Tag: Könntest du das für mich machen? Mir jeden Monat hundert Euro überweisen? Bist du ein guter Mensch? Ich hoffe für dich, du erfindest keine Ausrede.

Ehe

Frau: »Ach, komm, leg die Zeitung weg und rede fünf Minuten mit mir! Ich bin den ganzen Tag dann allein.«

Mann: »Du kannst deine Freundin anrufen. Mit den Kindern telefonieren. Mit den Enkeln telefonieren.«

Frau: »Ich würde gern mit dir reden.«

Mann: »Worüber?«

Frau: »Ich bin heute Nacht im Traum geflogen. Man hat mir einen Teppich auf den Rücken geschnallt, und ich bin von einem Berg gesprungen. Es waren Schnüre an mir, und ich war per Funk mit einer Zentrale verbunden. Mein Flug wurde überwacht. Ein Sturm zog auf, und ich habe mich weit vom Kurs entfernt. Das letzte, was ich von der Zentrale hörte, war: Sie fliegen über die Ukraine. Dort bin ich in einer Wiese gelandet und wurde von freundlichen Menschen empfangen. Die Haare wurden mir geschoren, weil es der Brauch war.«

Mann: »Du träumst wenigstens. Ich habe nicht einmal Zeit zum Träumen. Ich habe einen strengen Tag heute. Versteh mich nicht falsch. Reden wir am Wochenende.«

Frau: »Was willst du heute essen?«

Mann: »Du musst nicht auf mich warten, wir haben ein Arbeitsessen, und es wird später.«

Der Mann lässt die Zeitung fallen, trinkt seinen Kaffee aus, legt seinen Mantel an, die Schuhe. Die Frau hört die Tür ins Schloss fallen. Sie hebt die Zeitung auf. Räumt das Geschirr weg. Gießt die Pflanzen. Sprüht die Palmen. Schaut zum Fenster hinaus. Schon liegt Laub auf dem Gartenboden, grünes, braunes, rotes. Die Nachbarin ärgert sich darüber. Ich lass mein Laub liegen, denkt die Frau, es sieht so warm aus auf dem Boden, wie eine Bettdecke, und es ist ja noch Sommer.

Sie ruft ihren Sohn an. »Hallo, hast du ein bisschen Zeit für mich?«

»Ist etwas passiert?«

»Nichts ist passiert.«

»Geht es dir nicht gut? Du, Mama, ich bin gerade in der U-Bahn, ich ruf dich am Abend an.«

Die Frau wählt die Nummer ihrer Tochter.

Die Enkelin spricht: »Oma, hallo, die Mama ist mit dem

Baby zum Arzt, es hat ein kleines Legofenster verschluckt, und ich bin ein bisschen krank.«

»Was hast du denn?«

»Oma, soll ich dir etwas sagen? Ich bin ja gar nicht krank, ich hab nur so getan, als ob ich krank bin, weil wir heute Mathetest haben.«

»Und? Haben sie dir geglaubt?«

»Ja. Aber jetzt ist mir langweilig.«

»Wie geht es deinem Pferd?«

»Das ist nicht mein Pferd, Oma, das ist nur mein geliehenes Lernpferd. Ich bin mit Peppino durch den Sumpf geritten, und wir sind fast bis zum Hals steckengeblieben, ich meine, das Pferd ist bis zum Hals steckengeblieben, ich bin ja auf seinem Rücken gesessen. Man musste uns mit einem Seil herausziehen.«

»Soll ich das glauben?«

»Ist ja auch wahr. Du kannst mir sicher auch kein echtes Pferd kaufen, hat die Mama gesagt, wegen dem vielen Geld, das wir nicht haben. Ich sag der Mama, wenn sie kommt, dass sie dich anrufen soll. Verrat mich nicht.«

Die Frau zieht ihre Militärhose an, die Bergschuhe und macht sich auf den Weg. Sie erinnert sich an einen Spaziergang mit ihrer Tochter. Es war im Frühling gewesen, und schon eine Woche lang hatte es geregnet. Auf dem Waldweg lagen viele Alpensalamander, so viele, und die Tochter sagte, ich beginne zu zählen. Sie zählte bis hundert, dann hörte sie auf. Sie hatten Sorge, die Tiere totzutreten. Alpensalamander sind lebend gebärend, hatte sie ihrer Tochter erzählt, stell dir vor, wie klein die sind, wenn sie auf die Welt kommen. Wie Spielzeug aus dem Überraschungsei.

Ein Hund ohne Herr kommt der Frau entgegen. Vor dem fürchtet sie sich nicht. Er begleitet sie ein Stück bergauf, und sie macht ihm Komplimente wie einem Herrn.

Armer Leute Kind

Therapeut: »Erzählen Sie!«

Patientin: »Es ist wieder die Armenhausvision. Und dass ich eigentlich gut situiert bin, hilft mir rein gar nichts. Diese Vision wälzt sich auf mich zu und erdrückt mich.«

Therapeut: »Was fällt Ihnen gerade ein?«

Patientin: »Es war im Fasching, ich war elf Jahre alt, wohnte nach dem Tod meiner Mutter bei einer Tante. Ich hatte zweierlei anzuziehen. Für Sonntag einen dunkelblauen Faltenrock und eine weiße Bluse, für Werktag einen mittelblauen Faltenrock und eine kleinkarierte Bluse. Im Winter trug ich Strümpfe, die waren mit Strapsen an einem Strumpfleibchen festgemacht. Das Leibchen war aus rosa Flanell, und es stand in weißer Schreibschrift gedruckt: ›Gute Nacht mein Kind, der Abend war heute so schön.‹ So gern hätte ich Strumpfhosen gehabt. Alle außer mir, dachte ich, tragen Strumpfhosen. Eine Freundin, Evelyn, aus dem ersten Hochhaus, neunter Stock, wollte sich im Fasching als Robin Hood verkleiden und jammerte, weil sie keine farbigen Strumpfhosen besaß, rote oder grüne. Ich sagte ihr, dass ich farbige Strumpfhosen hätte, nur würde ich sie nicht anziehen, weil sie mir noch zu groß seien. Am Faschingsonntag läutete es an der Tür, und Evelyn wollte sich rote Strumpfhosen ausleihen, ich hörte meine Tante sagen, was für Strumpfhosen denn, sie hat keine Strumpfhosen, nicht eine einzige.

Mit fünfzehn war ich heftig in einen aus der letzten Klasse verliebt. Er wohnte in einem großen, schönen Haus mit Garten und das auch noch mitten in der Stadt. Dass ich im Vorkloster in der Südtirolersiedlung lebte, sollte er nicht wissen. Dort gab es eine Familie aus dem Trentino, die hielten sich

Hühner in der Wohnung. Meinem Freund gab ich eine Adresse aus der Oberstadt an.

Das wurde dann alles kompliziert, wenn mich mein Schwarm nach Hause begleiten wollte.«

Therapeut: »Wie war das mit dem Selbstbewusstsein?«

Patientin: »So gut wie keines. Ich war mit einer Freundin unterwegs, sie wollte, dass ich sie auf den Campingplatz begleite. Da war nämlich ein Mann, der ihr sehr gefiel. Wir kamen ins Streiten, weil sie behauptete, ich hätte ihr alles kaputtgemacht, weil der Mann nur für mich Augen gehabt habe. Ich hatte nichts bemerkt, nichts. Bald darauf wollte er mich einladen.«

Therapeut: »Das mit dem Selbstbewusstsein hat sich wohl gebessert.«

Patientin: »Schon. Rückfälle sind nicht ausgeschlossen.«

Therapeut: »Zum Beispiel?«

Patientin: »Ich sollte für eine bestimmte Sache einen Text schreiben. Das erste, was ich sagte, war: Ich weiß nicht, ob ich das kann. Ich versuche es.«

Therapeut: »Wie ist es mit dem Selbstmitleid?«

Patientin: »Das hasse ich. Wenn es wieder einmal auf mich zurollt, bin ich ihm ausgeliefert. Ich sehe dann das kleine Mädchen im Konferenzzimmer stehen. Die Englischlehrerin streichelt ihr über die Haare und sagt: ›Ich hab da etwas für dich. Deine Tante soll dir eine hübsche Bluse daraus nähen.‹ Aus einem Zeitungspapier nimmt sie einen hellgrünen Stoff mit aufgedruckten gelben Schmetterlingen. Ich schleiche davon und werfe den Stoff in einen fremden Müllkübel.«

Die Fünfzig-Minuten-Therapie war beendet.

Auf der Straße dann begegneten der Frau Menschen, die sie nicht kannten und doch grüßten, und sie grüßte zurück. Sie wollte bei der Ampel nicht warten, bis es grün wurde, es dauerte ihr zu lange, sie war plötzlich ungeduldig. Sie ging ein paar Schritte neben dem Zebrastreifen über die Straße, zwischen den Autos hindurch. Eine Frau mit grell geschminktem Mund kurbelte das Fenster herunter und schrie sie an:

»Du wirst als Kühlerfigur enden!«

Wilde spielen

Film: Ein Boot mit wohlhabenden Touristen gleitet den Amazonas hinab. Sie sind gekommen, um Vögel zu beobachten. Am Ufer Guarani-Indianer. Kriegsbemalt im Lendenschurz, schießen sie Pfeile auf die Weißen ab. Sobald das Boot vorbeigezogen ist, drehen sich die Wilden um, schlendern zu einem Lastwagen, ziehen T-Shirts und Jeans an und nehmen ein Taschengeld für ihr verkleidetes Spiel als Wilde in Empfang. Das hat sich ein Veranstalter von Vogelschautouren für wohlhabende Touristen ausgedacht.

Der Regisseur Marco Bechi drehte im brasilianischen Regenwald einen Film über den Genozid an den Indios. Seit fünfhundert Jahren wird das Volk der Guarani dezimiert. Er hatte den Ehrgeiz, die Indios für seinen Film als Schauspieler auszubilden. Er zeigte ihnen Ausschnitte aus Hitchcocks *Die Vögel*. Der Regisseur vertritt die Ansicht Godards, der gesagt hatte, man müsse nicht politische Filme machen, sondern Filme politisch machen. Eines war klar: Die Indios wollten keine leidenden Indios sein. Nach fünf Monaten wussten sie, was Spielen bedeutet. Sie improvisierten und verstanden, was ein Film sein kann.

Im Film besetzt ein junger Indio ein Stück Land. Sein

Freund, ein Schamane (er hatte sich durch seine wiederholt schrecklichen Träume zum Schamanen qualifiziert), unterstützt ihn. Ein Grundbesitzer beharrt darauf, dass dieses Land ihm gehört, weil es von seiner Familie seit Generationen kultiviert wurde. Für die Indios existiert eine religiöse Verbindung zu diesem Land. Mit Eigentum hat das nichts zu tun.

Die Töchter der Großgrundbesitzer langweilen sich am Pool, sie behandeln die Dienstmädchen mit Arroganz, machen sich einen Spaß daraus, dem Schamanen das Motorrollerfahren beizubringen.

Der Film spricht die Wahrheit, ist aber erfunden.

Die Wahrheit ist, dass unter den jugendlichen Indios eine Suizidepidemie herrscht. Immer wieder müssen leblose Körper von den Bäumen geschnitten werden. Selbstmord zieht böse Geister an. Deshalb sagen sich die Angehörigen in einer Beerdigungszeremonie von den Toten los.

Die Wahrheit ist, dass die Guarani weder besonders gute noch besonders schlechte Menschen sind, sie vernachlässigen ihre Kinder und kämpfen einen Kampf, den sie nie gewinnen können. Sie verweigern Almosen, schlagen am Rand großer Besitzungen ihre Lager auf, ziehen Plastikplanen über Holzstecken, verunsichern mit eindeutig sexuellen Angeboten die Aufpasser, die in Wohnwagen neben ihnen Wache halten. Sie nennen sie »die Vogelscheuchen«.

Die Wahrheit ist, dass der Konflikt, an dem die Guarani zugrunde gehen werden, ein Konflikt zwischen Wald und Feld ist, weil die Weißen den Wald, in dem die Indios gejagt haben, für ihre Felder gerodet haben. Soja soll dort rasch wachsen, das an die Rinder verfüttert wird.

Der Regisseur sagt, wenn man als Europäischstämmiger in Lateinamerika lebt, begreift man, dass man ein Nachfahre der Konquistadoren ist, dass es nicht genügt, nur mit den

Indios zu reden. Die Indios haben kein dringendes Bedürfnis nach Austausch.

Der Regisseur Marco Bechi ist in Chile geboren, in Argentinien aufgewachsen. Das Dienstpersonal seiner Eltern bestand überwiegend aus Indios. Er arbeitete als Grundschullehrer, war militant und wollte, dass die Kinder nicht mehr im Sinne des Establishments unterrichtet werden. In seinem Unterricht stellte er sich auch klar gegen die katholische Kirche.

Marco Bechi ist nach Italien ausgewandert. Der Film, den er über die Indios im brasilianischen Regenwald gedreht hat heißt: *Birdwatchers*.

Für den Strich bin ich zu alt

Am Bahnsteig. Eine Frau um die Vierzig, hübsche Figur, spöttischer Mund. Jeansuniform. Ein Mann wartet zwei Meter entfernt auf den Regionalzug.

Frau: »Darf man hier auch nicht mehr rauchen?«

Mann: »Das stört sicher niemanden, wenn Sie hier rauchen.«

Frau: »Wenigstens bis der Zug einfährt. Weißt du, wo in Feldkirch das Gericht ist?« Sie duzt ihn, weil jeder Mensch gleich viel wert ist.

Mann: »Vom Bahnhof bis zum Gericht sind es zehn Minuten Gehweg.«

Frau: »Das ist mir zu weit. Fährt kein Bus? Schau meine Schuhe!« Sie zeigt ihre Schuhe, schief abgelaufene Cowboystiefel. »Die sind saugemein und haben in der Sohle ein Loch. Mein Mann sitzt ein.«

Mann: »Im Gefängnis?«

Frau: »Wo denn sonst?«

Mann: »Darf ich fragen, weshalb?« Er siezt die Frau, weil er sie nicht kennt.

Frau: »Wegen Alimente. Nicht bezahlt.«

Mann: »Deswegen wird man doch nicht eingesperrt.«

Frau: »Sonst noch ein paar Sachen. Dealen und so.«

Mann: »Das ist nicht gerade schön, wenn man für die eigenen Kinder nichts bezahlt. Sind es Ihre gemeinsamen Kinder?«

Frau: »Seine Kinder. Verwöhnte Fratzen sind das. Und seine Frau ist auch nichts wert. Jeden Groschen wollen sie ihm aus dem Sack ziehen.«

Mann: »Wenn er eh nicht zahlt.«

Frau: »Wir müssen auch leben.«

Mann: »Darf ich Sie nach Ihrer Arbeit fragen?«

Frau: »Ich bin arbeitslos. Für den Strich bin ich zu alt. Hab schon lange nichts Weiches mehr angezogen. Es gibt Frauen, die kaufen sich einen Kaschmirpullover um tausend Euro, habe ich in V-Heute gesehen. Die geben nur das Geld von ihren Männern aus.«

Mann: »Es wird Ihnen besser gehen, wenn Sie arbeiten. Dann können Sie sich auch etwas Schönes leisten.«

Frau: »Leisten kann ich mir überhaupt nichts. Leisten ist, wenn man sich etwas Nobles kauft. Das ist bei mir nicht drin. Friseur wär auch nicht schlecht. Endlich einmal die Haare abschneiden. Ich muss die Scheißfransen immer aufstecken, damit man nicht sieht, wie schlecht sie sind.«

Mann: »Was würden Sie denn gern arbeiten?«

Frau: »Manager in einer Bank. Dann könnte ich mir goldene Schuhe kaufen. Ich hab nicht einmal ein Konto. Kannst du dir das vorstellen? Keinen Kaschmirpullover, keinen reichen Mann und kein Konto, nicht einmal einen Freier. Eine

Tochter hab ich. Miststück. Meldet sich auch nie bei mir. Schämt sich. Lebt bei ihrer Oma. Die will mit mir auch nichts mehr zu tun haben. Denken wohl, sie sind auf der richtigen Seite. Sein eigen Fleisch und Blut verleugnen, so sagt man doch, oder? Was bleibt mir übrig. Ich hab nichts gelernt. Kann nichts außer professioneller Liebe.«

Mann: »Man kann immer etwas lernen.«

Frau: »Sind Sie von der Caritas?«

Der Mann überhört die Bemerkung. »Es gibt Institutionen, da werden Sie beraten und begleitet. Ich glaube, das heißt Arbeitsmarktservice, AMS.«

Frau: »Bei dem Club bin ich aber kein Mitglied.«

Mann: »Das ist kein Club, das ist eine Servicestelle für Bürger, die in Not sind.«

Frau: »Da wird man schief angeschaut. Da kommt man sich dann vor wie ein Verlierer.«

Mann: »So viele Menschen geraten in eine schwierige Situation bei dieser Wirtschaftslage.«

Frau: »Weißt du, was mich am meisten angeht? Diese Verlogenheit. Da gibt es hohe Fuzzis, und die besuchen so eine wie mich – haben besucht, ich mach das ja nicht mehr, weil es mich graust –, und in der Öffentlichkeit sind sie die Saubermänner.«

Mann: »So ist das Leben.«

Frau: »Hätte wetten können, dass du das sagst. Ist das schon o.k. für dich, wenn ich dich duze? Wohin fährst du eigentlich?«

Mann: »Ich fahre zum Finanzamt. Bin vorgeladen.«

Frau: »Klingt auch nicht gut.«

Mann: »Eine Formsache.«

Ehepaare

Zwei Ehepaare trafen sich auf dem Wochenmarkt. Lange hatten sie einander nicht gesehen. Die Frauen trugen eingepackte Blumen im Arm, Fairtrade-Rosen aus Afrika, die Männer frisches Gemüse. Sie verabredeten sich für einen gemütlichen Abend. Ein Ehepaar wollte für das andere kochen. Den Anfang machten Gilbert und seine Frau Elvira. Gilbert kochte, Elvira dekorierte.

Rita und Paul kamen mit Geschenken, Rita hatte ein nobles japanisches Bukett gekauft, Paul brachte seinen besten Wein mit.

Rita erschrak über das Aussehen von Elvira, es war einfach zu gut für ihr Alter. Eine leise Verbitterung erfasste sie. Sie begleitete Gilbert in die Küche, um ihm beim Dessert behilflich zu sein.

»Deine Frau ist immer noch schön«, sagte sie.

Paul und die schöne Elvira saßen währenddessen am Esstisch, Paul stellte das japanische Bukett zur Seite, damit er Elvira ins Gesicht schauen konnte. Sie gehört zu denen, dachte er, die vor dem Verblühen am schönsten sind. Der Übermut ging mit ihm durch und er sagte: »Ich würde dir dringend gern etwas zeigen, wenn du Zeit hättest, morgen zum Beispiel.«

»Was denn?«, fragte Elvira. »Sag es mir. Und morgen werde ich keine Zeit haben.«

Paul sagte: »Du wirst keine Zeit haben, aber du hast Zeit. Ich hole dich um fünfzehn Uhr ab, kann unten warten, wenn dir das lieber ist.«

»Du bist frech«, sagte Elvira, und da kam auch schon der Nachtisch. Es wurde geflammt, und ein Dekorationsstück fing Feuer. Nicht dramatisch, zum Glück.

Am nächsten Tag klagte Elvira über Kopfschmerzen. Gilbert schloss die Fensterläden und brachte feuchte Lappen für Stirn und Augen. Dann ging er zur Arbeit. Elvira badete sich, renovierte ihr Gesicht und probierte etliche Garderoben vor dem Spiegel. Kurz vor fünfzehn Uhr läutete es. Aber es war nicht Paul, es war Gilbert, der früher nach Hause gekommen war.

Er wollte sehen, ob es ihr besser ging. Elvira sagte, sie würde gern einen Spaziergang machen und lehnte ab, als Gilbert seine Begleitung anbot. »Eventuell«, sagte sie, »kaufe ich mir Schuhe, und das ist langweilig für dich.«

»Geht es dir wirklich gut?«, fragte er.

Elvira hob die Schultern und sagte leise: »Beinahe jede Nacht ist mir so schwer ums Herz.«

»Aber warum denn?«, fragte Gilbert. »Willst du darüber sprechen?«

»Wie soll ich über etwas sprechen, das mir so fremd ist?«

»Kauf dir chice Schuhe«, sagte er. »Lass dir Zeit. Ich werde da sein, wenn du kommst. Ich lese meinen Tschechov. Wie hieß es da? ›Wir alten Männer riechen nach Hund.‹ So oder so ähnlich.«

Er blätterte im Buch und suchte nach dem Zitat. Seine Hände zitterten ein wenig. Fängt das jetzt mit der Nervosität an? Er holte aus dem Wäscheschrank seine illegitimen Zigaretten (er nannte sie so, weil er offiziell das Rauchen aufgegeben hatte) und rauchte eine einzige auf dem Balkon. Der Schwindel danach tat ihm wohl.

Paul wartete in einem Hauseingang. Er hatte sich etwas Rotes an ihr vorgestellt, Elvira aber trug etwas Beiges. Er nahm sie am Arm.

»Maximal zwei Stunden«, sagte Elvira.

»Gleich wirst du dich wundern«, sagte Paul.

»Worüber? Kann man es angreifen. Wie fühlt es sich an? Ist es eine Halluzination? Hoffentlich ist es nicht peinlich für mich.«

Paul redete mit ihr über Missverständnisse, die sich ergeben könnten. »Ohne Zutun wird aus einer Kleinigkeit eine Tragödie«, sagte er.

Schon nach fünf Minuten war Elvira seiner überdrüssig.

»Gleich sind wir da«, sagte Paul.

»Das dauert ja eine Ewigkeit«, sagte Elvira. »Ich möchte umkehren.« Aber neugierig war sie doch und deshalb ging sie weiter neben ihm her.

(Fortsetzung folgt.)

Dichtung und Wahrheit 1

Meiner Großmutter, die eine sehr schöne Frau war, wurde, als ihr Mann im Krieg kämpfte, nachgesagt, sie habe ein Verhältnis mit ihrem Nachbarn, einem Untauglichen. Das geschah in Schnepfau vor knapp neunzig Jahren. Mein Großvater glaubte und traute ihr nicht. Er glaubte nur dem Nachbarn. Mit meiner Mutter, die dann geboren wurde, sprach er nie ein Wort. Er ignorierte sie. Sie wuchs unter dem Rock meiner Großmutter auf. Sie wurde ein stilles Mädchen, und als ihre Mutter starb, war sie zehn Jahre alt, und als ihr Vater starb, war sie vierzehn. Es kam nach ihrer Geburt der Dorfpfarrer, als er von diesem Frevel erfuhr, und ließ das Kruzifix, das auf der Stirnseite des Hauses angebracht war, entfernen. Die Großmutter war eine Unperson, ihr Mann ebenso, obwohl er mit Anstand gehandelt hatte, und auch die sieben Kinder.

Meine Großmutter wurde mager vom Kummer und starb mit vierunddreißig Jahren, es wurde behauptet, sie hätte den Blinddarm auf der falschen Seite gehabt. Mein Großvater starb vier Jahre später an einer Blutvergiftung. Er war nach dem Tod seiner Frau ein recht zweifelnder und trauriger Mann geworden. Er spazierte einsam mit dem Anzug durch das Dorf und niemand grüßte ihn. Er ging in den Tod mit einer Blutvergiftung. Ein roter Faden zog sich über seinen Arm, und er war zu erschöpft gewesen, einen Arzt aufzusuchen. Seine sieben Kinder ließ er zurück. Ein Vormund wurde bestellt, der ein verdorbener Mensch war, und auf Umwegen und über Nacht den Kindern das Recht auf das Haus wegnahm. Barmherzigerweise, sagte er, könnten sie noch darin wohnen, bis sich Günstiges ergäbe.

Der älteste Sohn war ein fleißiger Mann und wollte mit der Landwirtschaft die Familie ernähren. Aber da war keine Landwirtschaft. Zwei Ziegen gab es. Seine Schwester, zwei Jahre jünger, mit erstaunlichem Intellekt, lenkte die Familie. Der zweitälteste Sohn war ein Studierter, er liebte Latein und verdiente Geld mit Nachhilfestunden, aber anstatt das Geld zu Hause abzugeben, verwahrte er es für Zivilisation. Er hasste die Idiotie des Landlebens. Er wurde mit fünfzig Jahren von einem betrunkenen Schweizer auf der Rheinbrücke totgefahren. Sein Hund lag neben ihm und jaulte.

Die Schwester, die zum Glück alle Sinne beisammen hatte, veranstaltete allabendlich einen Rat mit ihren Geschwistern, sie sagte was zu tun und was zu lassen sei. Meine Mutter war wie gar nicht da. Sie träumte vor sich hin und freute sich jeden Tag auf den Fortsetzungsroman in der Zeitung. Der kleinste Bruder sollte weggebracht werden, das entschied der Pfarrer, weil das Essen nicht ausreiche. Er wurde nach Mellau zu Verwandten geschickt. Er war vier Jahre alt. Er schrie und strampelte und biss. In der Nacht weinte er vor Sehnsucht nach seinen Schwestern das Strohkissen nass.

Die Schwester, die die Fäden in der Hand hielt, schmiedete einen Plan. Michael musste entführt werden.

Sie gingen zu Fuß nach Mellau. Einer stand Schmiere, der andere lenkte die Hausfrau ab, der dritte holte den kleinen Michael aus dem Schlaf. Sie kamen zerrissen und erschöpft zu Hause an. Der Pfarrer wiederum, dieser Abgesandte Gottes – ein böser Mensch war er – drang gewaltsam in das Haus der Kinder ein und hielt eine furchtbare Predigt. Das Mädchen, das keine Angst hatte vor so einem, der sowieso nur zu den Gestopften hilft, stellte sich schützend vor den kleinen Michael und schrie dem schwarzen Vogel ins Gesicht, er solle verschwinden, dieses Haus sei verdammt. Denn lieber verdammt, als verlogen.

(Fortsetzung folgt.)

Ihrer ist das Himmelreich

Das passiert in einem öffentlichen Schwimmbad:

Ein türkisches Mädchen mit grünem Badeanzug, tropfenden schwarzen Haaren steigt kompliziert aus dem Becken für Nichtschwimmer. Da steht ein großer Mann vor ihr. Alt und groß und grausam. Er sagt: »Unter dem Hitler wärst du jetzt nicht hier.« Sein Auge fühlt sich beleidigt. Er sieht das Mädchen an und sagt: »Behindert und dazu noch Türkin.« Er hat so laut gesprochen, dass das Mädchen einen Schritt zurückgewichen und hingefallen ist.

Ein Betreuer nahm sich ihrer an. Was war passiert? Das Mädchen kann nicht sprechen, jedenfalls nicht so, dass man sie versteht. Der Betreuer geht auf den Mann zu, er weiß, das Unheil kommt von ihm, und fragt, was geschehen sei. Der Mann macht nur eine abfällige Handbewegung.

Böser alter Mann.

Ich spreche mit seinen Worten zu ihm:

»Alter Mann, du verdienst es nicht, da zu sein, du bist hässlich und übrig. Mein Auge fühlt sich von deiner schwammigen Haut beleidigt. Du sollst abgeholt und auf einen Bahnhof gestellt werden, im Morgengrauen, damit es keiner sieht, mit dir deine Kumpanen, alles alte, vergebliche Kreaturen. Du sollst in ein Lager verschleppt werden. Sie sollen Versuche mit dir anstellen, sie sollen dir Benzin in die Adern spritzen und dann genauestens beobachten, was passiert. Sie sollen dir beim elenden Sterben zusehen.«

Was hast du dazu zu sagen, böser alter Mann? Das soll mit dem behinderten türkischen Mädchen angestellt werden?

Der Mann hört es nicht, weil ich ja nur die Berichterstatterin bin und alles durch meinen Kopf auf den Bildschirm meines Computers stemme.

Dieser böse alte Mann hat das alles noch erlebt. »Unter dem Hitler hätte man ...« Er war dabei gewesen, hat alles mit angesehen, nichts in ihm hat sich empört. Ohne jede Empathie ist dieser Unglückliche, der sich im Recht sieht, und sich vor dem Mädchen in dem grünen Badeanzug aufpflanzt wie ein Höllenhund.

»Arme Kreatur«, schreibt es mir auf den Bildschirm, »du wirst deine nasse Badehose ausziehen, mit deinem Auto heimfahren, dich an den Esstisch setzen, dir von deiner Frau das Abendessen servieren lassen und wirst dich ein zweites Mal über das tropfende Mädchen unterhalten, voller Empörung, wirst deiner Frau sagen, dass dieses Mädchen, das nicht richtig sprechen kann, kein Recht zu leben hat. Deine

Frau, was wird sie dir antworten? Hat sie Erbarmen? Wenigstens sie? Hat sie einen Verstand, Unrecht zu erkennen? Wenigstens sie? Wagt sie, dir zu widersprechen? Wenigstens sie? Ich befürchte nicht. Sonst wäre sie nicht so lange bei dir geblieben, alter böser Mann.«

Der Betreuer hält das Kind schützend im Arm. Es zittert und weint. Zuhause bei seinen Eltern wird das Mädchen im grünen Badeanzug mit Gesten und Geheimsprache, die nur seine Eltern verstehen, den Vorfall schildern. Die Eltern werden Angst haben. Die Mutter wird ihrem Mädchen warme Honigmilch zu trinken geben, und der Vater wird die Fensterläden schließen. Und auch die Fenster. Die Haustür zusperren. Sie werden sich fürchten, sie werden ihr Mädchen in die Mitte nehmen, die Mutter wird Schlaflieder summen, eins nach dem andern, trotzdem werden sie nicht einschlafen können.

Ich wünsche mir, dass sich dieser alte böse Mann entschuldigt, dass er den Eltern einen Brief schreibt, und schreibt, dass er darüber nachgedacht hat, und dass ihm alles leid tut, das mit dem tropfenden Mädchen im grünen Badeanzug und seinen bösen Worten. Wird er es tun? Ist das realistisch? Lassen Sie mich auf den Bildschirm träumen, meine Damen und Herren.

Verwöhnter Fratz

Therapeutin: »Sie sehen fix und fertig aus. Geht es Ihnen schlecht?«

Patientin: »Im Zug sitzen mir zwei Mädchen gegenüber, gestylt als Duplikate aus einem Modemagazin. Die mit den gelben Haaren sagt zu ihrer Freundin: ›Das hat mir meine Mam auch verboten, die alte Sau.‹ Ich wollte etwas sagen. Ich konnte nicht.«

Therapeutin: »Das ist diese verrohte Sprache, die wir nicht gewohnt sind. Das muss aber nicht heißen, dass sie ihre Mutter nicht liebt.«

Patientin: »Meine Kinder würden nicht so über mich sprechen. Dieses Mädchen kann ihre Mutter nicht lieben.«

Therapeutin: »Weil sie so spricht? Das kann viele Gründe haben.«

Patientin: »Ich gehöre nicht zu den Leuten, die sagen, dass früher alles besser war. Das war's nicht, das weiß ich aus eigener Erfahrung.«

Therapeutin: »Das Mädchen ist sauer, weil es nicht haben kann, was es will.«

Patientin: »Ein verwöhnter Fratz.«

Therapeutin: »Ein verwahrloster Fratz.«

Patientin: »Auf einmal habe ich mir gedacht, dass ich viel falsch gemacht habe bei meinen Kindern. Zum Glück habe ich sie nicht schreien lassen. Obwohl meine Schwiegermutter gesagt hat, das müsse sein, das gehöre zur guten Erziehung und sei gut für die Lunge. Ich habe mir gedacht, wenn mein Baby schreit, hat es einen Grund. Ich habe es beobachtet und konnte bald die verschieden Schreiarten auseinanderhalten. Schreien bei Bauchweh. Schreien, weil es zu warm angezogen ist. Schreien, weil es nicht allein sein will.«

Therapeutin: »Weil es bei der Mama sein will. Weil es Geborgenheit braucht. Sie haben es richtig gemacht.«

Patientin: »Ich habe das Baby auf die Wickelkommode gelegt und mit Öl eingeschmiert und habe mich kurz umgedreht, und es ist von der Kommode gefallen, auf den Steinboden. Es hat so geschrien! Ich habe es zu mir ins Bett genommen und an mich gedrückt. Habe dann beobachtet, ob eine Veränderung festzustellen ist. Ich hatte solche Angst. Meinem Mann habe ich davon nie erzählt.«

Therapeutin: »Arzt wäre vernünftiger gewesen.«

Patientin: »Es hat sich nicht erbrochen, also keine Gehirnerschütterung. Aber ein Trauma wird es weghaben, war mein Gedanke, ein Trauma fürs ganze Leben. Jetzt ist sie selber Mama, sie sagt von ihrem kleinen Kurt, dass er ein Teufel ist. Sie kann ihn nicht aus den Augen lassen. Er reißt Bilder von den Wänden, schlägt Küchengeschirr aneinander, zieht Tischtücher vom Tisch. Ich habe gesagt, sie soll eine Gehschule aufstellen. ›Das wär ein Fall für Amnesty‹, sagt sie. Sie setzt den kleinen Kurt in das Kinderzimmer. ›Er hat alles, was er braucht‹, sagt sie. Und ich sage: ›Nur dich nicht.‹ Immer wieder frage ich meine Tochter: ›Woran erinnerst du dich am liebsten?‹ Sie sagt: ›Das habe ich dir schon tausendmal gesagt.‹ Ich sage: ›Sag es noch einmal.‹ Sie war vier Jahre alt, Winter war's, die Vorhänge warfen ein gelbrotes Licht, Apfelmus stand auf dem Herd, es roch nach Zimt. Musik spielte. Sie weiß heute nicht mehr welche, sie wüsste es gern, weil sie ihrem kleinen Kurt diese Musik auch vorspielen will. ›Du hast die Spüle leer geräumt, hast ein weiches Frotteehandtuch draufgelegt. Warmes Wasser in den Ausguss geleert und hast mich hineingesetzt. Das war das Schönste, Mama‹, sagt sie und fragt mich, warum ich das immer wieder hören will.«

Therapeutin: »Damit hat Ihre Tochter einen Fingerabdruck auf ihre Neuronen gekriegt. Der bleibt ihr das ganze Leben.«

Patientin: »Und das ist wirklich gut? Und gibt es auch schlechte Fingerabdrücke?«

Therapeutin: »Gibt es auch. Aber über die wollen wir heute nicht sprechen. Geht es Ihnen besser?«

Dichtung und Wahrheit 2

Mein Vater war das uneheliche Kind einer Magd. Sein Vater, der Bauer, verjagte sie vom Hof, als sie schwanger war. Sie kam zurück in das Haus ihrer Schwester, die schlecht sah und mit der Zeit ganz erblindete. Ihre Eltern waren längst gestorben. Es gab nur einen Raum in dem Haus. Öffnete man die Tür, stand man darin. Der Fußboden war aus Lehm. Zwei Betten mit Strohsäcken, ein Tisch, zwei Stühle, ein Kohlenherd, eine Waschschüssel und Kochgeschirr für zwei. Die blinde Schwester konnte nicht arbeiten, und so nahm meine Großmutter jede Gelegenheit wahr, beim Bauern auszuhelfen. Um die Geburt setzte sie gerade einen Monat aus. Die blinde Schwester versorgte meinen Vater. Sie vergötterten ihn, und er war ja auch ein schmucker Kerl. Meine Großmutter musste ihrer blinden Schwester immer den Ausdruck seines Gesichtchens beschreiben. Mein Vater war ein guter Schüler, der Klassenbeste, und der Pfarrer legte meiner Mutter ein Theologiestudium ans Herz. Ihr war alles recht, was der Pfarrer sagte. Mein Vater hatte einen Freund, und der Vater dieses Freundes war ein Baumeister, der hundertzwölf Bücher besaß, hauptsächlich Klassiker. Jedes hat mein Vater gelesen.

Kurz vor der Matura wurde er eingezogen, er war noch nicht achtzehn Jahre alt. Gleich am dritten Tag ist ihm in Russland ein Bein abgefroren. Er kam ins Lazarett, dort lernte er meine Mutter kennen. Sie kümmerte sich um die Verwundeten, um ihn besonders. Sie wurde schwanger, meine Schwester kam auf die Welt, zwei Jahre später ich. Mein Vater träumte davon zu studieren, Chemiker wollte er werden. Er bekam Kinderlähmung, und kaum, dass es ihm besser ging und er sich wieder bewegen konnte, machte er die Matura nach. Bücher liebte er. Meine Mutter auch. Ich sehe sie, wenn ich an sie denke, beide sehe ich mit einem Buch in der Hand. Ich liebte es, die Prothese meines Vaters unter dem Arm zu halten und seinen orthopädischen Schuh zu glänzen. Zwei Kinder wurden noch geboren.

Meine Mutter starb, als ich elf war. Wir wurden zu meiner Tante gebracht, drei Mädchen in einer winzigen Wohnung, in der schon zwei Erwachsene und drei andere Kinder lebten. Mein Bruder kam zu einer anderen Tante. Wir beneideten ihn, weil er verwöhnt wurde. Die Tante brachte ihm vom Einkaufen an einem ganz normalen Werktag – kein Geburtstag! – sechs kurze Malstifte mit. Das empörte uns.

Mein Vater hatte nach dem Tod meiner Mutter die Welt ganz aus den Augen verloren. Aus Not wurde eine Frau für ihn gesucht, die bereit war, vier fremde Kinder großzuziehen. Es fand sich eine Frau. Bereit war sie nicht. Sie wollte nicht. Aber sie musste. Die Familie hatte es beschlossen. Mein Vater, als er sich mit dem Leben versöhnte, kaufte Bücher. Wir hatten kein Geld, und trotzdem wurden Bücher gekauft. Nur zur Ansicht, sagte mein Vater und versteckte sie im Keller. Wenig später standen sie in der zweiten Reihe auf dem Bücherregal. Sagte die Stiefmutter, die Kinder brauchen Winterschuhe, schlug er vor, Socken in den Sandalen zu tragen, das müsste auch gehen.

Nach seiner Pensionierung hatte er das Glück, eine Leihbibliothek führen zu dürfen. Sie war in schlechtem Zustand. Der Bürgermeister stockte das Budget auf, und mein Vater erfüllte sich viele Wünsche. Als die große Buchlieferung kam, setzte er sich und öffnete nacheinander die Pakete. Seine Hände zitterten vor Aufregung. Er bekam einen Hirnschlag. Die Putzfrau fand ihn. Er wurde ins Krankenhaus gebracht und lebte noch zwei Tage.

IRRSAL UND WIRRSAL

Sag es regnet

Ich habe Sumy, ein ägyptisches Mädchen, auf einem Schreibseminar kennengelernt.

»Ist es gut«, fragte sie, »wenn man mit einem Dialog beginnt?«

»Dialog«, sagte ich, »finde ich gut. Reden ist lebhaft, und du bist gleich mitten in der Geschichte. Das ist wie in einem amerikanischen Haus, wo man vom Freien direkt ins Wohnzimmer tritt. Dialog«, sagte ich weiter, »muss alltäglich klingen. Es sollte sein, als ob jemand hinter dir steht und dir einsagt.«

»Und was ist das Edelste?«, fragte Sumy.

»Roman, Lyrik, Drama, was deine Königsdisziplin ist, musst du selber entscheiden.«

»Ist Schreiben Begabung?«, fragte Sumy.

»Unterschätze das Handwerk nicht. Je mehr du ernsthaft schreibst, umso besser wirst du. Virginia Woolf hat gesagt, die ersten tausend Seiten sind für den Papierkorb, dann fängt es an.«

»Wie kann man es lernen?«

»Viel lesen, die richtigen Sachen. Hemingway für das Dialogschreiben, Beckett für die Knappheit, Kafka fürs Geheimnis. Präzision ist in meinen Augen das Wichtigste. Lass alles Unnötige weg. Stendhal sagte: ›Wenn du sagen willst, dass es regnet, sag: Es regnet.‹ Es muss dir gelingen«, schwafelte ich weiter, »keine Schreibpose einzunehmen. Sei du! Beobachte genau. Beobachte die Menschen. Hör ihnen beim Reden zu, schau, wie sie sich bewegen, wie sie sich einander zuwenden, merke, was sie reden, denke aber nicht, du könntest das Geredete einfach übernehmen. Du hörst es, es geht durch deinen Kopf hindurch, du formst es um für deine Geschichte, erfindest eine Person, die diesen Satz sagen könnte. Das überhaupt«, sagte ich zu Sumy, »ist das Heiligste: Stell dir vor, du kannst einen Menschen erfinden, du kannst aus ihm machen, was du willst, du kannst ihn gut oder schlecht machen. Wenn du genau bist, wird er beides in sich vereinen, du kannst ihn sterben lassen, wenn er dir auf die Nerven geht. Nur, man muss dir diese Person glauben.«

»Aber«, sagte Sumy, »was ist, wenn man frei erfindet, ohne Vorbild?«

»Auch gut«, sagte ich. »Erfinde aber so, als sei es nicht erfunden.«

»Und Science Fiction?«, fragte Sumy.

»Das ist ein anderes Kapitel«, sagte ich, »dafür bin ich nicht zuständig.«

»Und bei historischen Romanen?«

»Sollte alles stimmen. Recherche ist nötig. Recherchiere genau, und wenn du erfindest, muss es möglich gewesen sein.«

»Und was ist mit der Verantwortung?«, fragte Sumy. »Man hat doch Verantwortung als Schriftsteller. Man muss doch die Welt verändern wollen!«

»Du bist siebzehn, Sumy«, sagte ich, »mit siebzehn wollte ich das auch. Wenn du die Welt verändern willst, Sumy, dein Name klingt wie Honig, wenn du die Welt verändern willst, Sumy, entscheide dich für die Politik.«

»Aber ich möchte nicht von Privilegierten schreiben. Du schreibst doch auch über Erniedrigte und Beleidigte.«

»Das ist reine Sentimentalität. Jeder Mensch verdient es, beschrieben zu werden. Es gibt interessante und weniger interessante Menschen. Man kann aber auch über einen interessanten Menschen uninteressant schreiben. Es kommt darauf an, wo du dich am besten auskennst, welches Milieu dir vertraut ist.«

»Und Gedichte?«, fragte Sumy leise. »Wie weiß ich, ob ein Gedicht gut ist?«

»Da fragst du mich zu viel, Sumy«, sagte ich. »Ich weiß, wenn ich Gedichte schreibe, eigentlich nie, ob sie gut oder schlecht sind. Gedichte sind die weißen Bergspitzen, die du siehst, die aber nicht in der Luft schweben dürfen.«

»Ist wieder nur alles deine Meinung«, sagte Sumy.

»Was denn sonst«, sagte ich. »Kommt direkt aus meinem Hirn, lauwarm auf deinen Teller.«

Der rote Gürtel

»Meine Mutter«, erzählte mir die gute Freundin, »war ein Drachen. Ich fürchtete sie. Sie wusste alles von mir. Sah in mein Hirn und erriet meine geheimsten Wünsche. Sie wusste Dinge von mir, die ich selber noch gar nicht wusste. Ich war ein braves Mädchen, verbeugte mich vor den Freunden meiner Eltern. Mein Vater war ein stiller Mann. Machte nie viel Aufhebens. Fühlte sich meine Mutter zu wenig beachtet, simulierte sie einen Herzanfall. Jedes Mal fiel mein Vater auf dieses Theater herein. Ich auch. Obwohl wir beide wussten, dass es ihr Spiel war. Einmal saßen wir auf dem Sofa, mein

Papa hatte diesen wunderbaren Rasierwasserduft, wie ein Handtuch nach dem Baden im Sommer, ich lehnte an seiner Schulter, und er sagte: ›Diesmal nicht.‹ Beide waren wir standhaft. Was dann passierte, wollten wir nicht. Meine Mutter rang nach Luft, sie lag auf dem Teppich, und wir sahen ihr ein paar Minuten lang zu. Mein Vater ging gemächlich zum Telefon und bestellte die Rettung. Die Mutter wurde ins Krankenhaus gebracht.

Der Arzt sagte zu meinem Papa: ›Sie wissen, dass Ihre Frau einen Herzfehler hat?‹

Jetzt wusste es mein Vater. Er sagte es mir, und da waren wir auf einmal nicht mehr verbündet, weil die Sorge um meine Mutter sein Leben wieder in Beschlag nahm.

›Papa‹, sagte ich zu ihm, ›was bin ich von dir?‹

Er sagte: ›Meine geheime Königin bist du.‹

›Sag, Papa, dass ich dein erster Gedanke bin, wenn du am Morgen erwachst.‹

›Wir müssen auf die Mama Acht geben‹, sagte er, ›eine Königin muss das können.‹ Er kaufte meiner Mutter einen Diamantring, die beste Medizin.

Da war der rote Gürtel aus Lackleder. Ich liebte ihn. Ich hatte ihn gegen eine himmelblaue Strickjacke getauscht. Meine Mutter wusste nichts. ›Zieh doch die himmelblaue Strickjacke an‹, sagte die Mutter, und ich scheinheilig: ›Die muss in der Wäsche sein.‹ Mit dieser Jacke sah ich wie eine Käthe-Kruse-Puppe aus, zum Kotzen. Ich zog mein pfirsichfarbenes Kleid an, das ohne Gürtel wie ein Sack aussah. Aber dann schlang ich den Gürtel um meine Taille. Und ich hatte eine gute Taille, sehr schmal. Ich sah so schick aus. Ich fand mich umwerfend. Ich sah mich auf die Straße treten, und sah, wie sich die Leute nach mir umdrehten. ›Hast du sie gesehen, die Tochter von den Peters, eine Schönheit.‹ Ich ging ohne Gürtel auf die Straße, und keiner beachtete mich.

Meine Mutter riss mir den Gürtel von der Taille, und weil ich es wagte, das erste und einzige Mal, Widerstand zu leisten, flüchtete sie augenblicklich in ihre Krankheit. Der Gürtel sagte zu meiner Mutter: Deine Tochter wird von dir weggehen, sie wird sich einen Mann nehmen und versuchen, mit ihm Spaß zu haben. Sie braucht keine Diamanten, wo sie doch seinen Körper haben kann. Deine Tochter wird eine Mutter werden, die keine Herzanfälle bekommt, weil sie ein glückliches Herz haben wird.

Die Mutter warf sich auf den Boden und stöhnte. Ich habe sofort die Rettung angerufen. Der Arzt hatte ein unrasiertes Gesicht und schattige Augen. Mein Herz schrie: Nimm mich von hier fort, nimm mich von hier fort! Er sagte: ›Du weißt, dass deine Mutter einen Herzfehler hat?‹ Ja, das wusste ich.«

»Und dein roter Lackgürtel?«, fragte ich die gute Freundin. »Was ist mit ihm?«

»Ich habe eine Bodenlatte im Dachboden entfernt, da habe ich ihn hineingelegt. Wie ein totes Kind. Und war eine Stunde davor gesessen. Da liegt er immer noch begraben.«

»Armer Gürtel«, sagte ich zu meiner guten Freundin, »es tut mir leid um ihn.«

»Und mir tut es gut, dass ich dir von ihm erzählt habe«, sagte meine gute Freundin.

Eigentlich ganz einfach, alles

Die Gehirne von Kleinkindern sind sehr empfindlich. Wenn sie stark geschüttelt werden, kann passieren, was Karin passiert ist. Sie liegt in der Sonne und schaut in den Himmel. Wenn Wolken vorüberziehen, denkt sie: Wohin die wohl ziehen? Kommen sie wieder oder verschwinden sie ganz?

Karin liebt die Musik. Manchmal weiß sie gar nicht, woher sie kommt. Sie hört und denkt: Was für eine leichte Musik, wie ein Lüftchen! Zur Musik wiegt sie ihren Kopf, und dabei wippen ihre Locken. Sie wiegt den Kopf so lange, bis ihr schwindlig wird, und sie ins Wolkendunkel fällt.

Karin hat es gern, wenn ein Mensch ihr die Hand hält. Sie hat es gern, wenn eine Katze um ihre nackten Füße schmeichelt und dann auf ihren Bauch hüpft und ein Lied schnurrt. Sie hat es gern, wenn im Frühling die dunkelvioletten Veilchen duften, und wenn ihr im August eine Freundin frische Kirschen an die Ohren hängt, dann fühlt sie sich wie eine Prinzessin mit Rubinohrringen. Sie liebt den Schnee, weil er alles so sauber macht wie Wahrheit.

Karin spürt, wenn ein Mensch sie anlügt. Wenn ein Mensch zum Beispiel sagt: Vor der Tür steht deine Mama, die will dich abholen. Die Mama holt Karin nicht ab, weil sie nämlich selber krank ist und in einem Heim für Kranke liegt. Dieser Mensch denkt, Karin sei dumm wie die Tauben. Das denkt er, weil er selbst eine Schlange ist.

Karin liebt es, im warmen Wasser zu liegen und schwerelos zu sein. Wie ein Blatt auf dem See. Es schwimmt und schwimmt, zieht Kreise, ist geduldig und schwimmt bis zum Meer. Nach Afrika.

Afrikanische Frauen in bunten Gewändern treten aus dem Fernsehapparat und bringen Karin Geschenke, die so klein sind, dass nur Karin sie sehen kann. Sonst niemand. Eine Afrikanerin, die schönste von allen, ist mit der Sonne bekleidet, sie hat den Mond unter den Füßen und auf dem Haupt einen Kranz mit zwölf Sternen.

Karin kann schauen, und wenn etwas passiert, was nicht gut ist, kann sie schreien, damit ein Mensch kommt. Zum Beispiel als Bruno einen epileptischen Anfall bekam. Das kann passieren.

Bruno verbringt seine Tage im Heim der Lebenshilfe, wie Karin. Er lag auf dem Boden, und Karin schrie, und da lief die Frau aus der Küche und klemmte ihm ein Paket tiefgefrorene Himbeeren zwischen die Zähne. Damit er sich nicht die Zunge abbeißt. Da lachte Karin, weil das so komisch aussah. Bruno lachte dann auch, ein bisschen später, als es ihm wieder besser ging. Als es Bruno wieder besser ging, brachte die Frau aus der Küche frische Buchteln, die dufteten nach Glück. In einer Schüssel war frische Vanillesoße.

Der Morgen sagt, öffne deine Augen, der Hunger sagt, rufe, damit man dich füttert, der Durst, rufe, dass man dir zu trinken gibt. Am liebsten süßen Kakao. Am liebsten frisches Zopfbrot mit Butter. Die Blase sagt, rufe, dass man dich auf die Schüssel setzt. Der Spaß sagt, erzähl uns, wie es war, als Bruno tiefgekühlte Himbeeren zwischen den Zähnen hatte. Die Traurigkeit sagt, weine einfach. Die Tränen sind salzig und rinnen übers Gesicht in den Kragen der geblümten Bluse. Dann sind sie fort, und alles ist wieder gut. Das Kopfweh sagt, rufe, damit man dich massiert und einölt und knetet wie einen Pizzateig. Leider hat die Himbeermarmelade nur für drei Frühstücke gereicht. Butter allein geht im Notfall auch.

Bruno hat gesagt, höchste Zeit, dass ich wieder einen Anfall kriege. Aber dieses Mal hätte er lieber Heidelbeeren, wenn das möglich ist, und dann eine Familienpackung. Da bekommt man so schöne blaue Zähne und eine Zunge wie ein seltenes Tier.

Eigentlich ganz einfach, alles.

Elvira

Nie mehr habe ich sie gesehen. Viel habe ich an sie gedacht. Sie war meine Wunde, nie wirklich vernarbt. Elvira. Verstehen kann ich das nur rückwärts. Nach vierzig Jahren traf ich sie auf dem Wochenmarkt. Ich mit meiner Frau, sie mit ihrem Mann. Die Frauen mit eingepackten Blumen im Arm. Fair Trade Rosen. Wir Männer mit frischem Gemüse.

Wir wollten uns wieder sehen. Gilbert, ihr Mann, hatte das vorgeschlagen. Was hatte sie ihm von mir erzählt?

Elvira. Meine Jugendliebe. Ich war ein arroganter Kerl. Sah gut aus. Das wusste ich. Mein schlaksiger Gang war mein Markenzeichen. Meine Haare waren ganz okay, eigentlich Mädchenhaare, Mädchen stehen auf Mädchenhaare bei Buben. Jeden Augenblick wollte ich in Elviras Nähe sein. Einmal fiel ein Stück von ihrem Kuchen auf den Boden. Ich erwartete mir beim Hinunterschlucken ein Wunder. Sie beachtete mich nicht. Musterte mich mit ihren kalten Augen. Alle Mädchen der Schule wollten mich. Ich war blöd vor unerfüllter Liebe.

Meine Mutter sagte: »Ich spreche mit dir.«

Mein Vater sagte: »Ich spreche mit dir.«

Wie hätte ich sie hören sollen. Ich schob in Gedanken mit Elvira den Wagen mit unserem Kind, wir sahen fern, wir tranken Bier.

»Ich rede mit dir«, sagte meine Mutter.

»Ich rede mit dir«, sagte mein Vater.

Elvira saß auf einem Pferd und ritt direkt auf mein Bett zu. Wir lagen in der Wiese, sie wünschte sich einen Wagen mit offenem Verdeck, und ich sagte, kriegst du, alles kriegst du, und wenn ich mir dafür die Füße abschneiden muss.

»Du musst dir nicht die Füße abschneiden, liebe mich einfach nur bis zum Tod«, sagte sie.

Dann hatte ich es real geschafft. Wie, weiß ich gar nicht mehr. Sie stand vor ihrer Klassenzimmertür, und ich verbeugte mich. Da zeigte sie mir ihre Grübchen und legte den Kopf schief.

Ich war ein guter Fußballer. »Ein Ballgenie«, sagte der Trainer zu meiner Mutter. »Sie haben eine Verantwortung.«

Das dröhnt mir noch in den Ohren. Ich hatte keine Verantwortung. Ich nahm Elvira mit auf das Fußballfeld, es war im Juni, der Himmel war schwarz. Elvira in ihrem Kleid, ein Ungetüm war das, schwer zum Ausziehen. Es war, wie soll ich sagen, sie schlief ein, und ich bin davongegangen. Habe mein Hemd in die Hose gesteckt, die Hose zugeknöpft, bin in die Schuhe, und weg war ich.

Ich kann es mir nicht erklären. Ich lag auf meinem Bett, und meine Mutter klopfte an die Wand und schrie: »Mach die Musik leiser!«

Ich hörte die Doors: »I tell you, we must die, I tell you we must die, I tell you, I tell you, I tell you, we must die.« Ich sah Elvira auf dem Fußballfeld liegen, sah ihre weißen Schenkel vor mir und das Ungetüm ihres Kleides neben ihr wie eine Lawine.

Ich bin achtundfünfzig Jahre alt, führe ein geregeltes Leben. Manchmal habe ich das Gefühl, dass es mir gleich auszucken könnte. Was auszucken könnte?

Da stand sie vor mir, auf dem Wochenmarkt, sie mit ihrem Mann und ich mit meiner Frau, und ich dachte, verdammt, sie gehört zu den Frauen, die vor dem Verblühen am schönsten sind.

Als sie dann in der Küche am Nachtisch herummachten, meine Frau und ihr Mann, fragte ich sie, ob ich ihr etwas zeigen dürfe. Sie sagte: »Ich werde keine Zeit haben.« Aber ich wusste, sie würde Zeit haben. Sie war neugierig. Sie zeigte mir ihre verdammten Grübchen und legte den Kopf schief.

»Mach die Rechnung nicht ohne den Wirt«, sagte sie, aber es war nur ein Satz ohne Bedeutung.

Ich wusste, diesmal würde keine Tragödie daraus werden. Zumindest wünschte ich es mir.

(Fortsetzung folgt.)

Paul

Als Paul mit seiner Frau Rita und diesem noblen japanischen Bukett in unserem Haus zum Abendessen eintrafen, wurde mir bei seinem Anblick augenblicklich schlecht. Kaum hatte ich meine Wange zu einem verlogenen Kuss hingereicht, rannte ich auf die Toilette.

Gilbert, mein Mann, der es gut mit mir meint, und immer gut mit mir gemeint hatte, klopfte an die Tür und sagte: »Schatz, was ist, ich mach mir Sorgen.«

Ich legte ein Lächeln über mein Gesicht und dachte, wie aufgesetzt das wirken musste. Also sagte ich zu Rita (ich fand sie sympathisch, weil sie so zurückhaltend war, und es beruhigte mich, dass ich besser aussah als sie): »Es freut mich, dass ihr gekommen seid«, – ich vermied es, Paul anzusehen –, »und für meine Unpässlichkeit entschuldige ich mich, ich weiß auch nicht, was plötzlich mit mir los war.«

Ich wusste es genau.

Paul. Kaum war sein Gesicht an meinem Gesicht, wurden die Jahre zurückgedreht, und ich sah mich auf einem Fußballfeld liegen. Mit meinem champagnerfarbenen Tanzkleid, Volants am Saum und an den Armgelenken. Kompliziert zum Ausziehen.

Ich war die einzige, die nicht in Paul verliebt war, zumindest nicht von Anbeginn.

Er kam in unsere Klasse und alle Mädchen schwärmten von ihm. Sein dunkelbraunes schulterlanges Haar. Jeden Tag frisch gewaschen. Seine starken Augenbrauen. Der melancholische Mund. Die frechen Augen.

Ich war in unseren Installateur verliebt. Er war ein muskulöser Mann, ein paar Jahre jünger als mein Vater und so smart. So smart! Für einen Handwerker eine Sensation. Was war ich überheblich! Der Installateur drückte mich an die Wand und schob seine Zunge in meinen Mund. Mir wurden die Knie weich.

Die Tatsache, dass ich mich nicht für Paul interessierte, machte ihn rasend. Das war er nicht gewohnt. Er umschwärmte mich, ich ignorierte ihn. Sein Verlangen gefiel mir besonders. Ich wollte es bis zur Spitze treiben. Der Installateur sagte: »Wenn du nicht mehr willst, dann lassen wir es eben.« Er hatte genug Optionen.

Paul schrieb mir mit tanzender Handschrift einen Liebesbrief.

Ich zog dieses unsägliche Kleid an, Jahre später nähte ich daraus ein Zierkissen. Paul fiel auf mich herein. Wir tranken Likör, Orange oder Pfirsich, jedenfalls vernebelte sich mein Verstand. Aber auch ohne Likör hätte ich mich ihm hingegeben. Auf dem Fußballfeld. Im Juni. Wo die Käfer schliefen. Ich verlor meine Schuhe. Meine Strümpfe, die dünnen aus Silberfäden, waren zerfetzt. Der Himmel, was weiß ich noch vom Himmel. Vom Himmel weiß ich, dass er schwarz war, ein Nachthimmel. Einfach nur ein Nachthimmel. Ich war kurz eingenickt, und als ich aufwachte, war Paul nicht mehr da. *Nicht mehr da. Mein Geliebter.* Einfach aus dem Staub gemacht hatte sich der junge Mann.

Und jetzt: Ich stand ihm gegenüber und wollte ihm ins Gesicht schreien: »Warum?« (Vierzig Jahre später – ich hatte ihn nie mehr gesehen).

Von den Suizidversuchen wollte ich ihm nie erzählen. Viermal hatten mich meine Eltern vom Tod weggerissen. Vom Strick – der Vater. Vom Gas – die Mutter. Von den Tabletten – die Mutter. Von den Tabletten – die Mutter. Sie sagte dann, ein fünftes Mal überlebe sie das nicht mehr. Ich hatte den beiden viel Leid zugefügt.

Vierzig Jahre später lächelte ich. Gab Rita, Pauls unsicherer Frau, meine kalte Hand, und sagte: »Ich freue mich.«

Ja und dann hat mir Paul gesagt, dass er mir unbedingt etwas zeigen will. Ich muss zugeben, dass ich neugierig war.

Ich wollte meinen Mann nicht betrügen. Nur ein wenig Ablenkung wollte ich.

(Fortsetzung folgt.)

Der brave Sohn

Er lässt seine Mutter nicht allein, weil sie Angst hat, allein zu sein. Er hat auch Angst. Sie ist alt, aber noch lange nicht so alt, wie sie aussieht. Einen schweren Weg habe sie hinter sich, sagt der Sohn. Er trägt schulterlange weiße Haare und hat ein weiches Gesicht. Er steht am Herd, sie liegt auf dem Küchensofa.

»Und was mache ich jetzt?«, fragt der Sohn.

»Zuerst Butter in die Pfanne«, sagt die Mutter, »dann etwas Zucker dazu, damit es karamellisiert, dann Zwiebeln hinein, gelb anlaufen lassen, dann die geschnittenen Karotten dazu und etwas salzen.«

Mit fünfzig Jahren wurde die Mutter am Kropf operiert, und nachher stimmte rein gar nichts mehr mit ihr. Am Anfang hatte sie starke Medikamente bekommen, die sie aggressiv machten. So hatte der brave Sohn seine Mutter noch nie erlebt. Es machte ihn verzweifelt, und er bot alle Kraft auf, damit sie wieder die alte würde. Das ging natürlich nicht. Oft dachte er, ich gehe weg und überlasse sie meiner Schwester. Die Schwester wollte sich mit der Mutter nicht zusätzlich belasten, sie habe bei Gott eigene Sorgen, sagte sie. »Existenzängste! Weißt du überhaupt was das ist.« Er kenne das ja nicht, wo ihm die Mutter alles in den Hintern schiebe. So verbot sich der brave Sohn das Weggehen, verbot sich Frauen und Freuden. Er beruhigte sich selber damit, dass er sich sagte, ich kann ja sowieso nicht mit den Frauen, die heute so anspruchsvoll sind und alles haben wollen und dafür nichts geben.

Er gab der Mutter die Medikamente nicht mehr, da wurde sie eisig gelassen, und das war immerhin besser als vorher. Er machte sich kundig, und weil er ja weder Arzt noch Pharmazeut ist und keine Vertrauensperson kannte, war das sehr schwer für ihn. Jemand riet ihm zur Homöopathie, so könne er wenigstens nicht schaden und doch etwas nützen. Die Fortschritte waren kärglich. Alle seine Arbeit musste der brave Sohn aufgeben, weil er die Mutter nicht alleinlassen konnte. Es grämte ihn, wenn er sie betrachtete, weil sie aussah wie die Großmutter, so gebrechlich. Im Kopf jedenfalls war sie klar und wieder vernünftig. Sie erinnerte sich an früher und erzählte, dass sie sich immer gewünscht habe, eine

Reise zu machen. Sie erinnerte sich daran, wie Eis mit heißen Himbeeren schmeckte, und der Sohn kaufte daraufhin tiefgekühlte Beeren ein und eine Vorteilspackung Vanilleeis von Eskimo.

Irgendwann verschlechterte sich ihr Zustand wieder, und da konsultierte der Sohn einen Patientenanwalt, um ihm die Krankengeschichte vorzutragen. Der Anwalt wollte sehen, was sich machen lässt. Es ließ sich nichts machen.

»Geht dir eigentlich die Geduld nicht aus, und wer schaut auf dich, wenn du alt und krank und blöd wirst«, fragte ein Nachbar.

»Ich kann nur hoffen, dass ich nicht vor meiner Mutter sterbe«, sagte der brave Sohn.

Er kaufte ihr eine Schärpe aus indischer Seide und setzte sie im Bett auf. So ans Kissen gelehnt, mit dem Schal um Hals und Kopf, sah sie wie eine uralte Prinzessin aus. Nie mehr wollten sie beide einen Arzt ins Haus lassen, und wenn es noch so schlimm würde.

Seine erste Salbe bereitete der Sohn zu, als die Mutter ein offenes Bein hatte. Das Rezept stammte aus dem *Sechsten Buch Moses*. Er schmierte die Salbe auf das Bein und konnte den nächsten Morgen kaum erwarten.

Wenn er sich heute vorstellt, dass die Mutter stirbt, schwankt sein Gemüt, und er grübelt, ob er eine Reise unternehmen wird, nach Indien vielleicht, oder ob er sich einfach in ihr Bett legt, bis zu seinem Ende, nämlich.

Empfehlung von der Muttergottes

Soffi, meine Enkelin, telefonierte mit mir:

»Du, Oma, du findest doch die Muttergottes wichtig oder nicht?«

»Absolut, warum fragst du?«

»Du, Oma, mir ist nämlich auf dem Zebrastreifen die Muttergottes begegnet. Weißt du, die mit dem blauen Schleier. Alle Autos sind die längste Zeit stehengeblieben. Sie hat zu mir gesagt, wir müssen der Mama ein Pferd schenken, weil ihr das viel Freude bereiten würde und sie dann nicht mehr so nervös ist.«

»Wünscht sich denn die Mama ein Pferd?«

»Die Mama weiß nicht, dass sie sich ein Pferd wünscht.«

»Wäre es nicht besser, wenn du der Mama ein bisschen im Haushalt helfen würdest, mit dem Bruder spielen, Spiegeleier braten, einkaufen gehen. Die Mama könnte dann auf dem Sofa liegen und dir beim Arbeiten zusehen. Das würde ihr sicher gefallen. Du könntest ihr Mozart auflegen, weil das gut für die Nerven ist, oder einen Fado, das tu ich, Fado ist am besten für die Nerven.«

»Was ist Fado?«

»Fado ist eine Musik, die in Portugal gesungen wird, wo jetzt dein Onkel Lorenz wohnt. In Lissabon.«

»So ein Pferd, Oma, das steht in meinem Pferdebuch, so ein Pferd ist ein Seelentröster. Was ist eigentlich ein Seelentröster, Oma?«

»Und wer soll das Pferd kaufen?«

»Eben Oma, das ist das Problem. Ich dachte, am ehesten könnte der Opa ein Pferd kaufen. Von seinem Romangeld. Es kann ja ein ganz gewöhnliches sein.«

»Kennst du ungewöhnliche Pferde?«

»Glaubst du, der Opa kauft der Mama ein Pferd? Weil sie ja dringend einen Seelentröster braucht.«

»Und wer baut einen Stall? Und wer kümmert sich um das Pferd?«

»Eben Oma, das könnte alles ich machen. Nach der Schule in den Stall, ein bisschen reiten, damit es Bewegung hat, die Hufe reinigen, striegeln, füttern, eben alles.«

»Und was würde die Mama machen?«

»Die könnte dem Pferd über den Rücken streicheln und ihm ins Ohr ihr Sorgen flüstern.«

»Wer hat außer dir die Muttergottes noch gesehen?«

»Niemand. Und ich hab auch niemand gesagt, dass ich sie gesehen hab. Weil mir das eh keiner geglaubt hätte.«

»Und ich glaube es dir?«

»Du glaubst es mir Oma, weil du mit der Muttergottes in Kontakt bist.«

»Wer sagt denn das?«

»Du betest doch zu ihr?«

»Manchmal.«

»Eben.«

»Was wünschst du dir eigentlich zu Weihnachten, Soffi?«

»Ich wünsche mir den *Weltfrieden*, und dass das mit dem Pferd für meine Mama funktioniert.«

Irrsal und Wirrsal

Am letzten Tag im Jahr saß die Frau in ihrem Lehnstuhl, Unruhe war in ihr, und sie dachte, ich muss unbedingt den Deckel zu meinem Lebensglas finden.

Die Wochentage ödeten dahin. Ich kann mich nicht freuen, dachte die Frau. Ich fühle nichts. Ich stecke in einer tiefen Depression. Mein Mann hätte mich herausholen sollen. Ich will keine Tabletten schlucken. Ich will mich spüren und mich schön finden.

Der Mann hatte gehofft, dass sie ein Kind aufheitern könnte. So ein süßes Geschöpf. Er hatte Freude mit dem Kind. Seine Frau war unzufrieden. Sie beobachtete ihr Kind, und wenn das Kind etwas dazu gelernt hatte, schrieb sie in ein Heft (das sie Entwicklungsheft nannte):

»Karin hat sich am Tischbein hochgezogen und ist gleich wieder hingefallen.

Karin geht an der Hand.

Erstes Wort gesagt: Brille. So ein schwieriges Wort. Jedes andere Kind sagt zuerst Mama.«

Die Frau trug keine Brille. Das Kind zog dem Papa die Brille vom Gesicht und sagte: »Brille«.

So lange wollte sie noch bleiben, bis die Tochter ein eigenes Leben hatte. Im Stiegenhaus roch es nach Kohl und Waschpulver. Der Mann reichte die Scheidung ein. Niemals hätte sie das für möglich gehalten. Zu einer Bekannten sagte sie: »So viel Fantasie hätte ich ihm gar nicht zugetraut.«

Die Frau hatte Angst vor ihrer Bosheit, und sie betete, dass der Himmel sie davor befreien möge. »Lass mich keine bösen Gedenken haben«, betete sie und wurde älter.

Sie schenkte sich Wein ein, um ruhiger zu werden. Immer wieder, immer mehr. Sie ging kaum unter die Leute. Großeinkauf für eine Person, einmal in zwei Wochen. Haltbarmilch, Haferflocken, zwölf Flaschen Wein. An der Kassa fragte sie ein Nachbar, ob es ein Fest gebe. Sie wechselte den Supermarkt, fuhr mit dem Auto in die nächste Gemeinde, in die übernächste Gemeinde.

Ihre Tochter klingelte an der Tür. »Mama, ich weiß, dass du da bist, mach auf, wenn du nicht aufmachst, schlag ich das Fenster ein.«

Sie machte nicht auf. Sie schämte sich. Sie setzte sich auf den Küchenboden in die Nische zwischen Spülmaschine und Herd.

Die Tochter hatte Angst um ihre Mutter und schlug das Fenster mit einem Stein ein. Es war alles so kompliziert. Sie schrie durch das Fensterloch: »Mama, bitte, sei vernünftig, ich hol sonst die Polizei, Mama, mach einfach auf, niemand wird etwas erfahren. Ich bleib jetzt bei dir, bis es dir besser geht.«

Ab sofort wollte sie keinen Alkohol mehr trinken. Sie versprach es, sonst wäre Karin nicht abgereist. Sie musste ja abreisen, sie musste schließlich Geld verdienen.

Das kann doch nicht alles schon gewesen, dachte die Frau. Ich bin nicht nur die bügelnde Hausfrau, die immer für Statistiken herhalten muss. Ich habe Wünsche. Hilfe! Hört mich denn keiner!

Und dann sah sie sich eine Kirche von innen an.

WER BIST DU?

Der Kuckuck

Am Silvesterabend knallte es bis zur Mitternacht und noch bis in die Morgenstunden hinein. Kühe schmiegten sich aneinander, die Schweine legten sich auf den Rücken und quietschten.

Die Menschen in dem großen Haus feierten, der Hausherr wünschte sich, dass sich die Märkte stabilisieren, er fragte in die Runde, wie man sich die Zukunft vorstelle, das neue Jahr.

Die Gäste wurden immer lustiger vom Alkohol. Ehefrauen schmiegten sich an fremde Ehemänner. Max, der Achtjährige, war bereits vor Mitternacht eingeschlafen.

Ein fremder Mann tauchte auf, und keiner merkte, dass er fremd war, jeder dachte, ich kenne ihn halt nicht, das wird der Freund eines Freundes sein. Die Hausfrau tanzte in seinen Armen auf die Veranda hinaus, trank aus seinem Champagnerglas und kotzte auf seinen Ärmel. »Vom vielen Drehen!« Das war ihr so peinlich. Sie zeigte ihm das Bad, eine Steige hinauf, dann links.

Der fremde Mann schwang sich in den oberen Stock. Er betrat das Zimmer, in dem Max schlief. Er setzte sich an sein Bett und sagte. »Tust du so, als ob du schläfst, oder schläfst du?«

Max blinzelte ihn an. »Wer bist du?«

»Man nennt mich den Kuckuck. Gefällt dir das?«

»Wenn man wie ein Vogel heißen will«, sagte Max.

Der Kuckuck fragte Max nach seinem Geburtstag.

»15.1.01.«

»Ich habe einen Safe«, sagte der Kuckuck, »und darin liegt ein Roboter, der ist so groß wie meine Hand, ein Prototyp. Weißt du, was ein Prototyp ist? Dieser Roboter kann fünf Befehle ausführen.«

»Welche denn?«, fragte Max.

»Geld zählen. Rechenaufgaben lösen. Besitzt ihr keinen Roboter? Dein Vater hat doch eine Menge Geld.«

»Roboter besitzen wir nicht. Aber wir haben auch einen Safe, hinter dem Bild im Schlafzimmer. Da ist eine Frau gemalt, die keine Kleider an hat. Der Code ist geheim.«

»So einen Safe hat ja inzwischen jeder«, sagte der Kuckuck. »Ich könnte dir meinen Roboter vorführen. Nur müsste das ein absolutes Geheimnis bleiben.«

»Ich verrate nichts.«

»Jetzt musst du weiterschlafen«, sagte der Kuckuck. »Ich melde mich in den nächsten Tagen. Vielleicht.«

Max schloss die Augen.

Der Kuckuck öffnete leise die Schlafzimmertür, hängte den weiblichen Akt ab, gab das Geburtsdatum von Max als Code ein und öffnete den Safe. Er nahm alles mit. Seine Anzugjacke war innen mit großen Taschen versehen. Er ging über die Treppe hinunter, lächelte. Die Festgäste standen auf der Veranda und sahen dem Feuerwerk zu. »Oh! Ah!« Der Kuckuck verließ das Haus durch den Keller.

Wer bis zum Ende ausharrt, der wird gerettet werden, sagte er laut zu sich selbst. Er steuerte auf seine Bleibe zu, ließ sich auf sein Bett fallen und schloss die schwedischen Gardinen. Aus dem Innenfutter seiner Anzugjacke nahm er mit geschlossenen Augen seine Beute. Er überschlug im Kopf: Dollar, Euro, Schweizer Franken. Er war zufrieden.

Unten wurde zum wiederholten Male eine Tür zugeknallt.

Wer bist Du?

»Wer bist du?«, fragte das kleine Mädchen und schaute hinauf zu der Frau, die seine Mutter war. Trübe Augen hatte die Mutter wie ein kranker Vogel.

»Ihr müsst euch wieder kennenlernen«, sagte die Kontaktperson.

Das kleine Mädchen drehte den Kopf zur Seite und rief: »Weg, Weg!«

Der Mutter war an diesem Tag erlaubt worden, die Klinik zu verlassen. Sie wollte weinen, aber sie verbot es sich und wurde unwillig. »Dann eben nicht«, sagte sie und drehte ebenfalls den Kopf zur Seite.

Die Kontaktperson wusste sich im Moment auch keinen Rat. Sie saßen zu dritt um einen Tisch. Die Kontaktperson hatte Getränke geholt, für das Kind Limo, für die Mutter Cola light. Dem Kind fiel das Glas aus der Hand. Alles klebte.

»Das war Absicht«, sagte die Mutter und wurde noch eigensinniger.

Wie war das alles gekommen?

Die Mutter hatte mit vierzehn ihren ersten Freund gehabt. Sie war sehr verliebt in ihn gewesen. Er war fünf Jahre älter, und sie dachte, er sieht so gut aus, dass er nicht nur mir gefällt. Beim ersten Mal hatte sie Angst, mit ihm zu schlafen. Er sagte, sie sei nur blöd. Er löschte das Licht, und das fand sie sehr lieb. Sie schlief mit ihm, um ihn zufriedenzustellen.

Sie wusste gar nicht, ob es ihr gefallen hatte. Eher nicht. Sie hatte Stress, ihm nicht zu genügen. Was er verlangte, tat sie.

Sie verblödete und dachte, verblöde ich oder war ich immer blöd.

Als sie schwanger wurde, kam sie sich fett und hässlich vor. Sie fragte ihn, ob er sie jetzt nicht mehr leiden könne, und er sagte: »Das geht ja vorbei.«

Er interessierte sich nicht für andere Frauen.

»Er konsumiert Gift«, sagte eine Freundin. »Wusstest du das nicht?« Sie sagte nicht Rauschgift, sie sagte Gift, als ob es in einer Apothekerflasche mit Totenkopf aufbewahrt würde. »Er macht das schon ewig. Wusstest du das nicht?«

Da konsumierte sie ebenfalls Gift, nämlich aus der Spritze, und es gefiel ihr. Der Freund dealte und kam ins Gefängnis. Die Frau vernachlässigte das Kind. Oft schrie es stundenlang. Die Nachbarn gingen an der Tür vorbei und sagten, hier stinkt es wie auf einem Bahnhofsklo. Eine Nachbarin rief bei der Polizei an. Die Beamten öffneten gewaltsam die Wohnungstür. Sie sahen das Kind an einer Brotrinde kauen. Mitten in einem Wäschehaufen saß es. Die Mutter lag daneben. Sie wurde in die Klink gebracht. Auf den Entzug geschickt. Das Kind zu Pflegeeltern gesteckt.

Dieselbe Nachbarin sagte, gerade habe sie gelesen, und das sei nicht zu unterschätzen, dass alles Böse durch falsche Ernährung in die Welt komme. »Die frittierten Sachen und der Zucker, Mangelernährung, kein Obst, kein Gemüse, das verstopft die Zellmembranen der Nerven. Dann funktioniert nichts mehr. Und diese Frau«, sagte die Nachbarin, »das wusste man ja, hat sich nur von Junkfood ernährt und ihr Kind auch.«

Warum sagt ihr, was ihr nicht tut

»Es ist verabscheuenswert, zu sagen, was ihr nicht tut.« Meine Freundin sagt das. Sie ist Muslimin. Sie hat mich zum Essen eingeladen, und sie ist wirklich eine Himmelsköchin. Alles, was sie mir anbietet, duftet nach Glück.

Ihr Nachbar ist ein böser Mensch. Er gießt Wasser vor ihre Tür, es gefriert, und meine Freundin fällt. »Er gibt sich wie ein guter Mensch«, sagt sie, »aber er handelt wie ein Spion.«

»Ignoriere ihn«, sage ich.

Sie will einfach freundlich sein.

Wir trinken süßen Tee.

»Du verstehst uns nicht«, sagt sie. »Du sagst, wie kann eine Frau akzeptieren, dass sie die Zweitfrau ist. Ich sage dir, jede Zweitfrau war einmal eine Erstfrau. Wer kann sich mehr als eine Frau leisten? Nur ein kleiner Prozentsatz. Die Verantwortung für zwei Frauen ist zweimal so groß. Der Mann ist für alles zuständig. Für die Ernährung, die Kleidung. Wenn die zweite Frau sich nicht wohl fühlt, kann sie zu ihrem Mann sagen: Geh zu deiner ersten, sie wird sich um dich kümmern. Wie viele Männer gibt es bei euch, die eine Zweitfrau haben, heimlich? Das ist schlecht. Schlecht für beide Frauen. Verstehst du, was ich meine? Magst du noch Zitrone in der Suppe?«

Der Fernseher läuft. Aus einem Panzer kriechen Soldaten, schwer bewaffnet. In Tarnanzügen durchstreifen sie Afghanistan. Sie werden von flatternden Vögeln umrahmt. Was bedeutet das?

»Hast du nicht gesehen«, zitiert meine Freundin aus dem Koran, »wie dein Herr mit den Leuten des Elefanten verfahren ist? Hat er nicht ihre List misslingen lassen und Scharen von Vögeln über sie gesandt, die sie mit brennenden Steinen bewarfen.«

Ich verstehe nichts.

»Der Elefant, der sich in den Panzer verwandelt hat, macht mich genau so traurig, wie das die meisten Muslime traurig macht. Verstehst du, was ich meine?«

Ich verstehe nichts.

»Magst du noch von dem Reis? Ich verwende viele Gewürze. Meine Söhne besorgen mir Gewürze am Naschmarkt in Wien und schicken sie mir.«

Sie nimmt wieder den Koran in die Hände. »Du aber erwarte den Tag, an dem der Himmel einen sichtbaren Rauch hervorbringt, der die Menschen einhüllen wird. Das wird eine entsetzliche Qual sein.«

»Ich wusste gar nicht, dass du ein politischer Mensch bist«, sage ich. »Siehst du Katastrophen als Strafe?«

»Bei allem, was wir tun, müssen wir uns fragen, was würde Allah dazu sagen.«

»Du hast es gut«, sage ich, »du bist ein frommer Mensch. Ich weiß oft gar nicht, wo ich hingehöre. Kalter Wind bläst in mein Leben.«

»Du denkst zu viel und redest zu viel«, sagt sie. »Je mehr du redest, desto durchschnittlicher wirst du.«

»Ich bin Durchschnitt«, sage ich. »Ich will nicht Macht haben und Leute einschüchtern, indem ich wenig sage.«

»Außerdem«, sagt meine Freundin, »hat Reden den Nachteil, dass einem Dummheiten herausrutschen.« Sie zwinkert mir zu. »Magst du jetzt warmes süßes Brot, gefüllt mit Schafskäse?«

Elvira und Paul

Es gibt Dinge, die zweifelhaft sind. So ließ sich die verheiratete Elvira doch auf eine Verabredung mit dem verheirateten Paul ein. Die Ehepartner der beiden wussten nichts.

Paul wollte seinen Arm um sie legen. Elvira wehrte ab. Sie hatte beide Fäuste in ihren Manteltaschen vergraben. Er führte sie in eine Straße, die sie nicht kannte, und in ein Mietshaus.

»Und das soll dein Geheimnis sein?«, sagte Elvira. Sie stand in einer sparsam möblierten Wohnung. »Weiß deine Frau von der Wohnung?«

»Nein.«

»Und hier triffst du dich mit Bekanntschaften?«

»Zum Beispiel mit dir.«

»Ich bin nicht eine von deinen Bekanntschaften.«

»Da hast du Recht. Du bist meine Ausnahme.«

»Ich bin auch nicht deine Ausnahme.«

Elvira stand noch immer, sie wollte ihren Mantel nicht ausziehen.

»Ich will nur mit dir reden«, sagte Paul. »Bitte, setz dich.«

Es gab nur einen Stuhl. Er setzte sich auf den Bettrand. Auf einem schmalen Schreibtisch stand ein Computer, im Eck ein Gitarrenkoffer.

»Und deine Bekanntschaften stammen aus Facebook?«, fragte Elvira.

»Möchtest du sie sehen?«

Das wollte Elvira. Sie setzte sich zu ihm aufs Bett.

»Diese Bekanntschaften machen mich unglücklich. Keine ist so, wie sie es versprochen hat. Ich fühle mich so unentdeckt. Miriam zum Beispiel. Vierzig Jahre, Künstlerin, und dann sehe ich sie, sie sieht hysterisch aus, ich werde ihre

Stimme nicht aushalten, und so verabschiedeten wir uns bereits auf der Straße. Susanne gefällt mir schon besser, wir treffen uns zwei Mal in der Woche, und das schon seit einem halben Jahr. Dann sagt sie mir, dass sie noch verheiratet ist. Sie kriegt einen Bandscheibenvorfall, und weil ich so mitfühlend bin, will sie sich wegen mir scheiden lassen, und ich krieg die Panik.«

»Und das weiß deine Frau alles nicht?«

»Ich hab eine Vereinbarung mit ihr. Wir bleiben verheiratet, das will sie nämlich unbedingt, und ich habe zwei Tage und zwei Nächte in der Woche frei.«

»Wie kann sie das nur aushalten! Ich würde verrückt werden!«

»Genau das ist der Unterschied zu euch beiden, ich nämlich wünsche mir eine Frau, die verrückt wird, wenn ich sie betrüge.«

Ein Knistern kommt über Elvira.

Sie schweigen beide und wissen nicht, was sie miteinander anfangen sollen.

Dann sagt Paul: »Such mich nach Geld ab.«

(Fortsetzung folgt.)

Gespensterarmee

Ich nenne ihn A. Niedertracht. A. Niedertracht ist einer aus der Gespensterarmee des Cyberspace. Jede freie Minute sitzt er vor seinem Computer und verschickt Postings. Er kann seiner Wut freien Lauf lassen. Leute demütigen, beleidigen, niemand wird ihn erkennen. Er unterschreibt niemals mit seinem Namen. Trifft man ihn auf der Straße und gibt ihm die Hand, bleibt nichts an einem kleben. Er ist total unverdächtig. Er ist ein Gedankenrowdy, wenn er verprügelt. Er muss vor keiner Autorität zittern.

A. Niedertracht unterhält sich im Buchladen mit einer Schriftstellerin und findet sie stockdumm. Er lässt sich nicht anmerken, dass er sie stockdumm findet, vielmehr geigt er auf und versucht sein bestes Gesicht. Er kennt ihre Mailadresse. Dann, am Abend, beugt er sich über die Tasten. Ja, er ist der Größte, und was ihm fehlt, ist nur ein geregeltes Privatleben.

A. Niedertracht tritt mit der Schriftstellerin in Mailkontakt.

Er schreibt: »Wenn du Material für deinen Scheiß brauchst, kann ich dir welches beschaffen.«

Sie schreibt: »Weil du keine Liebe hast, musst du den Hass in die Welt hinaustragen?«

»So einen Satz«, schreibt er zurück, »kann nur eine stockdumme Schriftstellerin schreiben. Sie kann sich nicht vorstellen, dass ein Mann wie ich darunter leidet, ständig unter seinem Niveau behandelt zu werden.«

»Was bringen dir die Postings, Mann«, schreibt die Schriftstellerin. »Ist das, wie wenn du eine Scheibe zertrümmerst und nicht bestraft werden kannst?«

»Es ist einfach ein gutes Gefühl, wie wenn du Pilzsuppe kochst und weißt, dass der Esser es nicht überleben wird.«

Das jagt einem doch ziemlich Angst ein. »Du bist ein armes Schwein«, antwortet die Schriftstellerin, und als das Mail bereits versendet ist, greift sie sich an den Kopf und sagt: »Warum schreibe ich Schwein. Kein wirkliches Schwein soll beleidigt werden!«

Gemailt ist gemailt.

Folgendes gibt A. Niedertracht zurück: »Sie sind das klassische Beispiel eines Menschen, der noch nie einen kreativen

Gedanken gefasst hat. Kommen Sie niemals auf die Idee, dass Ihre Meinung gefragt ist. Gehen Sie lieber auf eine Botox-Party. Lernen Sie schießen!«

Die Schriftstellerin ist verwundert, weil A. Niedertracht sie gesiezt hat, und verärgert über den arroganten Ton. Was bildet sich dieser Mann ein?

Wie hatte sie sich ihn denn vorgestellt? Als einen Mann in Uniform, bewaffnet, mit einem Sack über dem Kopf, in den zwei Augenschlitze gerissen sind? Einer aus der Geisterarmee des Ku-Klux-Klan? Als einen Neandertaler? Hätte sie ihm zurückmailen sollen, dass sie für ihre Selbstachtung arbeitet, hauptsächlich jedenfalls? Hätte sie so tun sollen, als wären ihr diese Angriffe gleichgültig? Aber sie waren ihr nicht gleichgültig. Sie wusste, dass A. Niedertracht ihren Heiligenschein zertrümmern wollte.

Foxtrott

»Als was gehst du im Fasching?«, fragte meine Freundin. Ich war ein Teenager und antwortete: »Wenn überhaupt, will ich als Suzie Wong gehen. Das ist eine Chinesin, die einen Maler verführt.«

»Da musst du nicht viel machen, du mit deinen Schlitzaugen«, sagte sie. Damals waren Chinesen noch etwas Besonderes bei uns.

Mein Problem war, dass ich nichts anzuziehen hatte, und meine Tante sagte. »Nimm das Badetuch mit den chinesischen Schriftzeichen, binde es um deine Hüften, den Chinesenhut kannst du dir selber machen, Pappe zum Ausschneiden ist beim Feuerholz.«

Ich malte einen gelben Hut und ein gelbes Gesicht.

Bei meiner Firmgota in Hard gab es eine Faschingsfeier. Ich ging zu Fuß von der Südtirolersiedlung über die Achbrücke nach Hard. Meine Turnschuhe waren nass und meine Zehen taub vor Kälte. Die Küche der Firmgota war mit Girlanden dekoriert, sogar im Herrgottswinkel am Kreuz, an dem Nagel von Jesus' Füßen kringelte sich Faschingsschmuck. Meine Firmgota war sehr dick, aber günstig verteilt, sie hatte ein ebenmäßiges Gesicht mit schwarzen Augen. Ihr Mann war auf Montage, und ihr Liebhaber tat so, als wäre er hier zu Hause. Er hatte eine Ähnlichkeit mit Clark Gable, ein bisschen schmieriger aber doch ziemlich smart. Die fünf Kinder meiner Firmgota mit ihren ewigen Rotznasen tanzten im oberen Stock. Die Küchenlampe wackelte. Sie hatten Schnapsküchle gegessen, ausnahmsweise.

»Zieh erst die Schuhe aus«, sagte die Firmgota, »ich mache es wärmer.« Sie legte ein Holzscheit ins Feuer.

»Kommen noch andere Gäste?«, fragte ich.

Wir blieben allein. Clark Gable tanzte mit der Gota, er schob sie durch die Küche zur Wand, dort drückte er sie und gab ihr einen Zungenkuss.

Ich kam mir ziemlich überflüssig vor und wollte gehen.

Clark Gable sagte: »Setz dich, Chinesin, und erzähl mir von dir.«

Ich erklärte ihm, dass ich Suzie Wong sein wolle, die in einem Hafenviertel in Hongkong lebe, in einem Hotel, das Nam Kok heiße, und die, wann immer ein Mann in ihre Nähe komme, ihren Schlagring benütze.

»Warum denn so aggressiv?«, sagte Clark Gable.

Meine Gota zog mich vom Küchenstuhl auf und sagte: »Wenn ich dir etwas für dein Leben mitgeben soll, dann ist es das: Du musst tanzen können.«

Sie nahm mich an ihren Bauch, ihr Kleid mit den aufgedruckten Hyazinthen roch nach Schuhcreme und Zwiebeln, und sie zeigte mir den Foxtrott. Als ich den Tanz beherrschte, verabschiedete ich mich. Ich zog meine feuchten Turnschuhe an, nahm den Chinesenhut vom Kopf, trampelte ihn flach, das Handtuch ließ ich als Fußabstreifer vor dem Haus der Firmgota liegen.

Auf der Achbrücke fiel mir ein, dass hier mein Onkel und sein Hund von einem betrunkenen Schweizer totgefahren wurden. Zuhause bei der Tante hatte es Apfelküchle gegeben, aber jetzt waren sie alle schon aufgegessen.

Beim Einschlafen dachte ich, ein Kleid mit Hyazinthen sollte auch nach Hyazinthen riechen.

Asche aufs Haupt

»Heute machen wir noch einen drauf«, sagte er.

Das konnte sie nicht ertragen, diese deutschen Ausdrücke, die er benützte. »Einen drauf machen.« Kein Mensch hat das je bei uns gesagt. Und da wusste man auch gleich, wie das werden würde. Sie kränkte sich und war überzeugt, sie würde keinen Einfluss darauf haben. Jedenfalls, mittwochs käme die Asche aufs Haupt. Das sagt man aber auch nur so, wer lässt sich schon freiwillig vom Pfarrer Asche auf den Scheitel häufen? Die Katholiken. Aber sonst? Sie würden in ein Fischlokal stolzieren und die Fischplatte bestellen. Und es wäre ein wunderbares Mahl, und dann hätte sie sich wahrscheinlich den Magen verdorben und würde das Essen auf dem Teppich zurücklassen. Alles im Preis inbegriffen.

Ihr Mann, nachdem der Fasching vorüber war und der Ernst des Lebens wieder angefangen hatte, geht wie jeden

Morgen mit seiner Aktenmappe aus Kalbsleder in sein schlichtes Büro und erledigt die Akten. Da platzt offizielle Kontrolle ins Haus, und man findet heraus, dass der Mann mit der Kalbsledermappe Geld unterschlagen hat, ziemlich viel sogar. Er stürzt nach Hause und beichtet seiner Frau. Sie ist empört, wie es sich gehört, und da kann er nur sagen: »Was glaubst du, von welchem Geld wir die ganze Zeit so lustig gelebt haben, doch nicht von meinem Gehalt?«

»Ich wollte das nie«, klagt sie. »Ein einfaches Leben hätte mir genügt.«

»Mit einem schlichten Seidenkleid und einem einfachen Nerzcape für die Kälte?«

»Ich bin nicht vollkommen«, sagt sie, »das habe ich nie behauptet, aber ich will nicht dem Flammenmeer übergeben werden.«

»Flammenmeer?«, fragt er. »Klingt nicht schlecht. Kann man da verschwinden? Ist das ein Steak-House?«

»Du bist ein schlechter Mensch«, sagt die Frau, »aber ich bin deshalb nicht automatisch auch ein schlechter Mensch. Du hast nicht auf mich abgefärbt.«

»Aber du bist infiziert«, triumphiert der Mann. »Wir werden beide an der Gier zugrunde gehen, und vielleicht hast du ja recht mit deinem Flammenmeer.«

»Mein Bewusstsein«, lamentiert die Frau, »die Qualität meines Bewusstseins ist getrübt.«

»Was redest du für einen Mist«, höhnt der Mann. »Überleg dir lieber, wie wir aus der Sache herauskommen.«

»Ist noch Geld übrig?«, fragt die Frau.

»Ich habe ein Nummernkonto in Liechtenstein, aber das ändert nichts an der Tatsache, dass sie mich einlochen werden.«

»Ach, Liebling«, sagt die Frau, »ein Glück, dass wir keine Kinder haben, die ebenfalls infiziert werden könnten. Ich warte in jedem Fall auf dich. Wir nehmen einen guten Anwalt. Sag mir doch die Nummer unseres Kontos!«

»Damit du abzischen kannst. Ich bin nicht ganz verrückt, mein Schatz.«

»Ich brauche die Nummer doch nur, um den teuren Anwalt zu bezahlen.«

»Weißt du was, Liebling, warte einfach. Ich habe zu wenig Socken, alles haben wir, aber an Socken haben wir nie gedacht. Wenn ich jetzt länger weg sein werde, brauche ich für jeden Tag frische Socken. Besorge mir dreißig Paar ohne Gummizug.«

»Kann man *da* nicht waschen?«, fragt die Frau.

»Als ob ich das wüsste«, sagt er.

Herr Wlaschek

Ich träumte von Herrn Wlaschek. Am Vortag hatte ich sein Bild in einer Illustrierten gesehen. Er hat seinen Arm um eine stramme Frau gelegt. Herr Wlaschek ist ein ziemlich alter Mann, man sagt, er besitze vier Milliarden Euro. Er ist nicht reich geboren, hat sich alles erworben. Als junger Mann wollte er ein Tanzcafé eröffnen, er spielte unter dem Pseudonym Charly Walker als Barpianist. Das habe ich alles aus dem Google.

Also geträumt habe ich, dass sich Herr Wlaschek mitten in der Nacht in seinem Bett aufsetzt, und er weiß, dass er nicht ewig leben wird. Er wundert sich über sein starkes Empfinden. Was wird nach meinem Tod sein, fragt sich Herr Wlaschek. Seine Kinder sind versorgt, seine Frauen leiden keine Not. Wer wird ihn vermissen? Er wünscht sich so sehr, vermisst zu werden. Da kommt ihm die Idee mit seinen übertausend Angestellten. Sie sollten in Liebe an ihn denken. Er holt seinen Lieblingsanwalt aus dem Schlaf und verfügt, dass nach seinem Tod sein gesamtes Vermögen an seine Angestellten weitergegeben wird, so lange, bis nichts mehr da ist, und zwar dergestalt, dass die Gehälter der Angestellten verdoppelt werden, auch die Pensionen und das Urlaubsgeld. Das betrifft alle Angestellten, die Billa-Kassiererinnen, die Einkäufer, die Verkäufer, die Fernfahrer, die Büroangestellten, die Hausmeister, die Putzfrauen usw.

Folgende Auflagen verfügt Herr Wlaschek:

1. Zu seinem Begräbnis sollen alle Geschäfte und Bürohäuser geschlossen werden, alle Angestellten sollen mit Blumen erscheinen. Das Begräbnis, stellt Herr Wlaschek mit leuchtenden Augen fest, würde das größte aller Zeiten sein. Sämtliche Zeitungen würden darüber berichten, sogar die *New York Times*, alle nähmen Notiz davon, aber nicht in einer kleinen Spalte, sondern in einem Riesenartikel mit der Überschrift: Der Wohltäter! Und man weiß ja, dass die Amerikaner schwerreiche Menschen lieben und von ihnen zu Recht Almosen erwarten.
2. An jedem Jahrestag seines Todes sollte diese Zeremonie wiederholt werden. Herr Wlascheks Nachlassverwalter würden Stichproben in Auftrag geben, sollte einer seinen Todestag schwänzen und nicht an seinem Grab erscheinen, würde er fristlos entlassen werden.

»Frühstücken Sie mit mir?«, fragt Herr Wlaschek seinen Lieblingsanwalt.

»Schön, so am Morgen, wenn alles noch schläft«, sagt der Anwalt. »Der Mond hat einen Hof, das bedeutet doch etwas, wissen Sie es?«

»Ich hatte nie Zeit, die Natur zu betrachten«, sagt Herr Wlaschek. »Ich weiß gerade, dass Efeu die Bäume hinauf wächst und grün ist.«

Sie trinken Kaffee, und der reiche Mann erzählt von seinem Glück im Geschäft und seinem Unglück in der Liebe.

Zitat aus dem Google: »Beim Gschäft bin i guat, bei de Weiber bin i a Depp.«

»Das wird sich garantiert im Jenseits ändern, wenn man dort erfährt, was Sie gerade verfügt haben«, sagt der Anwalt. »Ein Engel wird Sie empfangen.«

»Glauben Sie?«

»Ja, das glaube ich.«

Das echte Leben

Meine Enkelin fragte mich: »Was ist in der großen Spanschachtel?«

»Die ist leer«, sagte ich.

»Was war in der großen Spanschachtel?«

»Ach, da wurde vor langer Zeit ein Schappele aufbewahrt.«

»Was ist denn das?«

»Das ist eine Kopfbedeckung für ledige Frauen. Stammt aus dem Bregenzerwald. Sie gehörte meiner Mama, deiner Urgroßmutter.«

Ich zeigte Soffi bei Google, wie so ein Schappele aussieht.

»Aus purem Gold?«, fragte sie.

»Ist nur eine komplizierte Handarbeit mit Goldfäden und Glitzerplättchen, mit schwarzem Samt und roten Bändern.«

»Das zieht doch eh kein Mensch mehr an«, sagte Soffi.

»An Feiertagen wird das schon noch getragen, bei Festen und so. Das ist Teil einer Tradition.«

»Was ist denn Tradition?«

»Ach Soffi, Tradition ist ein großes schwarzes Wort.«

»Und wer hat jetzt das Glitzerding?«

Es gab eine Frau – das war vor vielen Jahren – die war verrückt nach Trachten. Die hat das Schappele oft in der Hand gehabt, gedreht und dabei geseufzt, hat es sich auf den Kopf gesetzt. Sie war gar keine Bregenzerwälderin, aber das ist ja oft so, dass die, die am wenigsten damit zu tun haben, am verrücktesten danach sind. Ich sagte zu der Frau: »Nimms einfach.« Ich gebe zu, es war ein halbherziges Geschenk, wie man daran sieht, dass ich die Spanschachtel behalten habe.

»Ist doch total unwichtig alles«, sagte Soffi. »Und weißt du was, ich zeichne das Glitzerding ab und das legen wir dann in die Spanschachtel.«

»Soffi, was tät ich, wenn ich dich nicht hätt!«

»Du, Oma, werden jetzt eigentlich auch noch Trachten erfunden?«

»Das ist eine gute Frage, die ich dir leider nicht beantworten kann. Ich würde sagen, eher nicht. Weil die modernen Menschen keine Zeit haben, sich so etwas auszudenken. Wenn, dann würde ich es am ehesten einer verrückten englischen Modeschöpferin zutrauen, dass sie eine solche Erfindung macht.«

»Und das ziehen dann die Models auf dem Laufsteg an?«

»Könnte sein. Aber nur für die Show, nicht für das echte Leben.«

»Was ist eigentlich das echte Leben, Oma?«

Und dann, wie in einer Regieanweisung steht Otto vor der Tür. Mit einer Katze im Arm.

»Überfahren«, sagt er, »noch nicht ganz tot, aber fast.« Die Katze zuckt auf, Otto gibt einen Schluchzer von sich, dann stottert er: »Ich will nicht, dass der Papa die Katze auf einen Stein schlägt, damit sie nicht mehr leiden muss. Kannst du etwas machen?«

»Tierarzt«, sagt Soffi, »der kann sie vielleicht retten oder ihr eine Spritze geben, dass sie in den Tod hinüberschläft.«

»Das läuft alles auf dasselbe hinaus«, sage ich. »Ich kannte eine Frau, die war so ängstlich, und obwohl ihr Hund schon mehr tot als lebendig war, konnte sie ihn nicht einschläfern lassen. Sie rief bei den buddhistischen Mönchen an, und die sagten, machen Sie das ruhig. Die Frau ging in die Apotheke, kaufte dem Hund Notfalltropfen, flößte sie ihm ein, und dann gab er ganz von allein seinen Hundegeist auf.«

Ich habe doch nur Halsweh

Meine Tante, die weiß Gott nicht zimperlich war, schickte mich zum Arzt. »Du gefällst mir gar nicht«, sagte sie.

Der Arzt wohnte in einem zweistöckigen Block.

»Zieh dich aus«, sagte er.

»Ich habe nur Halsweh«, sagte ich.

Er nahm einen Spatel und schaute mir in den Hals. »Zieh dich aus«, sagte er. »Da, hinter dem Vorhang, kannst du dich ausziehen.«

Ich ging hinter den Vorhang und zog meinen gelben Pullover aus. Ich war gerade neun Jahre alt. Mein Leibchen ließ ich an.

»Zieh dich ganz aus«, sagte der Arzt.

Ich ging hinter den Vorhang und zog mein Leibchen aus, Gott sei Dank bin ich noch keine Frau, dachte ich.

»Ganz ausziehen«, sagte der Arzt.

»Ich habe doch nur Halsweh«, sagte ich. Ich ging hinter den Vorhang und zog meine Strumpfhose aus, hatte jetzt nur noch meine hellblaue Unterhose an.

»Ganz ausziehen«, sagte der Arzt.

Ich ging hinter den Vorhang und zog meine Unterhose aus. Ich war so aufgeregt, dass ich am ganzen Körper zitterte. Ich schämte mich. Ich schämte mich, ich schämte mich so sehr.

»So, jetzt, hinlegen«, sagte der Arzt.

Ich legte mich auf die mit frischem Flies überzogene Pritsche.

Er nahm wieder den Holzspatel und schaute mir in den Hals. »Sieht schlecht aus«, sagte er. »Da muss ich mehr untersuchen.«

Er fuhr mit dem Spatel über meinen mageren Körper und berührte mich da, wo ich gar nicht wusste, wie man dazu sagt.

»Ich habe doch nur Halsweh«, sagte ich.

Plötzlich spürte ich eine Kraft in mir, ich stemmte mich an den Ellbogen hoch, zog fiebrig meine Kleider an und rannte aus der Ordination.

Meine Tante sagte: »Und? Wo ist das Rezept?«

»Kein Rezept«, sagte ich. »Er hat mir kein Rezept gegeben.«

Es roch in der Küche so gemütlich nach ihrem fabelhaften Essen. Mit nichts alles geben, war die Devise meiner Tante. Sie war besser als alle Fernsehköche es in ihrem Leben je sein werden.

»Du hast glasige Augen.« Sie griff mir an die Stirn. »Du hast Fieber. Mach dir dein Bett im Wohnzimmer, zieh dein Nachthemd an, die dicken Wollsocken, ich bring dir einen Wickel für den Hals.«

Ich ging in das Schlafzimmer meiner Cousine und meiner

Schwestern, holte mein Bettzeug und breitete es auf das schmale Sofa im Wohnzimmer, das nie geheizt wurde, außer zu Weihnachten. Ich glättete das Leintuch, legte Kopfkissen und Decke darüber und stellte den Stuhl davor, weil ich immer aus dem Bett gefallen bin.

Die Tante kam mit dem heißen Kartoffelwickel. Sie gab ihn um meinen Hals, einen zerschnittenen Nylonsack vom ADEG darüber und darüber noch ein Handtuch.

»So und jetzt schlaf«, sagte sie und machte die Tür zu.

Dann, da war ich schon zwölf, sah ich ein Polizeiauto vor dem zweistöckigen Block stehen. Ich lief über die Rheinstraße und schaute zu. Ein Polizist führte den Arzt aus dem Haus und schob ihn auf den Rücksitz im Polizeiauto.

Allein auf dem Gehsteig, legte ich vier Finger an den Mund und ließ einen saftigen Pfiff ab.

IM ERDENREICH

Ein wenig, ein wenig

Drei Kinder lagen schlafend im Garten. Die Frau sah sie an und kannte sie nicht. Eines öffnete die Augen und sagte: »Wir sind die Nachbarskinder, die bei dir nur schlafen wollen. Unsere Mutter hat schlecht über dich gesprochen, und da wollten wir zu dir. Wir wussten nämlich, dass sie dir unrecht tut. Sie sagt, dass du deine Tür nie öffnest, wenn es draußen läutet, habe einen Grund, nämlich den, dass in deinem Haus schreckliche Sachen passieren. Dass du oft betrunken bist und es dann nicht bis zur Tür schaffst. Das Schimpfen der Mutter hat uns so erschöpft, dass wir vor Müdigkeit in deinem Garten umgefallen sind. Hast du etwas zu trinken? Ich verdurste gleich. Sobald du mit einem Getränk kommst, wecke ich meine Geschwister. Dann wollen wir zu dir ins Haus und uns umsehen. Erlaubst du uns das?«

Die Frau sagte: »Das ist aber wirklich ein wenig ungünstig, weil ich nämlich an meinem großen Werk arbeite.«

Das hatten die Kinder befürchtet. Das zweite schlug die Augen auf: »Wenn es nur ein wenig ungünstig ist, bitten wir dich, uns nur ein wenig einzulassen.«

Die Frau öffnete die Tür, und der Geruch des Hauses wehte den Kindern entgegen. Da fragte auch schon das dritte Kind: »Kann man krank werden von diesem Geruch?«

Die Frau zog die drei nacheinander ins Haus und suchte nach einem Getränk, fand aber keines. Sie drehte den Wasserhahn auf, kein Wasser kam. Sie wollte das Fenster öffnen, um ihren eigenen Geruch zu vertreiben, das Fenster klemmte.

»Äpfel«, sagte das erste Kind, »sicher hast du Äpfel, da können wir daran saugen, und das ist ein wenig wie trinken.«

»Ein wenig, ein wenig«, spottete das zweite Kind. »Ich befürchte, unsere Mutter hat Recht.«

»Wir könnten uns alle mit dir zusammen in dein Bett legen und weiterschlafen«, schlug das dritte Kind vor, schon etwas verzagt in der Stimme.

Das Bett der Frau aber war gefüllt mit Wasser, da gingen die vier auf die Knie und tranken wie Kühe alles leer. Die Frau schleppte einen Heizstrahler heran, um das Bettzeug zu trocknen. Aber aus dem Strahler drang ein fürchterlicher Gestank, und sie drückte gleich auf die Aus-Taste.

Die vier liefen in den Garten hinaus, dort kämpften Pflanzen um ihr Leben. »Das sieht ja aus wie ein Friedhof«, sagte das erste Kind, das mit den wasserblauen Augen.

Die Frau wurde nervös, sie hob das zweite Kind hoch, das nach Erbrochenem roch. »Wovon ist dir schlecht geworden?«, fragte die Frau.

»Du weißt ganz genau, dass es von deinem Geruch kommt«, sagte das Kind.

Sie stellte das Kind auf die Erde. Sie hatte vergessen, wie zerbrechlich Kinder sein können und wie schnell sie kaputtgehen. Sie ließ die drei im Garten zurück und ging ins Haus. Sie wollte keine Verantwortung mehr tragen.

Im Erdenreich

Es war einmal ein kleiner Knabe, der von seiner Mutter und seinem Vater über alles verhätschelt wurde. Eines Morgens wachte er auf, und er rief, wie er es gewohnt war, nach seiner Mutter. Als diese keine Antwort gab und auch nicht erschien, rief er nach seinem Vater, aber auch dieser kam nicht. Da stand der Knabe von seinem Bett auf und suchte nach seinen Kleidern, die schön geordnet über der Stuhllehne hingen. Er fand in der Küche kein Brot, und die Milch war nicht an ihrem Platz. Da weinte der Knabe und begab sich vor das Haus.

Die Straße war menschenleer, er klopfte an die Tür vom Nachbarhaus, aber niemand öffnete ihm. Wo er auch hinkam, fand er keine Menschenseele. Er sah Steine, und wusste von seinem Vater, dass sie atmen können, aber nur im Mondschein. Er sah Bäume, und wusste, dass sie weinen können, aber was nützte ihm das, es machte ihn nur noch trauriger.

Da sah er Käfer über die Straße kriechen, auch Würmer und Schnecken waren darunter. Weil er nichts anderes wusste und sich nicht auskannte, folgte er den Tieren. Es ging sehr langsam voran. Sie kamen zu einem großen Acker, da versammelten sich die Tiere. Der Knabe weinte nach seiner Mutter und seinem Vater. Auf einem Stein saß eine Eidechse, und das machte dem Knaben Mut. Seine Mutter hatte ihn nämlich gelehrt, dass Eidechsen mit ihren klugen Schwänzchen sprechen können.

Sie sagte: »Lass die Käfer, die Würmer und die Schnecken für dich arbeiten. Es braucht Geduld und sehr viele Stunden, aber am Ende wirst du wieder froh werden.«

Der Knabe setzte sich zu der Eidechse auf den Stein. Es

wurde Mittag und Abend, der Mondschein schien durch die Bäume, und die Eidechse sagte:

»Hörst du, wie sie weinen?

Hörst du unter dir den Stein atmen?«

Die Tiere arbeiteten derweil fleißig an einem Punkt und trugen Erde ab, immer weiter zogen sie ihre Kreise. Sie arbeiteten die ganze Nacht. Der Knabe war neben der Eidechse eingeschlafen. Am Morgen weckte sie ihn. Sie zeigte auf eine blanke Stelle:

»Siehst du die Tür?«, fragte sie. »Versuch, sie zu öffnen.«

Der Knabe gab alle Kraft, die er hatte, aber die Tür bewegte sich nicht. Er war schon verzweifelt und voller Zorn. Käfer, Würmer und Schnecken waren verschwunden. Er hob den Arm, und es sah aus, als wollte er die Eidechse erschlagen.

»Mach dich nicht noch unglücklicher«, sagte die Eidechse. »Sammle dich und hol das Gute aus dir.«

Der Knabe befolgte den Rat.

Da hörte er einen dumpfen Schlag aus dem Erdenreich und bald darauf ein Trommeln. Auf einmal öffnete sich die Tür, und der Knabe sah Hände und Arme. Bald darauf sah er Leiber und Beine und Füße, und er erkannte die Bundhose seines Vaters und die weiße Schürze seiner Mutter. Männer und Frauen erschienen, der Fleischer mit seiner Frau, der Schneider und der Leinenweber, der Totengräber wischte sich die Erde von seinem schwarzen Hemd. Er sah Bauernkinder, die er kannte. Sie alle kletterten aus dem Erdenreich und gingen dann, als sei es blanker Sonntag, ihrer Wege. Die Mutter und der Vater an der Seite des Knaben, so, als wäre nichts geschehen.

Am nächsten Morgen wieder rief der Knabe nach seiner Mutter. Er suchte seine Kleider, und sie lagen tatsächlich nicht über der Stuhllehne. Der Vater hatte keine Zeit mehr für Geschichten, und als der Knabe ihn bat, wieder von den atmenden Steinen zu erzählen und von der Tür im Erdenreich, sagte er nur: »Glaubst du das?«

Da war es, als sei die Kindheit zu Ende.

Kannibalen

Es war ein Knabe, der hieß Samesch. Auf seiner Wanderschaft stach es ihm in den Fuß, und er dachte, es wird eine Schlange sein. Es war aber der Stachel einer giftigen Palme. Um den Stich herum wurde es sofort blau und lähmte seinen Fuß. Fortan bewegte er sich auf Knien. Weil er so niedrig geworden war, hielten ihn die Tiere für ihresgleichen und ließen ihn in Ruhe.

Einmal traf er auf Kannibalen, es war in Borneo. Sie werden mich töten, fürchtete sich der Knabe, was tun Kopfjäger anderes als Töten und dann das Getötete verspeisen. Er schloss mit seinem Leben ab. Sie ließen ihm den Kopf, sie dachten, dieses Ding da für uns ist kein Mensch und kein Tier, deshalb wird es heilig sein. Aber weil diese Menschen keine Mimik zeigen, wusste der Knabe nicht, was in ihnen vorging.

Die Kannibalen gaben ihm zu essen, zu trinken und bereiteten ihm ein Lager. Das Leben verlangte Samesch viel Kraft ab. Schon am Morgen erschienen Frauen mit ihren kranken Kindern und legten sie auf seine Schlafmatte. Sie dachten, er könne sie heilen. Samesch war schlau, sah das viele Ungeziefer unter den Haaren der Kinder, und rührte eine scharfe Lösung, mit der sollten die Mütter ihre Kinder waschen. Sie wurden gesund. Immer mehr Menschen kamen, um von Samesch Linderung zu erfahren. Das Essen war nährstoffarm und Samesch hatte Hunger, der nie gestillt werden konnte. Er hatte sich an alles gewöhnt, an die Moskitos, die frühe Dunkelheit, die Dornen, aber nicht an den Hunger. Er träumte nur noch von Speisen. Er fraß fingergroße Ameisen, riss Blätter von knackenden Ästen, und wenn er Glück hatte, verfiel er von einem Kraut in einen Rauschzustand, der ihn alles vergessen ließ. Einmal wachte er auf und blickte direkt in die Augen eines Wildschweins. Da wurde es noch viel schlimmer mit seinem Verlangen nach Nahrung. Weil er sich auf seinen Knien fortbewegen musste, blieb ihm nur übrig, tote Sachen zu essen. Und einmal, als er es nicht mehr aushielt, aß er seinen eigenen Arm. Da fürchteten sich die Kannibalen vor ihm, ließen ihn auf seiner Schlafmatte zurück und zogen fort.

Liebling

Es begab sich, dass ein Mann von großer Gestalt viel in der Stadt herumflanierte, auf der Suche nach einem Liebling. Hie und da fand er einen, aber nur für kurze Zeit, und so war es dann auch kein echter Liebling. Doch an einem Regentag sah er ein mageres Mädchen auf sich zukommen, das tropfte vor Nässe. Die Haare hingen ihm ins Gesicht, so dass die Augen zugedeckt waren. Der Mann trat auf es zu und sagte:

»Was hältst du von der Idee, wenn ich dich auf einen Schirm einlade.«

Das Mädchen strich sich die Haare aus der Stirn und schaute zu dem Mann auf, denn es war einiges kleiner als er. Das war der Beginn ihrer Liebesgeschichte. Das Mädchen hatte niemals zuvor einen Mann gehabt und fand deshalb alles an ihm einzigartig. Der Mann dachte gar nicht darüber nach. Sie war ab sofort sein Liebling, und so nannte er sie dann auch.

Der Mann wohnte in einer anderen Stadt und führte ein zweites Leben mit Alkohol und Tristesse. Davon allerdings wollte er dem Liebling nichts erzählen. Sie sahen sich nur am Wochenende. Später würde sie erfahren, dass der Mann Kinder hatte und eine Frau, die ihn aber nicht mehr haben wollte. Oft stand er vor dem Schultor, um seine Töchter zu sehen. Ihre Mutter hatte ihnen verboten, mit ihm zu reden. Das Sorgerecht war ihm entzogen worden.

Der Liebling lebte nur für die Stunden mit dem Mann. Sie konnte nichts anderes mehr denken als an seinen weichen Bauch, und ihre Arbeit verrichtete sie zerstreut. Oft fiel Porzellan auf den Boden und zerbrach. Am Wochenende erschien der Mann, flott angezogen und bereit für jede Schandtat, wie er sagte.

Er war etwas seltsam, das muss gesagt werden. Einmal bei einem Spaziergang warf er sich auf die grüne Wiese und begann Gras zu fressen. Der Liebling erschrak darüber, fand aber gleich einen Grund, warum das nur ein Spaß gewesen sein konnte.

»Stell dir vor«, sagte sie zu ihrem Bruder, »nur für mich frisst er Gras und tut, als wäre er ein Tier.«

Der Mann öffnete fremde Türen, und wenn jemand da war, verteilte er Geldscheine, wenn niemand da war, setzte er sich an den Tisch, als wäre er hier der Herr. Einmal fand er ein Klavier vor, da spielten seine Hände virtuos darauf, und die Socken an seinen Füßen polierten den fremden Boden.

Wieder waren sie unterwegs und saßen in einem vornehmen Gasthaus. Ihnen gegenüber lärmte ein angetrunkenes Paar. Die beiden luden den Mann und den Liebling an ihren

Tisch. Das Paar sah fremdländisch aus, sprach eine Sprache, die der Liebling nicht verstand, der Mann aber schon. Das Personal verbeugte sich ehrerbietig vor dem Paar, jedes Mal, wenn es an dem Tisch vorbeikam.

Die fremde Frau zog den Liebling an ihre Seite, streifte sich einen Ring vom Finger und steckte ihn auf den Daumen des mageren Lieblings. Der Ring hatte einen leuchtenden Stein, und der Mann sagte zum Liebling: »Den behalten wir.«

Am nächsten Tag gingen sie zu einem Juwelier und ließen den Ring schätzen. Er war ziemlich wertvoll. Fortan trug der Liebling diesen Ring und leuchtete damit herum, bald verfluchte er ihn, weil er ihm Dinge sagte, die er nicht hören wollte. Und was ihm Angst machte: Der Ring war wie am Daumen festgewachsen.

Der Ring sagte: »Du wirst den Mann hundert Tage haben und mehr nicht. Er wird aus dir einen Menschen machen, dem es unmöglich ist, an anderes zu denken als an dich selber. Zuerst wird es dir Freude machen, aber bald kannst du es nicht mehr aushalten, und du kannst auch nicht von der Erde verschwinden, du musst noch achtzig Jahre leben, damit du hundert Jahre gelebt hast.«

Nach hundert Tagen verschwand der Mann, und man fand ihn erfroren auf einer Baustelle. Dem Liebling schliefen beide Füße ein, und so verbrachte der Liebling fortan sein Leben auf den Knien.

Nachbarn

Es waren da eine Frau, ein Mann und ihr Kind. Sie fühlten sich auserwählt, weil sie schöne Gesichter hatten. Ihnen zur Seite wohnte eine Großfamilie in einem gebrechlichen Haus.

Das Kind, ein Mädchen von sieben Jahren, stützte ihre Ellbogen auf das Fenstersims.

»Was schaust du auf dieses Chaos«, sagte ihre Mutter. »Ich verbiete dir hinzuschauen und verbiete dir, jemals dort hineinzugehen.«

Da antwortete das Mädchen, dem vor lauter Langweile jeder Tag verloren war: »Dort drüben, Mutter, wird gelacht und gesungen, es fliegen Kugeln vom Dach, die glänzen.«

Die Frau schob die Vorhänge zu und diktierte ihre Tochter auf den harten Stuhl vor dem Klavier. »Übe jetzt«, sagte sie »übe so lange, bis ich wiederkomme, und denk nicht, dass du aufhören kannst! Ich bin im Nebenzimmer.«

Das Mädchen setzte sich ans Klavier und klimperte auf den Tasten. Ihre Mutter hatte ja keine Ahnung von Musik. Sie rückte den Stuhl zum Fenster und spielte Klavier mit den Zehen. Es klang, wie es klingt, wenn nur das Herz flattert.

Das Mädchen – der Name muss jetzt endlich gesagt werden: Caracas; genannt nach einer Stadt, in der sie wohl gezeugt worden war. Ihr Vater nannte sie Cara, denn er liebte sie. Die Mutter war der Meinung, dass in vornehmen Familien nicht abgekürzt werden darf.

Also sah Caracas im Fenster des Nachbarhauses ein Gesicht, das lächelte, und eine Hand, die ihr winkte. Caracas winkte zurück, ihre Zehen spielten auf den Tasten, es war schwierig, das Gleichgewicht zu halten. Das Gesicht im Nachbarfenster sagte, und der Zeigefinger zeigte: »Komm, komm!« Caracas schlich sich aus dem Zimmer, sie sah ihre

Mutter schlafend, schnell schlüpfte sie aus dem Haus und eilte durch den Garten und trat über eine verwachsene Treppe in das Nachbarhaus. Dort empfingen sie drei Jungen und drei Mädchen, mit hässlichen Gesichtern alle, sie umkreisten sie und hoben sie in die Höhe wie eine Beute. Es roch sonderbar in diesem Haus, süßlich und so, dass ihr das Herz in Wehmut aufging.

Die Frau erwachte, hörte das Klavierspiel ihrer Tochter nicht und trat in ihr Zimmer. Caracas war verschwunden. Da suchte sie in jeder Ritze nach ihr, ohne Erfolg. Später kam der Mann dazu und half ihr, die Tochter zu suchen. »Cara!«, rief er. »Cara, mein Liebling, wo bist du?« Seine Frau war darüber so schwach geworden, dass sie nur mehr Kuchen essen konnte. Sie schnürte sich den Leib und wurde ohnmächtig.

Da ging der Mann ins Nachbarhaus über die verwachsene Treppe, und eine Frau mit hässlichem Gesicht in einem Pelzkleid trat zu ihm und führte ihn in ein Zimmer. Da lag Cara unter den drei Jungen und drei Mädchen und hatte so viel Spaß mit ihnen, dass es den Vater lebendig in die Seele traf. Die Frau im Pelzkleid gab dem Mann rutschige Speisen und Süßes zu trinken. Er wurde müde davon. Sie führte ihn auf ihr Lager und befreite ihn vom gewöhnlichen Leben. Bald schlich sie sich davon, band ihre Pelztiere los und wies ihnen den Weg in das Nachbarhaus.

Die Pelztiere fanden die Frau mit dem schönen Gesicht und teilten sie gerecht untereinander auf.

Niemandes Schatz

Es war einmal ein Kaufmann, der sein ansehnliches Vermögen mit Gewürzen und Seide verdient hatte. Er reiste viel in der Welt umher. Seine Frau hütete sein Vermögen und wartete auf ihn. Richtig glücklich waren sie erst, als die Frau ein Mädchen gebar, wie es schöner auf der Welt keines geben konnte. Von nun an versuchte der Kaufmann, nicht mehr so viel zu reisen. Er wollte das Gedeihen seines Schatzes schließlich mit ansehen. Seine Frau war in feinste Seide gehüllt, und sein Schatz, der Nele getauft wurde, bekam nur das Weichste und Wohligste an den kleinen Körper. So wuchs Nele heran, und sie entwickelte sich, wie es besser nicht hätte gewünscht werden könne. Sie war klug für ihr Alter und hatte viel Sinn für die schönen Dinge. Der Vater hatte ihr ein Spielhaus bauen lassen, ein Tulpengarten wurde für sie angelegt, Instrumentenbauer brachten die edelsten Geigen.

Manchmal ließ sich eine Fahrt in den Fernen Osten doch nicht vermeiden.

Als Nele dreizehn Jahre alt geworden war, veranstaltete der Vater ein Fest. Freundinnen wurden eingeladen, und die herrlichsten Speisen wurden aufgetragen. Die Blüten des Lindenbaumes schütteten ihre wunderbaren Gerüche aus. Alle waren versammelt, Getränke waren eingeschenkt, Speiseeis wurde gekühlt, die Kuchen hatten tadellose Glasuren aus Schokolade, Zitrone oder rosaroter Himbeere.

Aber Nele kam nicht. Sie hatte sich versteckt. Die Mutter suchte sie und fand sie unter ihrem Bett. Sie lag ausgestreckt wie eine Puppe, denn es war sehr wenig Platz.

»Was ist mit dir, Nele?«, fragte die Mutter. »Alle wollen dich sehen.«

Die Mutter versuchte, ebenfalls unter das Bett zu kriechen, was ihr nicht gelang. Sie streckte eine Hand nach Nele aus.

»Ich komme nicht«, sagte Nele, »diese Menschen im Garten sind nicht meine Freundinnen, ich habe überhaupt keine Freundinnen.«

»Aber Nele!«, rief die Mutter aus. Und sie zog mit aller Kraft Nele unter dem Bett hervor. Nele saß nun auf ihrem Schoß, und die Mutter wiegte sie, wie sie Nele als Kleines gewiegt hatte.

»Nele«, flüsterte die Mutter, »du bist doch mein Schatz und auch der Schatz vom Vater.«

Da sprang Nele herunter von Mutters Schoß, stellte sich gerade vor sie hin und sagte mit fester Stimme: »Ich bin niemandes Schatz.«

Das machte die Mutter so traurig, und auch den Vater machte es so traurig, denn sie hatte ihm am Abend davon erzählt.

So warteten die Eltern jeden Morgen bis zur Nacht und beobachteten Nele mit Sorge. Sie wussten sich keinen Rat.

Da schlug der Vater vor, Nele mit auf eine Reise nach Ägypten mitzunehmen, schließlich liebte Nele alles Ferne und Geheimnisvolle. Ungern willigte die Mutter ein. Sie wollte Nele zum Abschied fragen, ob sie noch ihr Schatz sein wollte, aber sie verbot es sich.

Im fernen Ägypten blühte Nele auf. Einmal fragte der Vater: »Nele, sag mir, von wem bist du der liebste Schatz?«

Und Nele sagte wieder: »Ich bin niemandes Schatz«.

Sie brachen die Reise ab. Die Mutter weinte von Herzen, als Nele vor ihr stand. Der Vater kehrte wieder nach Ägypten zurück. Nele verbrachte viel Zeit mit Lesen, nie sah man sie ohne Buch. Ihr Lieblingsplatz war unten am Fluss. Einmal hatte sie ihn ihrer Mutter gezeigt. Die Mutter war so glücklich über dieses Vertrauen gewesen, und wollte damit umgehen wie mit einem, nein dieses Wort wollte sie nicht einmal denken, nie würde sie Nele mehr fragen, ob sie ihr Schatz sein wollte.

Es dämmerte schon an einem Sommerabend, und das war ziemlich spät, Nele war noch nicht zurück. Die Mutter lief zu Neles Platz, aber da fand sie nur ihr aufgeschlagenes Buch.

Nele war verschwunden. Alles Menschenmögliche wurde getan, um Nele zu finden. Der Vater schrie, als er davon erfuhr, und seine Frau dachte, er wird nie mehr aufhören.

Mann und Frau entfernten sich voneinander, obwohl sie sich so dringend gebraucht hätten. Ihre Gemüter verdunkelten sich.

Einmal in der Nacht kam Nele und weckte die Mutter. Der Vater war auf Reisen. Sie stand vor ihrem Bett, trug einen übergroßen Rucksack und sagte:

»Ich brauche Geld, Mutter, gib mir so viel, wie in diesen Rucksack passt. Dem Vater sag nichts.«

Die Muter wollte fragen und fragen und fragen, hatte aber Angst, dass Nele dann verschwinden könnte. So beeilte sie sich und holte vom verwalteten Geld ein gutes Drittel, das stopfte sie in Neles Rucksack. Nele streckte die Hand aus, und die Mutter fühlte eine unberührte Berührung. Dann war Nele wieder verschwunden.

Ist es, dachte die verzweifelte Mutter, dass ich Nele erblickt habe, weil mein Gemüt inzwischen so zerfressen ist?

Drei Nächte später erschien wieder Nele, und die Mutter stopfte das zweite Drittel des Vermögens in den Rucksack.

Wieder streckte Nele die Hand aus. »Dem Vater sag nichts.«

Die Mutter saß auf der Bettkante und schaukelte mit dem Oberkörper vor und zurück und vor und zurück, sie konnte gar nicht damit aufhören.

Sie sehnte ihren Mann herbei, weil sie es mit dem Geheimnis nicht mehr aushalten konnte. Die Zähne fielen ihr aus dem Mund, die Haare, auf die sie immer so stolz gewesen war, blieben in der Bürste hängen, die Augen wurden trüb.

Ein drittes Mal kam Nele und verlangte den Rest des Vermögens. Der Mutter zitterten die Hände, aber sie holte es und stopfte es in den Rucksack. Und wieder berührte sie Nele.

Diesmal hatte Nele nicht gesagt, sie solle dem Vater nichts verraten, oder hatte sie es doch gesagt, und die Mutter hatte es nicht wahrgenommen. Sie grübelte und grübelte.

Endlich, als ihr Mann zurückgekehrt war, fiel sie ihm um den Hals. Er erkannte sie nicht, denn sie war hässlich geworden. Aber dann erkannte er sie doch, an ihrer Stimme, die wie Neles Stimme war. Sie zog ihren Mann auf das Bett und erzählte von Nele.

»Bist du mir böse«, fragte sie, »weil ich das ganze Vermögen weggegeben habe?«

»Wie könnte ich«, sagte der Mann, und gemeinsam weinten sie um Nele.

Aber was ist das Leben ohne Geld. Nichts. Ohne Liebe verhungert man nicht, aber ohne Geld.

Der Zimmermann kam und wollte sein Geld für Neles Spielhaus, der Gärtner kam, und wollte das Geld für Neles Tulpengarten, eine einzige Tulpe kostete mehr als sein Geselle im Jahr verdiente, die Instrumentenbauer kamen, und wollten Geld für Neles Geigen.

Der Kaufmann verkaufte das Haus, es blieb wenig übrig. Und als alles verbraucht war, zog er mit seiner Frau in den Wald. Zum Glück war der Winter noch nicht da. Seine Frau trug ein Paket unter dem Arm und der Mann fragte: »Was hast du mitgenommen, uns gehört doch nichts mehr.«

»Es ist nur Neles Kissen und ihr Bettzeug.«

Sie bereiteten sich ein Bett auf dem Moos und legten sich darauf. Immer noch war Neles Geruch da.

Der Vater zog das Kissen ganz zu sich und sagte: »Das will ich ganz allein, schließlich hast du Nele mehr gehabt als ich.«

Das Käuzchen schrie.

Der Vater klammerte sich an das Kissen.

Das Käuzchen jammerte.

Sag etwas!

Mann und Frau begaben sich auf die Reise, sie hatten schlecht geträumt, von einem, der den anderen betrügt, es zog sich dieser Traum in den Tag und so, als wäre das Geträumte Wirklichkeit. Sie saßen auf der Zugbank, schauten einander sekundenlang feindselig an. Die übrige Fahrt blieben sie stumm. Sie wanderten über Wiesen und Felder, ließen sich nieder, die Frau legte ihren Anorak aus und hoffte, der Mann würde es als Liebesbeweis werten und seine Wanderjacke auslegen, damit sie sich könnte darauf niederlegen. Nichts dergleichen geschah. Jeder schlief eine Viertelstunde auf seiner Überkleidung, rollte sie dann zusammen und verstaute sie im Rucksack. Auf der nächsten Rast packte der Mann Brote und zwei Äpfel aus. Er polierte einen Apfel und legte ihn auf die Seite der Frau, sie nahm ihn und biss hinein. Wieder geschah nichts. Dann, auf dem Gipfel sahen sie sich an, und die Frau hätte gern ihre Arme um seinen Hals geschlungen, und der Mann hätte gern seinen Mund auf ihren gedrückt. Sie blieben jeder für sich allein, schauten in die Tiefe. Nebel lag, und auf einmal hatte die Frau den innigen

Wunsch einzutauchen, sie hob die Arme und schwang sich in die Tiefe. Der Mann zögerte nicht und folgte ihr nach. Sie flogen durch den Nebel, Nebel, wieder Nebel, über Tannenwipfeln schwebten sie, ihre Blicke trafen sich über einem Kirchturm. Lächle, sagte die Frau zu sich, und der Mann sagte zu sich, lächle. Stattdessen lachten sie jeder für sich, sie schwebten über Krankenhäuser und Schwimmbäder, über endlos viel Wasser, über Paläste und Slums.

Eines war sicher: Beide wussten nicht, wo sie waren. Sie landeten auf ihren Füßen, ganz leicht, so als wären sie nur von einem Turnbock gesprungen. Der Mann bog in einen Tunnel ein, die Frau folgte ihm. Der Tunnel war düster und schier endlos.

Wieder im Licht, schaute der Mann zurück auf seine Frau und stieg dann eilig in einen Omnibus, der bis auf den letzten Platz besetzt war, zudem standen Leute und hielten sich an den Ledergriffen. Auch Ziegen und Hühner tummelten sich zwischen den Menschenbeinen Der Mann zwängte sich gerade noch hinein, da fuhr das Gefährt los. Verzweifelt schaute die Frau und sah ihren Mann verzweifelt winken, aber es war zu spät. Der Omnibus fuhr und verschwand.

Ratlos stand die Frau auf ihren Füßen, ihre Arme hingen schlapp herunter, sie hielt die Tränen zurück, und das gab ihrem Gesicht einen verkrampften Ausdruck, so dass sie alles andere als schön anzusehen war. Sie winkte den Autos, aber keines hielt. Sie ging in ein Haus, in dem rote Lampen brannten, stieg eine steile Treppe hinauf und erreichte eine offen stehende Tür. Sie betrat den kleinen Raum mit dem zerwühlten Bett, das nach schlechter Liebe roch. Sie sah Paare, eng umschlungen, aus Zimmern kommen. Vor einem Spiegel lag Schminkzeug, das verwendete sie und schminkte übertrieben ihr Gesicht. Sie sah aus, als könnte man sie kaufen. Zudem zog sie ihre Wanderhose und auch die Schuhe aus und tauschte sie gegen ein enges Kleid, das schrie, nimm mich, und Schuhe, die Männer anlocken können.

Wieder auf der Straße, wurde sie angesprochen von zwielichtigen Gestalten, die sie einerseits kaufen, andererseits verwalten wollten. Da erinnerte sie sich an die nachgiebige Haut ihres Mannes, und eine Sehnsucht überfiel sie, so dass sie auf der Straße niederbrach wie ein gefällter Baum.

Sie wischte sich die Schminke aus dem Gesicht, streifte die Stöckelschuhe von den Füßen und trauerte ihrer Wanderhose und den Wanderschuhen nach. In dem engen Kleid fühlte sie sich schäbig. Sie machte sich nicht die Mühe, ihren Bauch einzuziehen, vielmehr dachte sie, mir ist alles gleichgültig. Zudem quälte sie der Hunger, denn sie hatte seit Stunden nichts gegessen.

Menschen, die sie nach dem Weg nach Hause fragte, sahen sie ratlos an, sie sprachen eine andere Sprache. So torkelte die Frau weiter wie eine Betrunkene und erreichte eine Anhöhe. Ein schmaler Pfad führte in eine Gegend, die lieblich aussah, den wollte sie beschreiten. So gelangte sie in ein Tal. Hier herrschte reges Treiben. Ein Staatsmann wurde erwartet, und alle fieberten dem Ereignis entgegen. Die Frau war wieder sich selbst überlassen. Weil sie so müde war, nichts als müde und wieder müde, setzte sie sich auf eine Bank. Ein kleines Mädchen trat zu ihr und fragte, ob sie bei ihr bleiben könne, seine Mutter nämlich müsse noch für den Staatsmann vorkochen. Die Frau hob das Mädchen auf ihren Schoß, und sie verschmolzen zu einer lustig-traurigen Einheit, so dass zum Schluss ein angenehmer Zustand übrig blieb.

»Ich muss meinen Mann anrufen, damit er mich abholt«, sagte die Frau, und das Mädchen versprach Verbindung. »Aber nur wenn du mir versprichst, mich dahin, wo du hingehst, mitzunehmen.«

So geschah es. Der Mann kam, unrasiert, denn er hatte sich seit dem Verschwinden seiner Frau vorgenommen, nie mehr den Bart zu schneiden. Er küsste die Frau auf den Mund. Sie zog zärtlich an seinem Bart und sagte: »Der aber muss weg.« Das Mädchen lief in ihrer Mitte, und es war, als hätte sie immer schon zu den beiden gehört.

Zigeuner

Der Bauer begab sich in den Wald, um Eicheln für seine fünf Schweine zu sammeln. Da sah er unter einer Eiche ein Etwas kauern. Das Etwas hatte einen dunklen Busch, und war kein Pilz. Das Etwas war auch kein Tier. Er bückte sich nach dem Etwas, strich ihm über den dunklen Busch, aber es rührte sich nicht. Wahrscheinlich eine seltene Pflanze, vermutete der Bauer, eine Art Zaubergewächs. Vorsichtig hob er es auf und trug es im Arm nach Hause.

Dort angekommen, rief er nach seiner Frau und zeigte ihr das Etwas. Auch sie hatte niemals dergleichen gesehen. Sogleich rief sie nach der Magd, und die hatte ein Gefäß, gefüllt mit gesiebter Erde, zu bringen. Die Bauersfrau pflanzte das Etwas ein und goss es daraufhin mit einer Brennesseljauche.

Am nächsten Morgen staunte der Bauer und seine Frau nicht wenig, weil das Etwas verschwunden war. Die Magd hatte nichts gesehen, aber man misstraute ihr und jagte sie fort.

Als der Bauer am Abend die fünf Schweine zum Trog trieb, sah er das Etwas mitten unter ihnen sitzen. Da dachte er sich, es wird ein Tier sein, ein sogenanntes Zauberschwein.

Bald vertrieben die gewöhnlichen Schweine das Zauberschwein.

Da beschlossen der Bauer und seine Frau, das Etwas in ihr Haus zu nehmen. Es gab auch Laute von sich und ging auf zwei Beinen, die Hände und die Finger waren fein ausgebildet. Die Frau des Bauern sah nun in dem Zauberschwein ein Wesen, ein sogenanntes Zauberwesen. Weil ja die Magd nicht mehr im Haus war, beschloss der Bauer, das Zauberwesen für sie arbeiten zu lassen. Bald waren die Hände nicht mehr so fein.

Eines Tages wusch die Frau das Zauberwesen im geputzten Schweinezuber. Sie kämmte ihm die Haare, und da kam ein recht liebliches Gesicht zum Vorschein. Immer schöner wurde das Antlitz des Zauberwesens, so dass sich der Bauer aufs Tiefste verliebte. Er kaufte feine Kleider und Silbergeschmeide. Die Frau des Bauern traute ihren Augen nicht. Sie wurde sehr eifersüchtig und beschloss, das Zauberwesen zu töten. Aber als es so vor ihr stand, erbarmte sie die Bauersfrau, denn im Grund war ihr Herz nicht verdorben. Sie jagte das Zauberwesen fort und sah zu, wie es im Wald verschwand. Daraufhin wurden die Tage und Nächte unsagbar traurig. Der Bauer vermisste das Zauberwesen und auch die Frau wider Willen, und auch die fünf Schweine vermissten es, und nacheinander starben sie alle vor Kummer.

Gras überwucherte das Gehöft, und bald sah es aus, als wäre es nie da gewesen.

Das Zauberwesen war im Wald umhergeirrt, auf Feldern und Wegen. Ein Zigeunerwagen hielt an und nahm es auf. Die alte Zigeunerin rauchte aus der Nase. Sie wünschte sich, dass das Zauberwesen ihren Sohn heirate, denn der kam nicht nach ihrer Facon. Sie wollte aus ihm einen braven Zigeuner machen, einen der Geige spielt und sein Geld damit verdient.

Da sagte der leichtsinnige Zigeuner: »Du bist mein Zigeunermädchen, heirate mich, ich werde ein guter Mann für dich sein.«

Und so war es auch. Sie spielten auf Hochzeiten und Beerdigungen und wurden gerne gesehen. Mit ihrem Geld lebte die gesamte Sippe. Abends legten sich die beiden in den Wohnwagen und liebten sich. Weil aber das Glück ein lausiger Hund ist, hielt es nicht lange an.

GUERILLAS

»Alt werden ist nichts für Jammerlappen«

(Bette Davis)

»Wieso kommst du so spät?«, fragte ich meine Enkelin Soffi.

»Ich hab bei Otto gespielt und die Zeit vergessen.«

»Was habt ihr denn gespielt?«

»Wir haben seine Oma geliftet.«

»Und das hat sie sich gefallen lassen?«

»Sie war total nett und hat sich zur Verfügung gestellt, aber dann war sie sauer, weil sie einen Ausschlag im Gesicht bekommen hat.«

»Wie habt ihr das gemacht?«

»Die Idee hat Otto gehabt. Er hat zuerst zwei Spinnen getötet und dann ausgedrückt, aber es ist kaum Saft herausgekommen. Er wollte nämlich mit dem Saft das Gesicht von seiner Oma einschmieren. Dann habe ich die Idee mit dem Liften gehabt. Durchsichtige breite Klebstreifen, die zum Paketverschicken, haben wir verwendet. Und damit haben wir der Oma die Haut nach hinten gezogen, vom Kinn in Richtung Ohren. Sie wollte auf keinen Fall, dass wir den Klebstreifen an den Haaren festmachen, deshalb hat sie sich eine Badehaube angezogen. Das hat ziemlich gut geklappt, die Haut lässt sich leicht ziehen. Zuerst hat Ottos Oma gesagt, dass sie zum Liften eigentlich schon zu alt sei, da dürfte man nicht älter als fünfzig sein, damit das etwas bringt. Als dann die Gesichtshaut alle nach hinten gezogen war, wollte sie einen Spiegel, und als sie sich gesehen hat, hat sie einen Schrei abgelassen und die Klebstreifen abgerissen. Da war natürlich die Haut gerötet und hat gejuckt. Otto hat zuerst gemeint, dass die Oberarme auch wichtig wären, weil da eine ganze Schicht herunterhängt.«

»Du rufst die arme Frau jetzt an und entschuldigst dich«, befahl ich Soffi.

»Tu ich sicher nicht«, sagte sie. »Ottos Oma hat vorher schon so vergessen ausgeschaut und nachher noch vergessener.«

»Was heißt vergessen?«

»Das sagt man so.«

Ich versuchte Soffi zu erklären, dass Altwerden gar nicht lustig ist, es tut weh, nicht nur in den Gelenken, sondern auch im Herz und an den Gelenken. Man kommt sich nicht mehr schön vor. Man denkt sich, der Mann liebt mich nicht mehr, weil ich alt bin.

»Der Mann ist doch selber alt«, sagte Soffi.

»Hast ja recht Soffi, aber die Männer sehen faltig auch noch gut aus.«

»Find ich gar nicht«, sagte Soffi.

Ich sagte ihr, dass Altwerden für Frauen, die sich immer nur über die Schönheit definiert haben, besonders schwierig sei.

»Was heißt denn das schon wieder?«

»Frauen, die denken, dass das Liebenswerte an ihnen nur die Schönheit ist.«

»Und du, Oma?«

»Ich hab da so eine Idee, Soffi: Ich träume davon, so schön alt und weise zu werden wie Georgia o Keefe. Das war eine amerikanische Malerin, die Blüten und Tierskelette gemalt hat. Es heißt, sie wollte hundertfünfundzwanzig Jahre alt werden, ist dann aber nur achtundneunzig geworden.«

Ich liebe ihn!!

Als ich ihn liebte und vor Liebeskummer nicht schlafen konnte, da war ich dreizehn. Mein Liebster, der nicht wusste, dass er mein Liebster war, wohnte in unserem Block einen Stock unter uns. Er war ein großer, blonder Mann mit so einem Schlendergang – dass jemand so lässig schlendern konnte, hatte ich nie gesehen. Er war Ende zwanzig. Seine Freundin war die, von der man sagte, sie sei eine Schwedin, die mit den langen ewigglatten Haaren, die mit seinem lässigen Schlendern Schritt hielten.

Ich sah sie vom Küchenfenster aus und seufzte. Ich hatte meine Haare mit Wasser frisiert, aber keine Chance, sie waren und blieben einfach lockig, hoffnungslos. Und außerdem: Ich war klein, eine Flunder, wenig, fast unsichtbar. Ich glaube, er wusste gar nichts von meiner Existenz. Wenn ich ihm begegnete, senkte ich den Kopf wie eine Sünderin, und er, weil er ja groß war, sah nur den Himmel und von mir nichts.

Ich polierte einen Apfel, den schönsten aller Äpfel, und legte ihn vor seine Fußmatte. Er wohnte bei seinen Eltern, wenn er im Land war, und er war oft nicht im Land. »Er ist oft nicht im Land.« Wie wunderbar das klang! Es gab noch zwei Brüder, einen mittleren und einen kleinen, die kamen nicht an ihn heran, nie im Leben, nicht einmal im Traum. Ich rutschte am Stiegengeländer hinunter, und da sah ich gerade den Zweitältesten, wie er in meinen glänzenden Apfel biss.

Am liebsten hätte ich ihm eine verpasst. Er grinste mich schief an.

Der andere Bruder, der kleine, war sehr dick und sehr sanft, und ich hatte mir vorgenommen, ihn vorsichtig über seinen großen Bruder auszufragen. Der Jüngste wusste nämlich, dass ich existierte.

Ich sagte zu ihm: »He! Was machst du so. Wartest du auf jemand?«

Und er: »Ich warte, bis das Rindfleisch billiger wird.«

Er war sicher der witzigste von den dreien, aber das kapierte ich damals nicht.

Und vor ein paar Jahren schlug ich die Zeitung auf, sah die Todesanzeige des großen Blonden mit dem Schlendergang. Er hatte zuletzt im Urwald gelebt, sich dort eine Einheimische genommen, und es gab auch Kinder, zwei oder drei, Urwaldkinder mit Urwaldnamen. Ich sah Schlangen auf Bäumen und kreischende Affen. Ich saß in der kleinen Küche und dachte an den Blonden. Erlöse ihn, wünschte ich mir und schaute über die Telefondrähte hinweg hinauf in den einheimischen Himmel.

Das Projekt

»Also, ich kann auf dich zählen«, sagte der Projektleiter, und der Auserwählte, ein braver Mann mit besten Absichten, sagte: »Ja«, und er fühle sich geehrt, dabei sein zu dürfen.

Daraufhin wurden dem braven Mann vielerlei Arbeiten zugeteilt, die er so rasch wie möglich erfüllte.

Der Mann hatte eine junge Frau und zwei kleine Kinder. Die Frau sagte zu ihm: »Alles schön und gut, aber verdienst du auch etwas?« Sie öffnete den Eisschrank. »Schau hinein! Da ist nichts drin. Und du hast nicht einmal einen Vertrag!« Die Kinder klammerten sich an sein Hosenbein.

»Gleich morgen«, sagte der brave Mann, »will ich mich nach dem Vertrag erkundigen.«

Der Projektleiter sagte: »Aber sicher, du bekommst deinen Vertrag. Heute ist es nicht günstig, wir machen das schon, und wenn das Projekt startet und so anläuft, wie wir uns das erwarten, dann bist du mit dabei. Dann hast du deinen Fuß in der Tür. Wenn du weißt, was ich meine.«

Der brave Mann wusste es nicht genau. Er arbeitete weiter, und die Frau öffnete den Kühlschrank und sagte: »Siehst du etwas?« Er sah Margarine und einen halben Liter Haltbarmilch. Die Kinder putzten ihre Nasen an seinem Hosenbein ab.

»Gleich morgen«, versprach er, »werde ich den unterzeichneten Vertrag bringen.«

Er brachte ihn nicht. »Du bist undankbar!«, sagte der Projektleiter. »Gerade jetzt, wo wir in einer Krise sind, redest du von deinem Vertrag. Jeder von uns hat zurückgedreht. Dreh du auch zurück!«

»Aber was soll ich denn zurückdrehen?«, fragte der brave Mann. »Ich habe nie auch nur einen Cent bekommen. Ich arbeite siebzehn Stunden am Tag für nichts.«

»Weißt du was«, sagte der Projektleiter, der eigentlich auch der Chef war, »das ist ein guter Zeitpunkt dir zu sagen, dass deine Schultern für dieses Projekt einfach zu schmal sind, und ich rate dir, einen anderen Job zu suchen. Wenn man nicht in seine Träume investieren will, ist man verloren.«

»Heißt das, dass ich draußen bin?«, fragte der brave Mann.

»Interpretiere es«, sagte der Projektleiter, »wenn dir das möglich ist.«

Das mit dem leeren Eisschrank, mit seiner Frau und mit den beiden Kindern hätte er noch einwerfen wollen. Aber er hatte es einfach nicht artikulieren können, diese Verzweiflung, das hätte schon eine Videoaufzeichnung sein müssen, wo man sieht, was das Elend anrichten kann. Oder hätte er einfach Fotos von den Kindern herzeigen sollen, wie sie vom Foto herunter hinauf zum Projektleiter schauen, zwei Blondgelockte mit wasserblauen Augen? Oder hätte er das mit der Loyalität ansprechen sollen, über die zwischen ihm und dem Projektleiter oft und viel diskutiert worden war, dass sie Pflicht ist zwischen Freunden? Es kann doch nicht sein, dachte der brave Mann, dass nur ich zur Loyalität verpflichtet bin. Oder war ich gar nie sein Freund?

Er war schrecklich niedergeschlagen. Schrecklich lange saß er im Park auf einer märzfeuchten Bank und grübelte, wie er seiner Frau gegenübertreten sollte. Wenn ich lange genug vor mich hinstarre, wird alles durchsichtig, dachte er.

»Willst du das Innere vom Eisschrank anschauen?«, fragte die Frau. Die Kinder weinten und rutschten von ihm weg.

»Gleich morgen«, sagte der brave Mann, »werde ich mich nach etwas Neuem umschauen. Gleich morgen.«

Älteres Liebespaar

In München auf dem *Platzl* sah ich ein Liebespaar. Ich sah die beiden nur von hinten – sie mit Afrolook in einer geblümten Sommerbluse, er mit Haarkranz, in ein gestreiftes Hemd gezwängt. Er hatte seinen Arm an ihrem Rücken, seine Hand an ihrem Hosenbund, seinen Daumen in ihrem

Hosenbund. Sie neigte den Kopf an seine Schulter. Dem Profil nach schätzte ich sie um die Fünfzig.

Ich bin ein neugieriger Mensch, deshalb war ich aufgestanden und hatte eine Runde gedreht, so dass ich die beiden von vorne sehen konnte. Ihr Alter hatte ich richtig eingeschätzt, er schien mir etwas jünger. Sie wurden von der Märzsonne beschienen, und seine Stirn glänzte bereits rot. Ich sah ihn reden, und sie lachte dazu.

Ich wusste nichts, deshalb erfand ich mir eine Geschichte.

Die Frau, geschieden, ein erwachsener Sohn im Ausland; der Mann, noch verheiratet, drei halbwüchsige Töchter. Ich stellte mir die Frau als Empfangsdame an einer Hotelrezeption vor, ihn in einem Büro als rechte Hand des Chefs, manchmal auf Dienstreise. Und so ergab es sich, dass der Mann, den ich Egon nennen möchte, die Frau an der Rezeption sah und sich augenblicklich in sie verliebte. Sie war ja auch charmant. Er lag nachmittags in seinem Hotelbett und grübelte, wie er die Frau aufreißen könnte. Er wollte auf jeden Fall sehr höflich sein. Höflich und spontan. Hintergründig witzig. Man hatte ihm immer wieder versichert, dass sein feiner Humor einmalig sei. Darauf musste er setzen. Er wusste, dass mit seinem Aussehen nicht viel zu machen war. Er stellte sich vor den Hotelspiegel und prüfte sich. Er zog seinen Bauch ein, was schwierig war, dehnte seine Schultern nach hinten und legte Stolz in seinen Blick. Was sollte er anziehen? Seine Garderobe, von seiner Frau ausgesucht und kombiniert, war alles andere als ein Hammer. Also ging Egon schnell entschlossen zu einem Herrenausstatter und sah sich um. Er war schockiert über die Preise. Da er selber ja nie einkaufte, fühlte er sich unsicher. Der Verkäufer, schien ihm, machte sich lustig, er war arrogant und schlank; er hielt Teile an Egons Körper, die Egon schrecklich fand, zu bunt. Er riet Egon, in ein Warenhaus zu gehen, zu Beck, sagte er, da gibt es gute Sachen für alle Größen, die erschwinglich sind. Das kränkte Egon, und er wollte sagen, dass er genügend Geld besitze. Er sagte nichts.

Bei Beck im Kaufhaus suchte er sich eine Hose aus, die ihm in der Breite passte, in der Länge nicht. Kürzen war kein Problem. Allerdings erst bis zum Tag darauf. Das nützte nichts. Da wäre Egon bereits wieder bei seiner Familie.

Frisch entschlossen ging er ohne Einkäufe zurück ins Hotel, stellte sich vor die Dame an der Rezeption und sagte: »Ich bin begeistert!«

»Ja?«, sagte sie. »Das freut uns aber, wenn sie sich bei uns wohl fühlen.«

»Nein«, sagte Egon, »ich bin beigeistert von Ihnen, von Ihrem wunderbaren Ausdruck.«

»Ist das Ihr Ernst?«, sagte sie.

»Und ob das mein Ernst ist«, sagte Egon und verbeugte sich.

Sie sah seinen Haarkranz, und er rührte sie. Warum nicht, dachte sie. Ich bin schon länger allein.

»Wann haben Sie Schluss?«

»In einer Viertelstunde«, sagte sie.

»Sollen wir spazieren?«

»Ich stehe schon seit Stunden und muss aus meinen Schuhen«, sagte sie. »Ich will sitzen.«

»Eine Kleinigkeit essen?«

»Eine Kleinigkeit«, sagte sie.

»Und dann ausruhen?«

»Ich habe eine bequeme Matratze«, sagte sie.

Guerillas

Der Freund besucht uns im Frühling und Sommer. Er fragt, ob er seinen Beitrag für die Akademie der Wissenschaften abholen kann. Wir geben ihm zehn Euro. Wenn er längere Zeit nicht auftaucht, machen wir uns Sorgen. Meistens ist er barfuß und nur in Hose und T-Shirt, auch wenn es saukalt ist. Seine Augen brennen.

Er erzählt von seinem Genossen Alfare, der ein verkannter Dichter sei, von seinem Genossen Goldner, dem Zeichner, der verschwunden sei. Als es noch den Schilling gab, fragte er, ob wir einen Sigmund Freud für ihn hätten. Er meinte damit einen Fünfziger.

Einmal in der Kirche, so wird erzählt, sei er zur Kommunion gegangen, durch den Mittelgang, laut mit sich selber redend, in der Linken eine Bierdose, die Rechte ausgestreckt nach der Hostie. Es sei ganz still geworden in der Kirche, alle hätten gebannt auf den Freund geschaut. Der Priester habe dem ärmsten seiner Brüder den Leib des Herrn gegeben.

Ich lese über einen Engländer, der zum illegalen Bepflanzen brachliegender Flächen in der Stadt aufruft. Inzwischen gibt es Guerilla-Gardening in England und Amerika, auch schon in Deutschland. Eine Handvoll Samen, in einen öffentlichen Park gestreut, gibt einem das Gefühl von Reichtum und Rebellion.

Jeder und jede kann Guerilla-Gärtner werden, man braucht dazu keine militärische Erfahrung. Wenn eine Person bereit ist, mit Blumensamen zu kämpfen, stehen Herkunft und berufliche Position nicht zur Debatte, nicht Intelligenz, nicht Bildung.

Die jüngste Guerillera, lese ich, heißt Jane, sie ist vier Jahre alt, hat weizenblonde Haare und Flaum auf den Armen und an den Beinen. Sie liebt Lilienzwiebeln und kann es kaum erwarten, bis sie austreiben. Jeden Tag kontrolliert sie den schmalen Rasenstreifen. Irgendwann stehen die Lilien da, und sie reichen Jane bis zum Rocksaum. Die älteste Guerillera ist fünfundneunzig, sie ist gebrechlich und kann sich nur mehr im Rollstuhl fortbewegen. Sie pflanzte Storchenschnabel auf einer Verkehrsinsel.

Eine Packung Diozepan im Gepäck und ein Kreuz, das ihm eine junge Frau geschenkt hat, so reist der Freund nach Sizilien zur Zitronenernte.

Einmal saß er am Bahnhof in Sibari in Kalabrien, da betonierten sie gerade das Dach. Seine Kleider waren schwarz, und die Carabinieri haben ihn kontrolliert. Er sagte, er warte auf einen Brief aus Österreich. Er hatte kein Diozepan mehr, schon seit Tagen nicht, und da hatte er geglaubt, einer der Carabinieri sei der Papst. Sie haben ihn aus dem Bahnhof vertrieben.

Er aber hat seine engelhafte Wanderschaft wieder aufgenommen und ist in die Kometenbahn eingetreten. Er sprach von spezifischen Gewichten, die sich in seiner Gehirnrinde aufrollen. Er war ziemlich außer sich, und es ging ihm erst wieder besser, als ihm ein Arzt eine kleine Handvoll Diozepan schenkte. Er sagte, er wolle das Trinken aufgeben, weil sonst seine Ideologie immer auf dem Boden herumliege, und dass er sich über das Ausmaß dieser Katastrophe voll im Klaren sei.

In einer anderen Stadt wurde ihm erlaubt, im Park zu schlafen – wahrscheinlich, weil sein Hemd an diesem Tag weiß war, zwar ungebügelt, aber weiß, und er auf Italienisch dem Parkwächter ein Lied vorgesungen hatte, das von Tapferkeit handelte. Er war vollkommen nüchtern und hat sich selbst mit der Gitarre begleitet. Die Parkwächter sind auch Menschen mit *Sentimente*.

Heute hat der Freund in unseren Briefschlitz einen Fünf-Euro-Schein eingeworfen.

Der Schlaf ist eine Rose

»Komm«, sagte mein Mann, »zieh dich warm an, ich rufe uns ein Taxi, und dann lassen wir uns an den Kummenberg fahren. Dort hören wir uns die Nachtigallen an.«

In der persischen Literatur ist die in die Rose verliebte Nachtigall das Symbol für die Liebenden. Oscar Wilde hat ein sehr trauriges Märchen darüber geschrieben. Es ist so traurig, dass es schon terroristisch ist – es zwingt einen zu weinen.

Es war im April, am späten Nachmittag, sonnig und frisch. Und tatsächlich, kaum waren wir ein paar Schritte gegangen, hörten wir sie in den Sträuchern und Bäumen singen; nicht nur eine, es seien, sagte mein Mann, sicher fünf Nachtigallen. Wir hatten dem Taxifahrer gesagt, er solle uns in zwei Stunden abholen. Dann fing es heftig zu regnen an, wir hatten kein Handy dabei und keinen Schirm, und als nach zwei Stunden der Taxifahrer wieder kam, waren wir tropfnass. Wir waren so aufgezwirbelt und blödelten, zum Beispiel über Varianten von Kopfbedeckungen – Zauberhut, Hauberzut, Zipfelkappe, Kipfelhappe, Baskenmütze, Maskenpfütze. Wir lachten uns schief. Ich sagte, man kann vom Herzklopfen Nasenbluten bekommen. »Glaub mir, ich bin im Besitz meiner geistigen Abwesenheit.« Und mein Mann antwortete: »Gegen Schlaflosigkeit hilft Apfelstrudel.« Und ich fragte: »Ist ein Simpel ein Unikum?« Der Taxifahrer trug eine Schildkappe, es war kein Zauberhut, keine Zipfelkappe und keine Baskenmütze, er dachte wahrscheinlich, wir seien betrunken, aber wir waren nur kindisch selig, sindisch kehlig.

Ich träumte, Paula sei bei William Shakespeare eingeladen, in seiner himmlischen Villa. Zur Begrüßung verbeugte sie sich und sagte: »Diesen Augenblick habe ich oft herbeigesehnt.« Sie wunderte sich über die vielen Vogelkäfige und fragte: »Warum haben Sie Nachtigallen eingesperrt?« Shakespeare antwortete: »Nein, nein, es sind nur Lerchen. Ich habe sie für deinen Besuch eingefangen, extra für dich. Ich wollte wissen, was du dazu sagst. Öffne jetzt die Käfige und lasse die Vögel frei.«

»Und«, fragte Paula, »war meine Frage korrekt?« Shakespeare zwinkerte ihr zu.

»Kommen denn keine anderen Gäste?«, fragte Paula. »Ich weiß, dass Thomas Mann sich nichts lieber wünscht, als bei Ihnen eingeladen zu werden.«

»Heute sind wir nur zu zweit«, sagte Shakespeare. »Da können wir Unsinn reden, so viel wir wollen, und keiner interpretiert uns. Wir beide, bier weide.«

Sie diskutierten über die Frage, wie ein Auftritt in einem Theaterstück zu rechtfertigen sei. Ein Auftritt, so dozierte Shakespeare, dürfe nie unbegründet geschehen, er müsse ganz selbstverständlich erfolgen.

»Könnte es sein«, fragte Paula, »dass Sie eine Frau sind?«

Sie erzählte, dass ihre Mama auch eine Schriftstellerin sei. Shakespeare nickte. »Sie schreibt zurzeit an einem Kriminalroman«, sagte Paula.

Ja, das stimmt, ich schreibe an einem Kriminalroman. In erster Linie möchte ich herausfinden, ob ich es kann. Mein Kommissar soll ein schlafsüchtiger Mensch sein, tüchtig in seiner Arbeit, aber kaum, dass er über seine Türschwelle tritt, überfällt ihn die Müdigkeit. Er stürzt auf sein Bett und schläft zwölf Stunden ohne jedes Medikament. Den Plot weiß ich auch schon, will ich aber nicht verraten, weil ich mich sorge, dass ihn mir jemand wegnimmt.

Kann nicht schlafen

Paul konnte nicht mehr schlafen, er bildete sich Sehnsucht ein. Eines Nachts, nachdem er wieder einmal vor dem Kühlschrank gestanden und hineingeschaut hatte, tippte er Elviras Mailadresse in den Computer. Nun ging es ihm besser.

Er schrieb ohne nachzudenken. Seine Finger waren eilig.

»Liebe Elvira,
ich sehe Beine, die sich unter einem Kleid bewegen. Die Füße stecken in Stiefelchen, die nur eine Frau wie Du tragen kann. Lass mich einfach vor mich hin fantasieren, es ist doch völlig egal, was ich Dir sage, hinter den Worten steht alles geschrieben. Heimito von Doderer verwendete in einem Liebesbrief gleich fünf verschiedene Tinten, grün, blau, schwarz, rot und violett. Wie unprosaisch sieht dagegen mein Mail aus. Aber was darin geschrieben steht, ist nicht weniger hitzig. Seine Schrift war so winzig, kaum lesbar, das sollte vielleicht heißen, dass seine Liebe mit großen Mühen verbunden war. Meine Liebe hat nur eine Farbe.

Ich erzähle Dir jetzt, wie mein Leben verlaufen ist von dem Zeitpunkt an, als ich Dich auf dem Fußballfeld zurückgelassen habe: Ich war leer, hatte bekommen, was ich wollte, und das deprimierte mich. Anstatt mich bei dir zu melden, nahm ich die erste Gelegenheit wahr, um fortzukommen. So war das oft, ich warf meine Arbeit hin und fing an einem anderen Ort neu an. Ich weiß, was Du denkst: So hat er es auch mit allen seinen Frauen gehalten. Ja, das ist die Wahrheit. Ich war nie glücklich.

In einem Gasthaus mit dem Namen Tari-Bari sagte mir ein Mann, er könne mir verraten, warum ich immer nur suche und nie finde. Wir hatten schon einiges getrunken. Also, das läge daran, sagte er, dass ich mich selbst mehr liebe als alles andere auf der Welt. Ich versetzte ihm einen Fausthieb. Der Mann hatte gute Augen.

Elvira, lass Dir sagen, dass ich jetzt, wo ich schon nicht mehr jung bin, endlich weiß, was ich will. Ich habe spät geheiratet, keine Kinder gezeugt (soweit ich weiß), so kann ich wenigstens von mir behaupten, einiges Leid erspart zu haben. Ich führe mit Rita eine platonische Ehe, pragmatisch auch, sie akzeptiert fast alles, wenn ich bei ihr bleibe. Das wird bald ein Problem werden. Für Deinen Mann wird es sicher schwer sein, sich von Dir zu trennen. Wie mir scheint, liebt er Dich. Aber liebst Du ihn auch? Ich werde vor ihn hintreten wie in einem dieser Romane und um Deine Hand anhalten. Lach nicht! Oder ich entführe Dich. Du hast gepackt, und ich hole Dich ab. Wir lassen ihm einen Brief zurück, damit er keine Angst zu haben braucht, Dir könnte etwas zugestoßen sein. Unfall oder so. Er muss sich an Deine Abwesenheit gewöhnen. Mit jedem Tag wird sein Kummer weniger werden. Er wird als alter Mann Gedichte schreiben, und Gedichte schreiben sich bekanntlich besser, wenn man trübsinnig ist.

Paul.«

(Fortsetzung folgt)

Das nehme ich auch

Der Mann sagte zum Kellner: »Ich nehme das Gleiche, was die Frau am Nebentisch isst.«

»Willst du denn gar nicht wissen, *was* sie isst?«, fragte seine Frau.

»Was ich sehe, genügt mir«, sagte der Mann.

Daraus ergab sich ein Streit, in dessen Verlauf die Frau behauptete, er sei ein unkritischer und oberflächlicher Mensch.

»Wie meinst du das genau?«, fragte der Mann. »Ein Beispiel bitte! Ein Beispiel!«

»Erinnere dich an die Wohnzimmerlampe!«, antwortete sie prompt. »Der Verkäufer hatte gesagt, das ist zurzeit topp, das nehmen alle, da hast du gesagt, o.k. das nehmen wir auch. Und dann das Theater zu Hause! Dieses hässliche Ding an der Decke! Dein Vorwurf, dass *ich* mich nicht gegen den Verkäufer gewehrt hätte! Habe mich gewehrt, wurde nicht gehört. Da reden zwei Männer auf mich ein – der Verkäufer, der keine Ahnung von unserem Wohnzimmer hat, geschweige denn von uns, und du.«

»Und wer hat die Lampe zurückgebracht?«, fragte der Mann.

»Der Täter natürlich«, sagte die Frau.

»Der Täter? Hab ich richtig gehört? Du hast gesagt: der Täter. Als ob ich ein Verbrecher wäre. Habe ich schon einmal etwas Kriminelles getan? Überleg genau, was du jetzt sagst!«

»Alkoholisiertes Autofahren«, sagte die Frau leise, denn sie war sich im Klaren, dass das alles furchtbar enden würde.

»Wiederhol das bitte!«

»Nein, tu ich nicht.«

»Glaubst du, in mir steckt kriminelle Energie?«, fragte der Mann.

»In jedem Menschen steckt kriminelle Energie«, sagte, kaum hörbar, die Frau.

»Genau, zum Beispiel in deiner Hinterfotzigkeit.«

»Du bist ein böser Mensch«, sagte die Frau, jetzt um einiges lauter.

»Ja! Ich bin kriminell«, wurde der Mann laut, »also bin ich ein böser Mensch. Ein braver Mensch kann ja nicht kriminell sein?«

Die Bedienung kam an den Tisch, und der Mann zeigte stumm zum Nachbartisch.

Seine Frau sagte: »Einen gemischten Salat.«

Das Essen wurde serviert. Keiner der beiden rührte es an.

»Ich gehe jetzt«, sagte die Frau.

»Zu Fuß?«, fragte der Mann. »Ich werde nämlich das Auto nehmen.«

»Und ich ein Taxi«, sagte die Frau.

»Und das zahlst du von meinem Geld.«

»Genau«, sagte die Frau. »Genau, mein Schatz.«

Der Mann zahlte, reagierte nicht auf die Frage des Kellners, ob das Essen denn nicht gut sei, schlüpfte in sein Sakko und drehte sich weg. Er war schon an der Tür, da stand die Frau auf, riss den Mantel vom Haken und folgte ihm nach. Ihre Gesichter waren ganz nah beieinander.

Er sagte in ihres hinein. »Ich fahre jetzt, und ich habe noch etwas vor, warte also nicht auf mich.«

Gern hätte sie ihm mit den manikürten Nägeln das Gesicht zerkratzt. Sie kämpfte gegen die Tränen, da war der Mann schon fort.

Sie war eine hübsche Erscheinung, und deshalb sprach sie ein Mann an der Bar an: »Kann ich etwas für Sie tun, Sie irgendwohin bringen mit dem Auto?«

Und sie, immer noch in ihrer Wut, gab zurück: »Was fällt Ihnen ein, ich bin eine verheiratete Frau!«

Mimi und die Mormonen

»Ich kann nur hoffen, dass gestern der schlimmste Tag in meinem Leben war. Das würde heißen, sollte ich sechzig Jahre alt werden, dass die nächsten zweiundvierzig Jahre problemlos verlaufen. Ist ja nicht wirklich realistisch.«

Das erzählt Teresa, sie sitzt auf dem Küchenstuhl und hält die Hände vor die Augen. Ihr Baby liegt auf einer Decke vor ihren Füßen.

»Und dann hat er mir auch noch gekündigt«, schluchzt sie.

»Von Anfang an«, sage ich, »versuch von Anfang an zu erzählen.«

»Also. Meine Arbeit ist es – war es bis gestern –, auf ein dreijähriges Mädchen aufzupassen. Mimi. Ich weiß gar nicht, wie ihr richtiger Name ist. Mimi wächst bei ihrem Vater auf, einem Architekten, der wenig Zeit hat. Mimi ist sein Augenstern. Er bringt das Kind um sieben Uhr zu mir und holt es um acht Uhr abends ab. Er sieht so phantastisch aus, und er lacht mich immer so lieb an. Ich gebe zu, ich träume in der Nacht von ihm. Er hat keine richtige Frau, nur Freundinnen. Ich hab keinen richtigen Mann und keinen Freund. Einmal hat er mir gesagt, dass ich richtig süß bin.«

»Bleib bei der Sache«, sage ich.

»Also Mimi. An diesem Tag brachte sie ein Dreirad mit, und sie wollte es nur schieben. Sie schob es hinter dem Haus auf und ab, nur auf und ab, sehr ängstlich. Ich bügelte die Wäsche ihres Vaters und hatte ein waches Auge. Ein paar Meter unter unserem Haus fließt der Kanal. Da schreit mein Baby, ich renne ins Haus, Mimi schiebt noch immer ihr Dreirad. Mein Baby liegt im Erbrochenen, ich muss es ausziehen und waschen und anziehen und trösten, und dann ein neues Fläschchen zubereiten, muss es füttern, hat ja nichts mehr im Bäuchlein. Ich leg es wieder hin, und weil es weiter schreit, muss ich es wiegen und wiegen und wiegen, bis es aufhört zu schreien und endlich einschläft. Da ist Mimi nicht mehr da. Einfach nicht mehr da. Ich renne ums Haus, zum Kanal hinunter, da schwimmt ihr Dreirad. Ich laufe am Kanal entlang, denke, Mimi ist ertrunken, ich kann sie nicht finden. Ich laufe ins Haus, rufe die Rettung, die Rettung kommt und weiß nicht, was sie retten soll, die Männer rufen die Polizei, sie kommen mit Hunden, gleich vier Polizisten. Sie fragen mich, ob ich Mimis Eltern verständigt hätte, und das habe ich nicht, ich kann doch nicht ihren Vater anrufen und ihm sagen, dass sein Augenstern ertrunken ist. Weil ich nicht imstande bin zu telefonieren, rufen die Polizisten Mimis Vater an. Er packt mich an meinen Schultern und schüttelt mich und schreit und sagt, dass das mein letzter Tag sei. Ich dachte noch, das ist gut, er soll mich töten und mein Baby auch, und dann ist endlich alles vorbei. Im Kanal haben sie keine Mimi gefunden, sie suchen auf der Straße, läuten bei den Nachbarn an, die von Mimi nichts wissen.

Da kommen zwei Männer die Straße entlang, in dunkelblauen Anzügen, sicher Mormonen, einer hat ein kleines Mädchen auf dem Arm. Und das ist Mimi.«

Der Himmel war so erschütternd blau.

WIEDER BEIM PSYCHIATER

Verschiedene Schuhe

Ein Mann hat keine Schuhe, und seine Töchter schämen sich. Da geht er in ein Schuhgeschäft, und weil er zwei verschiedene Füße hat, kauft er zwei verschiedene Schuhe, einen brauen, einen schwarzen. Da schämen sich seine Töchter noch mehr, und sie schicken ihren Vater zurück in das Schuhgeschäft. Es gibt Probleme und eine Schlägerei, und das endet damit, dass der Mann ohne Socken, barfuß das Geschäft verlässt.

Die Mutter kommt von einer Reise zurück, Vater und Töchter holen sie ab, die Töchter rennen voraus, hüpfend und schreiend in Freude, hüpfen sie in ihre Arme. Der Vater geht im Handstand auf seine Frau zu, fällt in die Knie und beschnüffelt sie wie ein Tier. Die Frau zieht ihn hoch, und sie spazieren gemütlich nach Hause. Die Töchter im Schlepptau machen Faxen und äffen den Vater nach.

Zuhause findet der Mann den Schlüssel nicht. Da läuten sie bei der Nachbarin, aber die kann die Tür nur einen Spalt weit öffnen. Ihre Wohnung ist nämlich so zugemüllt, da kann sie niemand hereinlassen.

Die Familie sitzt vor der geschlossenen Wohnungstür, die Müllfrau, die ja eigentlich eine Professorin ist, rollt Äpfel zu ihnen hin. »Kleine Mahlzeit«, sagt sie.

Der Vater rennt so oft gegen die Wohnungstür, bis sie aufbricht. Die Familie verschwindet.

Die Müllfrau ordnet Rechnungen auf einer winzig freien Fläche. Winterschuhe stehen auf dem Boden. Im Schuhkasten, denkt sie, sind kleine Tiere, die könnten in die Schuhe kriechen, Schuhe brauchen Luft wie Menschen.

Einmal betrat eine Freundin gewaltsam die Wohnung, sie stieg über die vielen Dinge auf dem Boden. Sie fand die Müllfrau im Bett, das mit Büchern zugedeckt war.

»Geh«, sagte sie zu ihrer Freundin, »geh!«

Die Freundin setzte sich auf die Enzyklopädie der Inneren Medizin und redete auf sie ein: »Stell dich nicht schlafend«, sagte sie, »ich weiß alles über dich.«

Die Freundin stieg über das Bett, sah irgendwo Licht, da musste wohl das Fenster sein. Türme von Kleidern verstellten es. Sie warf den Kleiderhaufen um.

»Ein Sonnenuntergang«, sagte sie zur Müllfrau, »steh auf, und sieh dir das an. Extra für dich vom lieben Gott gemacht.«

Sie zog die Müllfrau aus dem Bett. Viele Sachen trug die Müllfrau übereinander, Hosen, Pullover, Morgenmantel – einzeln betrachtet, lauter wunderhübsche Dinge. Bücher fielen zu Boden.

»Ein Bücherregal«, sagte die Freundin, »ich zimmere dir ein Bücherregal, mit dem fangen wir dein neues Leben an.«

»Um Himmelswillen, nein«, sagte die Müllfrau, »dann sieht man die kostbare Tapete nicht.«

Mit Mühe gelang es der Freundin, einen Stuhl auszugraben und ihn vor das Fenster zu stellen.

»So«, sagte sie, »da setzt du dich jetzt hin und siehst dir den Sonnenuntergang an!«

»Ich brauche noch meine Handarbeit«, sagte die Müllfrau und fingerte aus einem Haufen einen angefangenen Nonnenkragen. Sie fädelte die Nadel in die letzte Masche und setzte sich.

Mit dem Rücken zum Fenster. Hätte ich nur, dachte sie, ach, hätte ich doch nur das Schuhproblem meines Nachbarn!

Ghetto

Im Stadtteil Ghetto sind die Häuser für venezianische Verhältnisse ungewöhnlich hoch, einige haben bis zu acht Stockwerke. Das liegt daran, dass sich etwa fünftausend Juden auf engstem Raum zusammendrängen mussten. Im vierzehnten Jahrhundert war ihnen der Aufenthalt in der Stadt untersagt worden, erst 1516 wurde dieses Verbot wieder aufgehoben. Sie wurden in einem zugewiesenen Stadtteil kaserniert. Sie waren besonders gute Geschäftsleute und deshalb von der Konkurrenz gefürchtet. Abends wurden die Tore zu ihrem Viertel geschlossen. Tagsüber mussten sie für jedes Verlassen einen Tribut zahlen. Sie durften nur den Beruf des Kaufmanns und des Arztes ausüben, und mit Christen Handel zu treiben, war ihnen untersagt. Trotz dieser Schikanen behaupten die Venezianer, sie übten den Juden gegenüber größere Toleranz als anderswo in Europa. Die einstige Synagoge der deutschen Juden ist in einem vierstöckigen Haus untergebracht und von außen nicht zu erkennen. Das war eine Auflage der damaligen Baubehörde.

Im Alten Ghetto liegt die Synagoge für die orientalischen Juden; dann gibt es noch eine Synagoge, in der sich die spanischen und die portugiesischen Juden versammelten. Dem Faschismus fielen 202 Juden Venedigs zum Opfer. Auf einem Bronzerelief sieht man das Leiden der Verfolgten: Deportation, Zwangsarbeit, Hinrichtung und Vernichtung.

Vor diesem Hintergrund fällt an einem ganz normalen Wochentag ein Hund in den Kanal, sein Herr will ihn fassen und fällt ebenfalls in den Kanal. Was könnte geschehen sein?

Die Frau sagt zu ihrem Mann: »Nimm den Hund und geh spazieren, ich fühle mich nicht wohl. Achte darauf, dass der Hund nicht zu nah am Wasser geht, er könnte hineinfallen und ertrinken.«

Eine Stunde später erfährt sie, dass der Hund in den Kanal gefallen sei. Sie fragt: »Und hat mein Mann ihn gerettet?«

Die Bekannte, so will ich, sagt, der Hund lebe, aber ihr Mann sei bei dessen Rettung leider ertrunken. Oder die Bekannte sagt, der Hund habe leider nicht mehr lebend geborgen werden können, ihr Mann aber lebt. Da sagt die Frau in meiner Vorstellung: »Mir wäre lieber, der Hund lebte.«

In Wirklichkeit zieht der Mann den tropfnassen Hund aus dem Kanal. Er hatte nur seinen Arm eingetaucht und konnte den Hund fassen.

Wäschestücke hängen an Schnüren von Haus zu Haus über dem Kanal. An einem langen Tisch sitzen schwarz gekleidete Männer mit Bärten und hohen Zylindern. Sie essen bereits den Nachtisch, süße Kuchen.

Hier gibt es keine Gondeln auf dem Kanal, die Touristen fahren lieber an den Palästen vorbei und suchen die Plätze auf, wo Donna Leons Commissario Brunetti seine Fälle löst. Im Kanal liegt eine blaue Haarschleife.

Das Vaporetto war so überfüllt, dass niemand umfallen konnte.

Ein englischer Urlauber wurde von einem jungen Venezianer, der aussah wie aus einem Pasolini-Film, an der Haltestelle empfangen. Es wirkte wie arrangiert. Ja, bisweilen begegnen mir junge Männer wie aus Pasolini-Filmen.

Liebeskummer

Ihr Bruder findet sie, auf dem Boden liegend, um sie herum brennende Kerzenstummel, eine Stunde noch und Dorle wäre an ihrem Feuer verbrannt. Er löscht die Kerzen, versucht seine Schwester hochzuziehen, sie ist ziemlich schwer, obwohl sie eigentlich leicht ist. Sie hat sich mit einer schlechten Schere die guten Haare abgeschnitten. Sie will die Augen nicht aufschlagen. Ihr Kopf fällt auf die Brust.

»Hast du etwas genommen?«, fragt der Bruder. »Deine Haare, wieso?« Er schreit sie an, weil sie nicht reagiert. Er sucht die Wohnung nach Tabletten ab. Flaschen stehen keine herum. Dorle öffnet die Augen und legt die Hände über ihre Haarbüschel. »Keine Rettung«, sagt sie, »ich habe nichts geschluckt.«

Bruder und Schwester sitzen auf dem Sofa, sie weint an seiner Schulter. So kennt er sie gar nicht.

Ihr Freund hat sie verlassen, hat sie mit ihrer besten Freundin betrogen.

»Du fängst einfach neu an«, sagt der Bruder. »Ich helfe dir dabei. Weißt du noch, als wir klein waren und Geld im Garten vergraben haben. Wir wollten, wenn wir genug gespart hätten, uns in den Zug setzen und einfach davonfahren. Weg aus dem komplizierten Leben mit unseren Eltern, weißt du noch?«

»Hätten wir nie gemacht«, sagt Dorle, »wegen der Mama.«

Sie sitzen bis zum nächsten Morgen und wieder bis zum nächsten Morgen, essen nur Kleinigkeiten. Er weicht nicht von ihrer Seite. Da ist wieder die vertraute Melodie.

Er kann jetzt gehen. Zwei Stunden später ruft er bei ihr an, sie nimmt ihr Handy nicht ab, obwohl sie versprochen hat, immer erreichbar zu sein. Er versucht es immer wieder.

Dann fährt er zu ihrer Wohnung. Dorle steht mit einem kleinen Koffer auf der Straße, eine Frisur wie Keith Richards.

»Pyjama, Zahnbürste, alles da«, sagt sie. »Begleitest du mich?«

Sie fahren in die Psychiatrie, im Taxi überfällt Dorle ein Schreikrampf. Sie ist nicht zu beruhigen. Der Taxifahrer fängt zu pfeifen an, weil ihm das alles ein bisschen zu privat ist.

In der Klinik übergibt der Bruder die Schwester.

Er sagt: »So, wie du jetzt aussiehst, könntest du einen Autounfall auf der Stromgitarre spielen.«

Sie lacht gar nicht. Er bleibt noch im Gang sitzen, denkt, vielleicht braucht sie mich noch, er bleibt noch eine Stunde, zwei Stunden. Menschen mit Tassen in der Hand schlurfen an ihm vorbei, aus einem Zimmer hört man Schreie. Ein Ort der Demütigung. Bilder von Zwangsbetten, Zwangsjacken, Elektroschocks belästigten ihn. Die Schreie kommen nicht aus dem Zimmer, in dem Dorle untersucht wird. Aus ihrem Zimmer tönt ein Lachen, wahrscheinlich vom Arzt, und der Bruder denkt, jetzt hat Dorle ihm ihre Frisur erklärt. Die betrogene Frau gibt ihre erste Vorstellung.

Der Bruder steht auf, und weil die Dämmerung wie ein warmes Bett ist, geht er, anstatt mit der Straßenbahn zu fahren, eine Stunde lang zu Fuß bis nach Hause. Er zählt in Gedanken alle Bücher auf, die er gelesen, alle Filme, die er gesehen hat und die von Liebe und Verrat handelten. Es waren ziemlich viele.

»Weißt du noch«, sagt der Bruder ein paar Monate später zu Dorle »was wir uns damals vor der Klinik versprochen haben?«

»Wir holen aus dem Erdloch unser Geld und fahren einfach davon.«

Diagnose

Neues rotes Kleid, neue Frisur – sie kommt sich jünger vor, als sie ist, und der Mann, den sie beeindrucken will, denkt, sie sieht wahrscheinlich jünger aus, als sie ist. Sie umkreisen einander wie einsame Hunde. Sie sind nicht mehr so jung. Sie beschließen, sich zusammen zu tun. Ihre Stimmen sind kaum mehr als ein Flüstern. Glücklich sind sie. Sie wird schwanger. Was sie nicht mehr gehofft hatte, ist eingetreten. Sie sieht sich mit ihrem Liebsten auf einer Sommerwiese, das Baby liegt zwischen ihnen, der Himmel zeigt die richtige Farbe, drei Menschen, eine Idylle.

Dann: Weil sie ja nicht mehr so jung ist, eine Untersuchung – pränatale Diagnostik. Da sagt der Arzt, der entzündete Augen hat und auch schon beschädigt erscheint, beschädigt vom Leben: »Setzen Sie sich«, sagt eben dieser Arzt zu der Frau, die gerade noch so glücklich war. Ihr Mann sitzt im Warteraum und löst sein Sudoku, das schwierigste. Er will es einmal, einmal wenigstens, ohne Radiergummi schaffen.

»Da haben wir ein Problem«, sagt der Arzt und reibt sich die müden Augen, sagt so viel, die Frau kann nicht mehr zuhören, ihr Glück versickert in einem Arztsessel. Sie will nicht zuhören, nicht hören, was der Arzt zu sagen hat. »Auf siebenhundert Lebendgeborene fällt die Geburt eines Kindes mit Down Syndrom.«

Hat er siebenhundert oder siebentausend gesagt?

»Sie müssen darüber nachdenken. Mit Ihrem Mann darüber sprechen. Sich klar werden, wie schwierig Ihr Leben sein wird.«

Und dann ihr Mann – verliebt und verzweifelt, denkt sich, wenn da ein Kind mit einem Mangel ist, wird sich meine

Liebste nur mehr um diesen Wurm kümmern, und ich werde nichts sein. Verwaschenes Kleid, keine Frisur, sie sieht älter aus, als sie ist.

»Wir fahren erst einmal in das träumende Venedig und werden dann eine Entscheidung treffen«, sagt der Mann.

In Venedig sagt er: »Was hat das Kind von dieser gnadenlosen Welt.« Sie fahren in einem Vaporetto, rundum Glorie. Die Frau sagt: »Aber es heißt doch, dass die Kinder mit Down Syndrom glücklich sind, glücklicher, als wir es je sein können.« Der Mann, ein Realist, sagt: »Woher will man das wissen?«

Immerhin, denkt die Frau, wird er bei mir bleiben, er beachtet fremde Frauen nicht, auch wenn sie jünger und schöner sind als ich, zum Beispiel die Frau in dem anliegenden Kleid, die sich gerade bückt, so dass man ihren Slip sieht. Er hat nicht hingesehen. Ich muss ihm vertrauen, denkt die Frau.

Ihr Kind, das legal beseitigt werden durfte, kommt zum Abfall. Zum Abfall. Wie fauliges Gemüse. Wie stinkendes Fleisch. Weg. Einfach weg. Die Frucht der Liebe. »Mein Gott«, sagt die Frau zu ihrem Liebsten, »wir sind verloren.«

Und was geschah dann? Die Frau wurde fromm, sie betete zu allem im Himmel, sie fühlte sich schlecht. Der Mann wurde nicht fromm und hatte trotzdem ein schlechtes Gewissen. Das Leben muss schließlich weitergehen. Ein Mensch muss schließlich essen und schlafen und vergessen, sonst geht er ein.

Die Schnur

Sie war Besitzerin eines Frisiersalons. Da lernte sie einen Mann aus der besten Gesellschaft kennen, und auf einmal war das mit dem Salon einfach nur peinlich. Niemand sollte das wissen. Sie war sehr schön, und der Mann wollte sie heiraten. Die Schwestern der Frau sprachen Dialekt, und die Frau erlaubte ihnen, nur unter einer Bedingung ihren Zukünftigen kennenzulernen, sie mussten ihren Dialekt verheimlichen. So etwas ist ja nicht leicht. Kaum war die Frau in der besten Gesellschaft eingeführt, erzählte sie auf Fragen eine erfundene Geschichte ihres Lebens. Sie wurde schwanger und brachte ein Mädchen zur Welt. Der Mann stammte zwar aus der besten Gesellschaft, aber seine Geldmittel waren nicht unendlich, und deshalb musste er, um seiner Frau Genüge zu tun, Überstunden machen. Ein Kindermädchen wurde eingestellt. Die Frau gab Feste und dekorierte mit großem Geschmack, besser als jede aus der besten Gesellschaft. Ihr Mann setzte sich zu den geladenen Gästen und war etwas müde. Weinte das Baby, nahm es das Kindermädchen auf den Arm und spazierte leise singend mit ihm im Zimmer auf und ab. Das kleine Mädchen hatte eine auffallend hübsche Stimme, und deshalb suchte die Mutter nach einer Lehrerin von bestem Ruf.

Das Mädchen wuchs heran und sang – zu Festen, zu Geburtstagen, Taufen, Beerdigungen –, und als sie zwölf Jahre alt war, wurde sie in ein großes Theater geführt. Da saß der König höchstpersönlich und hörte zu und applaudierte, selten noch hatte er ein so reizendes Singen gehört.

Das Mädchen war nach der Aufführung so tief ergriffen vom Glanz des Theaters und dem Applaus, dass sie die Hand ihres Vaters nahm und küsste. Die Mutter war darüber erbost und bekam einen Herzanfall, echt oder unecht, sei dahingestellt. Jedenfalls fuhr der besorgte Mann mit ihr davon, und einem Taxifahrer wurde aufgetragen, das Mädchen nach Hause zu bringen. Da war dem Mädchen klar, dass die Mutter immer die Nummer eins sein würde. Sie wollte sich Mühe geben, um ihrem Vater zu gefallen.

Einmal wurde das Mädchen krank und musste das Bett hüten. Die Mutter band eine Schnur an den Bettpfosten, die führte zum Kinderzimmer hinaus, über die Treppe hinunter bis in den Salon. Am Ende war eine Glocke angebracht. Sie war von ihrer Erfindung begeistert und von ihrer Liebe zu ihrem Kind ergriffen. Bis das Mädchen wieder gesund war, wollte sie die Obhut übernehmen.

Vater und Mutter waren sehr stolz auf ihr Mädchen, sie sang künftig in großen Häusern, bis sie eines Tages einen Mann kennenlernte, mit dem sie eine Familie gründen wollte. Da befahl die Mutter ihrem Mann, diesem Ansinnen ein Ende zu bereiten. Er schrieb in ihren Worten einen Verleumdungsbrief. Es nützte nichts. Die Mutter hatte bereits die Macht über ihr Eigentum verloren.

Bis zu ihrem Tod war sie beleidigt auf ihre Tochter.

Wieder beim Psychiater

Psychiater: »Niemand kommt eine Woche ohne Schlaf aus. Ich denke, in diesem Fall werden wir um ein ordentliches Schlafmittel nicht herumkommen. Aber erzählen Sie!«

Patientin: »Es ist wieder die alte Geschichte. Es gibt nicht einmal eine Variante. Die kennen Sie ja bis zum Erbrechen. Soll ich die nun wirklich noch einmal erzählen?«

Psychiater: »Fürs Zuhören werde ich bezahlt. Freud hat von seinen Patienten verlangt, ihn nach jeder Sitzung bar zu bezahlen. Damit klar war, hier handelt es sich um eine Geschäftsbeziehung. Außerdem geht es immer um ›die alte Geschichte‹.«

Patientin: »Wir beide kennen uns doch schon so lang, es ist mehr als Geld. Ich müsste lügen, wenn ich Sie nicht auch als Vertrauten sehe.«

Psychiater: »Das ist allein Ihre Sichtweise. Erzählen Sie! Wir haben schon vier Minuten bezahlter Zeit vertan.«

Patientin: »Das Bewusstsein von mir selbst, wenn ich in mich hineinschaue, meine ich, wenn die Ratten sich über mich hermachen …«

Psychiater: »Konkret, bitte!«

Patientin: »Wieder die Geschichte vom Schrank. Meine Mutter hat mich in den Schrank gesperrt. Zwei, drei Stunden. Sie hat den Schlüssel umgedreht. Ich bin vier Jahre alt. Sie ist bei einem ihrer Freier. Wenn sie zurückkommt, sperrt sie auf. Ich bleib im Schrank sitzen. Sie zerrt mich heraus. Sie will ins Bad. Jedes Mal bringt sie mir ein Geschenk mit. Babypuppen, Babypuppen, Babypuppen. Sie drückt sie mir mit Gewalt in den Arm. Sie befiehlt mir, die Babypuppe im Arm zu wiegen. Sie tut so, als wäre sie das Baby, sie schnieft und rotzt und schreit. Immer wieder in den Schrank. Bis zu den Wurzeln der Erde. Durch den Schrankboden hindurch, geflogen durch die Zimmerdecke einer fremden Wohnung, an einem Luster vorbei, der von der Decke wackelt, aufgeknallt auf dem fremden Wohnungsboden, durch den fremden Boden hindurch, durch eine nächste fremde Wohnungsluft geflogen, durch Essensgeruch, Kuchenduft, auf den fremden Boden geknallt, durch den Boden hindurch, auf den Kellerboden geknallt. Da war ich schon schattig geworden. So funktioniert meine Wirklichkeit.«

Psychiater: »Konzentrieren Sie sich auf Ihre wirkliche Wirklichkeit: Eine vierzigjährige Frau, heute, wohnt in einer hellen Wohnung.«

Patientin: »Die Wüste der Gespräche. Ich bin nie mehr aus diesem Schrank herausgekommen. Verstehen Sie denn noch immer nicht! Mein Leben lang werde ich in diesem Schrank sein müssen. Aus jeder Nähe bin ich verstoßen.«

Psychiater: »Einmal wird es besser sein. Es war schon besser. Es wird wieder besser. Dann wieder schlechter, dann wieder besser. So aufwärts.«

Patientin: »Ich bekomme kein Geld mehr von der Krankenkasse. Niemand glaubt, dass ich noch immer nicht gesund bin.«

Psychiater: »Ich werde ein neues Gutachten schreiben.«

Patientin: »Und wie geht es weiter?«

Psychiater: »Mit Tabletten. Vorerst wieder mit Tabletten. Dann sehen wir weiter. Unsere Zeit ist um.«

Tattoo

Der Meister öffnete die Tür seiner Werkstatt. Er trug eine orientalische Seidenhose, sein Oberkörper war frei von Textilien. Er war bis zum Hals hinauf tätowiert, es sah aus, als trüge er ein langärmeliges Hawaihemd. Er lachte und sagte:

»Ich bin meine eigene Werbefläche, es gibt nur wenige Stellen an meinem Körper, die noch weiß sind. Setzen Sie sich, bitte.«

Die Frau ließ sich in eine Art Zahnarztstuhl fallen, der Meister forderte sie auf, gerade zu sitzen, er wollte nämlich zuerst sein Musterbuch vorführen.

»Oder haben Sie bereits eine ganz bestimmte Vorstellung?«

Die blasse Frau sagte, sie habe an einen Namenszug gedacht, in chinesischer Schrift oder japanischer Schrift, ihren und den Namenszug ihres Freundes, auf die Oberarme vielleicht, rechts sie, links er.

Davon riet der Meister ab.

Er sagte, einen deutschen Namen ins Chinesische zu übersetzen, sei immer ungenau und keine echte Herausforderung. Und warum eigentlich? Man weiß ja, wie man heißt. Und chinesisch oder japanisch kann man es eh nicht lesen, falls man eines Tages so dement ist, dass man nicht mehr weiß, wie man heißt. Also sinnlos.

»Jeder, der sich tätowieren lässt«, sagte der Meister, »will ja irgendwie ein wilder Hund sein, will sich von allen Menschen unterscheiden. Und man ist kein wilder Hund, wenn man selber glaubt, dass man eines Tages zu blöd ist, um sich den eigenen Namen zu merken.«

Die Frau dachte nach. »Was würden Sie mir denn empfehlen?«, fragte sie.

»Ich für mein Teil«, sagte der Meister, »ich finde die Seemannslinie die prunkvollste. Sie muss natürlich farbig sein.«

Er blätterte in seinem Musterbuch und schlug die entsprechende Seite auf. Rotes Herz mit Pfeil. Die berühmte Rose, ein Anker, eine Seejungfrau. Mit diesem Schmuck könnte man ein Weltreisender gewesen sein. »Das ist einfach klassisch, da gibt's nichts.«

»Schön«, sagte die blasse Frau. »Aber was kostet das?«

Der Meister nannte die Preise.

»Das ist mir zu viel«, sagte die Frau »so viel habe ich gar nicht.«

»Ich bin ein Künstler«, antwortete der Meister. »Wenn Sie

nur einen Billigen mit heißer Nadel wollen, bin ich nicht der Richtige.«

Die blasse Frau suchte ein anderes Tattoostudio auf, da war alles um zwei Drittel billiger. Es gab die üblichen Tattoos, die sie schon zu Hunderten gesehen hatte, das Geweih im Rücken, den Stacheldraht am Oberarm. Die Stacheldrähte signalisieren: Ich könnte eine Gefangene gewesen sein, aber ich bin frei. Die blasse Frau konnte sich nicht entscheiden, sie überlegte, wie sie mit diesen Tattoos wohl in zwanzig Jahren aussähe, wenn sie fünfzig wäre, oder in vierzig Jahren, wenn sie faltig wäre. Jeder zweite war tätowiert. Lange war das schon kein Abenteuer mehr. Es war gewöhnlich wie ein Big Mac.

So blieb sie ohne Tattoos. Sah sie sich im Schwimmbad die vielen Tätowierten an, kam sie sich beinahe auserwählt vor.

Eine Hautärztin spezialisierte sich auf das Entfernen von Tattoos. Sie hatte viele Patienten. Immer mehr.

»Was denkst du, wird die nächste Modeepedemie werden«, fragte die blasse Frau ihren Freund.

»Was ist Modeepedemie?«

»Halt so. Du weißt schon.«

»Kleinere Hunde, zum Beispiel«, sagte er. »Solche, die sich die Frauen in den Ausschnitt stecken können. Oder Fett um die Taille oder breite Hüften oder große Nasen. Man muss das alles an sich vorbeiziehen lassen, wie einen Film.«

»Wie einen Film?«

»Das Leben ist ein Film. Weißt du das nicht?«

»Das weiß ich schon.«

»Es kommt nur auf eines an.«

»Und auf was?«

»Was denkst du?«

»Keine Ahnung.«

»Das Buch zum Film musst *du* schreiben. Darauf kommt es an.«

»Kommt das von dir?«

»Das würde ich mir an deiner Stelle auf den Rücken tätowieren lassen.«

»Wie genau? Ich will es mir aufschreiben.«

Katze tot

Der junge Mann rief zu Hause an und sagte: »Katze tot«. Mehr brachte er nicht heraus. Also war seine Katze gestorben, die seit einem Monat kaum mehr Nahrung zu sich genommen hatte, mit keiner Köstlichkeit war sie zu verführen gewesen. Besuche bei der Tierärztin brachten Kosten und keine Besserung. Seine Mutter wollte sagen, es ist sehr traurig, aber es ist eine Katze. Sie hatte ein Bild vor Augen, sah ihren kleinen Sohn im Garten stehen und seinen eigenen Namen rufen. Sie war zu ihm hinausgegangen: »Kennst du außer dir noch jemanden, der so heißt? Wem rufst du?« Er hatte an ihr vorbei hinauf in den Himmel geschaut und gesagt: »Ich will nur etwas ausprobieren.« Sie war wieder ins Haus gegangen und hatte weiter zugehört, wie er seinen Namen rief.

Der Sohn war vor ein paar Jahren in ein anderes Land gezogen, alles was er berichtete, klang interessant, und die Mutter war beruhigt gewesen. Dort war das Klima viel angenehmer, er hatte viele neue Freunde, eine gute Freundin. Irgendetwas in seiner Stimme ließ sie aufhorchen, ihr Mann sagte, das höre sie in seine Stimme hinein, weil jede Mutter es gern hat, wenn das Kind sich nach dem Zuhause sehnt.

Der Sohn erzählte, dass er in einem Tierheim gewesen war, um dort die widerspenstigste Katze auszusuchen, eine, die keiner haben wollte. Sie hatte alle Mitbewohner gekratzt, Vasen umgestoßen, Geschirr vom Tisch gefegt. Es brauchte eine Zeit, bis sie zutraulich wurde. Ihr Schlafplatz war seine Computertasche, nur von ihm ließ sie sich streicheln, am liebsten hatte sie es, wenn er ihr die Faust vor das Köpfchen hielt, dann stemmte sie sich dagegen und schnurrte. Nach ein paar Wochen spuckte sie nach jedem Essen die Wohnung voll. Der Tierarzt betastete den Bauch und sagte, er spüre einen harten Knoten, aber um sicher zu gehen, müsste ein Ultraschall gemacht werden, aber das koste einiges. Es war ein großes Geschwür in der kleinen Katze, aber gutartig, versicherte man. Wieder ließ sich die Katze pflegen, ihr Zustand besserte sich. Er wollte die Zelte abbrechen und die Katze mit dem komplizierten Frauennamen mit nach Österreich nehmen. Für den Flug bedurfte es wieder einiger Untersuchungen und Impfungen, die Katze kostete inzwischen mehr, als er für sich selbst brauchte.

Dann in Österreich baute er ihr zu den Bücherregalen kleine Treppen, zwischen den Büchern gab es Schlafplätze auf Samtkissen. Zwei Wochen fühlte sich die Katze wohl. Dann begann sie wieder mit dem Hungern. Jeden Morgen putzte er ihren Kot zusammen. Wieder in einer Tierklinik gab man ihr eine Spritze, die Ärztin sagte, er müsse sie täglich zweimal mit einem dünnzahnigen Kamm kämmen, sie habe Flöhe, er konnte sich nicht erklären, warum sie Flöhe hatte, sie war schließlich nie außerhalb der Wohnung gewesen.

Und dann war sie in der Nacht gestorben. Es war, als hätte sie ihren Körper nach außen gestülpt, und sie sah aus wie ein alter Pelzkragen.

EINGEBORENE

Eingeborene

»Sie müssen wissen«, sagte der Mann, »dass ich lieber bei den Eingeborenen in Paraguay gelebt habe als bei uns in Vorarlberg. Die Gastfreundschaft der Indianer ist beschämend. Als ich von zu Hause weggegangen bin, hat weder mein Vater noch meine Mutter Tränen in den Augen gehabt, die Indianer würden mich vermissen, das wusste ich. Die Gründe, warum ich für ein paar Jahre ausgewandert bin, gereichen nicht zu meiner Ehre. Ich habe mein Leben ausgekehrt, und es ist sauber wie das Schlafzimmer einer Jungfrau.

Sofort nach meinem Ankommen zog die indianische Familie aus ihrer Hütte aus, Eltern und vier Kinder. Sie wohnten dort auf engstem Raum, gestampfter Boden, Schilfwände, sehr stabil. Ich konnte ihre edle Geste nicht ablehnen. Aber in der Hütte war es für mich nicht auszuhalten, so viel Ungeziefer gab es da, Wanzen und Tiere, die ich gar nicht beim Namen kannte. Ich floh aus der Hütte hinunter zum Fluss, machte ein Feuer, zog mich nackt aus, und hängte meine gesamten Kleider über zwei Stäbe zum Ausräuchern. Die Eingeborenen akzeptierten diese für sie merkwürdige Zeremonie und zogen wieder in ihr Zelt. Ich zimmerte mir eine eigene Schlafstelle, geschickt war ich schon immer gewesen, die freundlichen Menschen gingen mir zur Hand, brachten Material und bestaunten mein Werk. Meiner Leidenschaft, dem Jagen, habe ich längst abgeschworen. Aber damals, im Urwald, erlegte ich einen Jaguar, und als dieser stolze König vor mir lag, konnte ich nicht triumphieren. Große Scham befiel mich.

Jeden Tag peitschte ich mir mit der Machete meinen Weg durch die Wildnis. Es ist ein paar Mal passiert, dass ich eine Schlange durchgeschlagen habe. Ich war immer furchtlos gewesen, das mag an meiner verwahrlosten Erziehung liegen, ich war immer mein eigner Herr.

Die Indianer dort hatten die Angewohnheit, das Fleisch erst zu essen, wenn es schon blau angelaufen war und Würmer sich darauf gesammelt hatten. Gekocht schwammen die toten Würmer wie bei uns der Schnittlauch auf der Suppe. Die Kinder waren ganz gierig darauf. Ich konnte ihre Einladung zum Essen nicht ablehnen, ich versetzte mich in einen somnambulen Zustand und aß. Nach ein paar Stunden dachte ich, mein Leben ist jetzt vorbei. Ich war am elenden Aushauchen. Das Fleisch, das für die Indianer eine Delikatesse war, versetzte mir beinahe den Todeshieb. Der Medizinmann kam. Schnitt mir ein Büschel Haare ab, knotete es, und riss es auseinander. So sollte ich wieder zu den Lebenden zurückkehren. Ich sah die Köpfe der freundlichen Menschen über mir, hörte ihre Gesänge und spürte am Gaumen die sauren Tropfen, die mir eingeflößt wurden. Irgendwann hatte ich die Kraft, in die Stadt zu fahren, dort nahm ich die Schulmedizin in Anspruch und wurde nach ein paar Wochen wieder gesund. Ich erinnere mich seither mit Sehnsucht an den Todesschlaf, nie hatte ich mich so rein gefühlt.«

Der die Vögel liebt

Es gibt wenige Menschen, denen man nach zehn Minuten schon den Haustürschlüssel anvertrauen würde. Der die Vögel liebt, war so einer. Er ordnete meinen Garten und gab ihm wieder ein Gesicht. Er holte Rosen von den Bäumen.

In den Wintermonaten, erzählte er, gebe es kaum freie Zeit für ihn. Er war nämlich der einzige Mann im Land, der Nistkästen an die Bäume montierte. Alles selber finanziert. Nach dem Winter putzte er die Kästen sauber, reparierte und erneuerte sie. Vandalen schlugen einige von den Bäumen, Spechte hackten Löcher. Einmal war ihm ein Meisennest auf den Waldboden gefallen. Fünf winzige Tannenmeisen, noch nackt, bettete er in seinen Hut und brachte sie zu sich nach Hause. Er kaufte bestes Rinderhack, frisch durch den Fleischwolf getrieben, um es an seine Schützlinge zu verfüttern. Er wollte für die Vögel sorgen, bis sie flügge sein würden. Die kleinen Meisen verschmähten das gute Fleisch, erst als der Mann die Stimme der Meisenmutter imitierte, begannen sie zu fressen, eine nach der anderen. Wenn er einem Vogel zwei Gaben hintereinander verfüttern wollte, so stellte er fest, dass er ablehnte. Erst als die anderen auch gehabt hatten und er wieder an die Reihe kam, fraß er zum zweiten Mal.

Kaum traute sich der Mann, die Tannenmeisen allein zu lassen, er hatte Angst, es könnte ihnen etwas zustoßen. Es wurde für ihn notwendig, wieder zu arbeiten, er verließ das Haus, und am Abend dann umschwärmten ihn die Vögel, inzwischen hatten sie Flaumfedern, waren aber noch sehr empfindlich. Eine Tannenmeise wollte nicht mehr essen und starb. Eine zweite fiel in einen Milchtopf und ertrank. Der Mann machte sich Vorwürfe, weil er es verabsäumt hatte, den Milchtopf abzudecken. Auch die dritte Tannenmeise überlebte nicht. Der Mann stützte sein Gesicht in die Hände und gab sich die Schuld. Die zwei Übriggebliebenen gediehen prächtig.

Bald war die Zeit gekommen, da sie flügge würden. Er setzte sie auf die Innenfläche seiner Hände und betrachtete sie: Oberseite olivgrau, Unterseite beigegrau, Kopf schwarz, Wangen und Nackenfleck weiß. Sie sangen, und das taten sie am liebsten auf dem Küchenkasten: wizewize, wizewize.

Der Mann wusste, die Vögel mussten an die Dunkelheit gewöhnt werden. Erst dann könnte er sie freilassen. Da legte er die zwei Tannenmeisen in eine Kiste und bedeckte sie. In der Nacht, es war mondhell und keine Taschenlampe vonnöten, nahm er die Decke ab. Keine Minute verging, und die zwei Tannenmeisen flogen davon. Der Mann stand da und schaute hinauf in den Mondhimmel.

In so einer hellen Nacht denkt der Mensch manchmal daran zu philosophieren, und so dachte sich der Mann, mein Leben ist verschlungen wie ein Fluss im Urwald. Ich muss vermeiden, an ihm entlangzugehen, sonst verirre ich mich. Der Fluss läuft nämlich in riesigen Schleifen, da könnte es vorkommen, dass ein Weg, der bereits gegangen ist, wieder an den Anfang zurückführt.

Was nachher kommt

Soffi: »Hast du eigentlich Angst vor dem Totwerden?«

Großmutter: »Was du meinst, Soffi, ist Sterben, oder du kannst auch Totsein dazu sagen. Totwerden heißt, dass du gerade am Sterben bist.«

Soffi: »Und, hast du Angst davor?«

Großmutter: »Es ist schwer, vor etwas Angst zu haben, das man gar nicht kennt.«

Soffi: »Aber wie stellst du dir das vor?«

Großmutter: »Meinst du jetzt das Totsein oder das Totwerden?«

Soffi: »Zuerst das Totsein.«

Großmutter: »Also da liege ich zuerst in einem Bett, und der Opa und ihr Kinder steht davor und weint. Dann geht ihr weg und weint zuhause noch weiter und erzählt, an was ihr euch bei mir noch am besten erinnern könnt, da weint ihr noch mehr, und einer sagt, wir weinen jetzt nicht mehr. Dann wird ein Sarg bestellt, und der Sargverkäufer zeigt seine Kollektion. Da gibt es prunkvolle Särge, mit Samt ausgeschlagene, alle Abstufungen bis zum einfachen Holzsarg, der am billigsten ist. Da sagt der Geschäftsmann für Särge: Sie haben Ihre Mutter und Ihre Großmutter sicher sehr geliebt, da kann man sich vorstellen, dass man einen guten Sarg auswählt. Dein Opa, der mich ja am besten kennt, würde ohne Zaudern sagen, wir nehmen den Holzsarg, weil er weiß, dass ich das Einfachste am liebsten gehabt habe. Ich denke, deine Mama wird unter Weinen das schönste Kleid für mich aussuchen, sie weiß mit meinen Anziehsachen am besten Bescheid, sie nimmt bestimmt das schwarze Wickelkleid mit den eleganten Bordüren. Das ist auch praktisch, weil es dehnbar ist und auf fast jeden Körper passt. Sie wird mir die weinroten Strümpfe anziehen und die dazupassenden Schuhe, weißt du die, die du auch oft zum Spielen getragen hast, und damit immer umgekippt bist, die mit dem dünnen Absatz, deine Mama kennt ja meinen Schuh- und Strumpftick. Deine Mama wird mich kämmen, ich kann nur hoffen, dass meine Haare dann noch gut sind, sie wird mir hautfarbenen Cremepuder ins Gesicht tupfen und die Augen wird sie dezent mit einem Stift betonen. Den Mund wird sie mir nicht anmalen, das muss nicht sein, das sieht bei alten Frauen dann gleich so ordinär aus. Dann stellt man den Sarg in die Totenkapelle mit mir als Inhalt, dazu eine Menge Blumen. Leute kommen und schauen auf mich hinunter, sie fragen, wie alt ist sie geworden, und nicken dabei, es tönt wie Musik, aber es ist nur das Gebetsgemurmel. Nach einem Tag schließt der Totengräber den Sarg. Der Sarg wird auf einen Wagen geladen und zum ausgehobenen Loch gefahren. Dort stehen dann meine lieben Leute und Bekannte und Freunde und noch andere Personen, die mich vom Sehen kannten, du stehst auch dort. Ein Pfarrer hält eine kurze Rede, und ein Ministrant wackelt mit dem Weihrauchfass. Er denkt sich, hoffentlich ist das alles bald vorbei, dann kauf ich mir eine Leberkässemmel mit Gurke und treffe meinen Freund zum Würfeln.

Zuhause wird ein Foto von mir aufgestellt, auf den Esstisch, mit einer Lampe davor, die eine Batterie hat und sechs Wochen leuchtet.«

Dann werde ich ein Fohlen sein

»Wenn ich dann gestorben bin, werde ich ein Fohlen sein«, sagte Soffi. »Glaubst du, geht das? Muss ich jetzt, wo ich noch lebe, etwas schon tun, damit ich dann ein Fohlen sein kann? Weißt du das, und was muss ich tun?

»Das ist so eine Sache«, sagte die Großmutter, »da kann man nur darüber spekulieren. Es gibt Menschen, die glauben ganz fest, dass sie nach dem Tod zu dem werden, was sie immer schon sein wollten. Ich habe einmal einen Mann reden hören, der wollte zeitlebens schon ein Stein sein, hat nur gesprochen, wenn es notwendig war, und hat sich nie etwas anmerken lassen, weder in der Freude noch im Schmerz. Der könnte zum Beispiel ein Stein geworden sein. Das soll aber nicht heißen, dass alle Steine und die Berge, die ja aus Stein bestehen, irgendwann einsilbige Menschen waren. Es gibt die Theorie, dass jeder, so wie er gelebt hat, als guter oder schlechter Mensch, was es ja eigentlich nicht gibt, weil jeder böse Mensch auch manchmal gut ist – also, was ich sagen wollte, dass ein böser Mensch zum Beispiel als kleines Tier wiedergeboren wird. Als eklige Nacktschnecke, weil er in seinem wahren Leben auch eklig war und Menschen gequält hat. Dieser Mann wäre also eine Nacktschnecke, und die Frau, die frühmorgens ihren Garten inspiziert, fände diesen Bösen, der zu einer Nacktschnecke geworden ist, und sie würde ihn mit einer Schere auseinander schneiden. Weil sie das mit allen Nacktschnecken macht.«

»Dann ist sein totes Leben schon vorbei. Wie geht es dann weiter mit ihm?«, fragte Soffi.

»Schwierige Frage.« – Lange Pause. – »Ich jedenfalls will ein Fohlen werden, eines das ein ewig totes Leben hat.«

»Ich glaube, wir müssen neue Worte erfinden. Totes Leben ist ein Unsinn. Sagen wir: Was im zweiten Zimmer passiert. Verstehst du, Soffi, was ich meine? Dann wäre das, wo wir jetzt sind, das erste Zimmer.«

»Ein Zimmer mit Gras und Bäumen und Blumen und Schnee – das ist doch auch ein Unsinn.«

»Weißt du etwas Besseres?«

»Himmel vielleicht. Man sagt doch, wenn jemand gestorben ist, der ist jetzt im Himmel. Wenn da oben die Toten herumspazieren, warum fliegen sie nicht auf die Erde zurück wegen der Anziehungskraft? Außer die sind so weit von der Erde entfernt, dass sie nicht mehr angesaugt werden können.«

»Die fliegen davon.«

»Das klingt alles total erfunden«, sagte Soffi, »davonfliegen mit Flügeln, als ob sie Vögel geworden wären.«

»Manche sagen Engel dazu, und die, die wieder zurückkommen, sind Zombies.«

»Also ich glaube eher, dass es Vögel sind, die kenne ich, Engel habe ich noch keine gesehen, außer denen, die es zu kaufen gibt und die die Mama kitschig findet. Als Zombie hat sich einmal der Papa verkleidet. Wenn ich dann ein Fohlen bin, muss ich nicht mehr zur Schule gehen und werde nie mehr abgeprüft.«

Männer und Frauen

Zum Beispiel Robert: Erst war er noch völlig geschafft auf dem Stuhl gesessen, hatte lustlos an seiner Cola genippt und auf Fragen seines Freundes nur knapp geantwortet. Als dann zwei Frauen dazu kamen, eine davon ziemlich attraktiv, streckte er seinen Rücken, warf ein wenig den Kopf zurück und machte seinen berühmt schiefen Mund. Unwiderstehlich. Am liebsten hätte er Nägel aus Brettern gezogen und Löffel verbogen, so kräftig fühlte er sich. Die Frauen, besonders die Schöne, die doch etwas arg viel von sich eingenommen war, hatte gleich richtig gecheckt und alles auf sich bezogen. Ihre Freundin dagegen war der Meinung, das Unwiderstehliche könnte Roberts Dauerzustand sein. Oder vielleicht war er ein Kokser. Sein Fokus lag ganz auf der Schönen, sie wollte Lola genannt werden, hieß eigentlich Liselotte und dachte gerade an ihre Unterwäsche, und dass sie sich auf jeden Fall für den Abend – sie rechnete fest mit

Robert – etwas Hybrides (war dieses Wort geeignet?) anziehen wollte.

Roberts Freund Emil fühlte sich zurückgesetzt und versuchte erst gar nicht, sich einzubringen.

In erster Linie wurde geschwafelt – über die Würfelqualle, die mit ihren vielen Tentakeln in der Lage war, Menschen zu töten, über den giftigen Kugelfisch und den Pfeilgiftfrosch, alles Themen, die vor kurzem in einer Fernsehsendung behandelt worden waren. In zweiter Linie, im Kopf nämlich, dachte sich Robert: Wenn wir heute Abend erst in meinem oder ihrem Bett liegen, wird sich herausstellen, wie viel Bedeutung sie für mich haben könnte.

Die Freundin der Schönen, die sich über ihre Klugheit definierte, stellte sich vor – erstens: wie sie für Robert eine wissenschaftliche Arbeit über Hygienevorschriften im 19. Jahrhundert schreiben und aus Dankbarkeit von ihm berührt würde, – zweitens und nun im Zorn: man sollte die beiden ordentlich mit dem Teppichklopfer verhauen.

»Du hast eine Laufmasche, Liselotte«, sagte sie zu ihrer Freundin.

»Das ist Absicht!« – Eins zu Null.

Folgendes dachte sich Emil: Ich werde jetzt gleich auf den Markt gehen und schwarze Tomaten kaufen. Oder einen Blumenkohl? Gegen Blumenkohl spricht der Gestank. Blumenkohl schlägt alles. Auf keinen Fall will ich gedemütigt werden. Man muss Eindruck schinden, um jeden Preis. Er sah auf Lilo und dachte, bald wird es auch bei ihr abbröckeln, und was dann übrig bleibt, will kein Eber mehr haben. Ist es automatisch so, dachte er, dass Menschen, die sich zurückgesetzt fühlen, zynisch werden? Alles ist erlaubt in meinem Kopf. Es irritierte ihn, dass er keine Lust mehr auf Sex hatte. Lag es daran, dass die großen Gefühle falsche Gefühle waren?

Lilo dachte: Ob es wohl günstig ist, wenn ich jetzt aufstehe? Ich muss Robert die Chance geben, mir zu folgen, ohne dass einer über ihn grinst, sonst wird der Abend nichts. Und wenn ich ausrutsche und hinfalle, auf den Hinterkopf, und alle Hilfe zu spät kommt? Und ich nicht einmal eine Minute Zeit hätte, an den Tod zu denken? Und mich nicht einmal eine Minute lang auf den Tod vorbereiten könnte? Und einfach weg wäre? Wie lange würde man an mich denken? Wer würde ich dann sein? Wo würde ich dann sein? Und zählt Schönheit dort?

Realitätsprinzip

»Ein Realitätsprinzip, mehr nicht«, sagte er. »Das bin ich inzwischen für meine Familie. Das ist tief traurig. Ich mische nicht mehr mit. Mir bleibt nur noch die Natur mit ihren grauen Wintervögeln. Die Schönen sind bereits in den Süden geflogen. Ich bemühe mich zurzeit um eine möblierte Wohnung. Nichts von mir soll mich an mich erinnern. Alles, was die Familie noch von mir will, ist Geld. Das bringt mein Leben in Gefahr. Ich habe Mühe, mein Essen zu organisieren. Ich schleiche mich ins Haus und stecke Murmeln von meinen Kindern in den Hosensack. Ein kleines Rennauto habe ich auch mitgehen lassen. Aus dem Keller werde ich noch Kartoffeln und Karotten mitnehmen. Ein tiefgefrorenes Huhn vielleicht.«

Was hätte er mit einem tiefgefrorenen Huhn anfangen können, ohne Kochgelegenheit? Er hat es aber mitgenommen und dann einem Obdachlosen geschenkt, der ihn fragte, was er mit einem tiefgefrorenen Huhn anfangen soll, ob er denn kein Geld für ihn habe. Der Mann dachte: Möge mich der Himmel davor bewahren, dass wir zwei jemals Kollegen werden.

Er war ausgezogen. Aus eigenen Stücken. Nämlich wegen der Geringschätzung. Jetzt braucht er einen Termin wie bei einem Arzt, um seinen Drucker abzuholen.

»Den Drucker?«, sagt seine Frau. »Den Drucker brauchen wir selber. Was sollen wir ohne den Drucker?«

Er will seiner zwölfjährigen Tochter zurufen: Siehst du denn nicht, was deinem Vater angetan wird!

Sie sagt: »Papa, gibst du mir einen Zwanziger fürs Kino? Sie gibt mir nichts, sie sagt, sie hat nichts, weil du ihr nichts gibst.«

»*Sie*«, antwortet er, »*sie* ist immer noch deine Mutter«, und kommt sich dabei edelmütig vor. Was bin ich für ein guter Mensch, denkt er sich, keine Spur von habgierig.

Vor dem Haus erwartet ihn der Hund, dessen Herr er nun nicht mehr ist. Das Tier schmeichelt sich an sein Hosenbein. Es folgt ihm, begleitet ihn bis zu dem Haus, in dem er ein möbliertes Zimmer gefunden hat. Er nimmt den Hund mit in sein Zimmer, und die Vorstellung, dass in seinem alten Zuhause nach dem Tier gesucht wird, macht ihn so fröhlich, dass er zu pfeifen anfängt.

Er geht zu seiner Bank und löst sein Gehaltskonto auf, lässt alle Daueraufträge stornieren. Bei einer anderen Bank eröffnet er ein neues Konto, er informiert seine Firma, wohin sein verdientes Geld zukünftig zu überweisen sei. Soll seine Frau zusehen, wie sich der Strom von selber zahlt!

Aber das alles würde natürlich nur von kurzer Dauer sein. Er würde aufgespürt und an seine Pflichten erinnert werden. Deshalb plant der Mann seine Flucht in den Süden, sobald das Weihnachtsgeld überwiesen ist.

»Und was verstehen Sie unter ›Realitätsprinzip‹?«, fragte ich ihn.

»Wollen Sie mich verhören?«, fragte er zurück.

»Ich würde es gern wissen.«

»Ich bin nicht Realität, sondern nur ein Prinzip. Also Luft. Haben Sie mich jetzt verstanden?«

»Jetzt habe ich Sie verstanden«, sagte ich.

Mein Freund hat mich verlassen

Diese Nacht war für mich eine traurige Nacht. Katzen schrien sich gegenseitig an. Ich lag ganz am Rand auf meiner Seite des Doppelbetts. Er hatte seine Sachen gleich mitgenommen. Mit Bananenschachteln war er angekommen, hat alles wortlos eingepackt, seine Bücher, seine Hemden. Er sagte: »Sorry.« Zuletzt trug er seine Topfpflanze hinaus. Ich schaute aus dem Fenster und sah seine Füße in den Sandalen, sein Gesicht und sein Oberkörper waren hinter der Pflanze verborgen, seinen Hinterkopf mit den gelb gefärbten Haaren wollte ich augenblicklich vergessen. Tränen liefen mir aus den Augen. Er hatte seine heilige Gitarre vergessen. Ich schleuderte sie auf seinen Kleinbus. Die Kopfplatte splitterte ab. Mein Freund, der jetzt nicht mehr mein Freund sein wollte, drehte sich um und drohte mit der Faust. Dabei fiel ihm die Topfpflanze aus dem Arm und gab eine Sauerei. Ich fand das komisch, musste aber nicht lachen.

Die folgende Woche lag ich nur im Bett und schaute, ob Tag oder Nacht, in den Fernseher. Es gab nur dieses Zimmer, und das war überheizt, da war der leere Eisschrank, und Dreckwäsche lag vor der Waschmaschine. Ich hatte Grundnahrungsmittel im Haus, Mehl, Zucker, Ketchup, Salz und Ascorbinsäure, sonst nichts. Ich trank heißes Wasser mit

Ascorbinsäure. Ich stellte die Ketchupflasche auf den Kopf, bis alles auf meinem Teller war, ein trauriges rotes Häufchen. Das war mein verletztes Herz, dieses Ketchuphäufchen. Ich nahm den Teller in mein Bett und schleckte das Herz mit meinem Zeigefinger auf. Jetzt hätte es mir besser gehen müssen. War aber nicht so. Feiertage standen bevor. Ich sollte mich waschen und frisch anziehen. Ich sollte meine Haare kämmen. Die Zähne putzen. Seit einer Woche trug ich dieselben Sachen. Meine Mutter findet es notwendig, jeden Tag die Unterwäsche zu wechseln, weil es ja sein könnte, dass man nach einem Unfall im Spital aufwacht. Ich frisierte mich nicht, wusch mich nicht, verließ mit den muffigen Sachen die Wohnung. Ich sah mich in einem Spiegel als Kindergartenkind. Ich ging ganz nah an mich heran und hatte unendliches Mitleid mit diesem Kind. Ich kaufte mir starke Zigaretten, die ein Kindergartenkind nicht raucht, Red Bull und günstigen Wodka. Ich sah einen Bäcker mit dampfendem Brot in den Lebensmittelladen gehen. Ich folgte ihm und stellte mir das Brot als etwas Lebendiges vor. Eines der Brote war der warme Arm meines Freundes, der jetzt nicht mehr mein Freund sein wollte. Ich kaufte den warmen Arm an der Brottheke und steckte ihn unter meinen Pullover. Das beruhigte mich etwas. Auf dem Rückweg sah ich mich im Spiegel, diesmal in normaler Größe mit gewölbtem Bauch. Es hätte doch sein können, dass wir, er und ich, eines Tages ein Kind gehabt hätten.

Aber dann schaltete ich den Fernseher ein und sah den Präsidenten der Vereinigten Staaten von Amerika, er sprach auf dem Weltwirtschaftsforum in Davos. »Meine sehr verehrten Damen und Herren«, sagte er, »denken wir doch bitte an die unzähligen zerlumpten Kinder, die uns jeden Abend den Fernsehspaß verderben! Sie sind eine Last und ein Ärgernis, für uns und auch für ihre Eltern. Wenn allerdings der

Plan besteht, sie nur für ein Jahr zu füttern und nicht länger, wäre das für alle Beteiligten ein Segen. Deshalb schlage ich vor, dass ein gewisser Prozentsatz der armen Kinder nach dieser Frist den Reichen zum Kauf angeboten wird. Die Mütter sollen für dieses Jahr ausreichend bezahlt werden. Sie können weiterhin nach Herzenslust, wie es bei den Armen Brauch ist, ungeschützten Geschlechtsverkehr betreiben und einen Haufen Kinder werfen, denn sie müssen sich um keinerlei Zukunft mehr grämen. Zu Recht heißt es: Kleine Kinder kleine Sorgen, große Kinder große Sorgen. Durch die Bezahlung der Schwangerschaft und des ersten Lebensjahres des Kindes wird den Eltern ein fröhliches Leben gegönnt und Ärger und Schande erspart, ist doch abzusehen, dass die Kinder, würden sie länger leben, zu Schwachsinnigen, Kriminellen oder lästigen Bettlern werden, die allein durch ihre Existenz die Reichen, Schönen und Guten dieser Welt in Depressionen stürzen. Man muss den Müttern die Anweisung geben, das Kind besonders im letzten Monat vor dem Verkauf reichlich zu säugen, um es fleischig und fett zu machen. Ein gesundes, wohlgenährtes einjähriges Kind bietet ein höchst schmackhaftes Nahrungsmittel und eine gesunde Speise, ob geschmort, gebraten, gebacken oder gekocht, und ich zweifle gar nicht, dass es ebenfalls als Fricassée oder Ragout sich wird anwenden lassen. Ein Exemplar kann bei einer Bewirtung von Freunden zwei Gerichte bilden. Speist die Familie allein, so wird das Vor- oder Hinterviertel eine gute Schüssel abgeben und, mit Pfeffer und Salz gewürzt, sich noch am vierten Tag, besonders während des Winters, gut kochen lassen.«

Da war ich froh, dass mich mein Freund verlassen hatte. Denn die Welt ist schlecht. Und sie wäre noch schlechter geworden, wäre er bei mir geblieben.

Bewusstsein

Bis zu ihrem fünfzehnten Jahr war Gertrud nicht im Zustand der Bewusstheit gewesen. Es war, als hätte sie die ganze Zeit nur geschlafwandelt. So lässt sich erklären, warum sie eine offensichtliche Vergewaltigung nur als freches Benehmen von David S. bezeichnete (Name würde im Fall einer Öffentlichmachung von der Redaktion geändert). Tags darauf allerdings fuhr ihr das Geschehnis ein, direkt ins Gehirn. Sie sah auf dem Leintuch eingetrocknetes Blut. Sie hatte im Auto, auf dem Rücksitz, nicht geschrien, aus Angst, dass sie jemand hören könnte. Sie hatte sich ja selbst in diese Lage gebracht. Sie schämte sich. Sie hatte David S. das Gesicht zerkratzt, hatte in seine linke Schulter gebissen, ihre Blessuren waren nicht minder, blaue Flecken am Bauch, am Rücken und am Hals.

David S. stritt alles ab. Gertrud hatte es ihrem Vater erzählt, weil er ihr Vertrautester war. Mit mächtiger Wut hatte er David S. zur Rede gestellt, ihn durchgeschüttelt, bis er die Augen voll Wasser hatte.

»Eine Balgerei zwischen Kollegen, dass sie keine Jungfrau mehr ist, kann jeder behaupten, sie hat ja mit jedem herumgemacht.« Das sagte David S., allerdings ziemlich leise. Der Vater hatte auf ihn eingeprügelt und hatte sich erst entfernt, als David S. auf dem Boden lag.

Was sich erschütternd für Gertrud zeigte, war die Tatsache, dass der Vater ihr riet, es auf sich beruhen zu lassen, die Mutter war seiner Meinung.

»Ich bin ein Nichts!«, schrie ihr Bewusstsein, und genauso wurde sie in ihrer Not nicht wahrgenommen. Gertrud kühlte innerlich aus. Ich bin ein Nichts, und ich nütze niemand.

In einer Nacht ohne Schlaf nahm sie den gesamten Notgroschen, etwa zwölftausend Euro, aus der elterlichen Kommode und packte sich das Nötigste in Mutters Kurkoffer, Pullover, Strümpfe aus Wolle, Schal und Mütze, bald würde nämlich der Winter da sein. Sie verließ die Wohnung, unter dem Arm ihre Doc Martens. Sie lief durch den Vorgarten, erst dann zog sie ihre Doc Martens an. Sie stieg in den ersten Bus, der stadteinwärts fuhr, kaufte sich eine Fahrkarte und blieb bis Frankfurt im Zug. Ihr gegenüber saß eine Mutter mit Kleinkind. Die Herzlichkeit der Mutter zu ihrem Kind fasste Gertrud als Gemeinheit auf. Sie wollte ihr nur zeigen, wie schön es in einer Kindheit sein könnte.

Als erstes, dachte sich Gertrud, werde ich mir eine E-Gitarre kaufen und einen billigen Verstärker. Ihre Gitarrenkenntnisse waren nicht die besten. Dann wollte sie in eine Jugendherberge gehen. Aber da würde ihr gleich die Gitarre gestohlen, also in keine Jugendherberge, aber wohin dann. Sie schminkte sich zur Frau und nahm eine billige Pension. Da würde sie bleiben, bis sie kein Geld mehr hätte. Sie schickte David S. etliche Drohbriefe mit Totenkopf, löcherte seinen Namen mit Stecknadeln und weinte viel. Was sollte sie essen? Nur nichts mit Sahne. Sahne macht dick. Ob sie es wollte oder nicht, etwas würde mit ihr geschehen.

MESSER INS HERZ

Unter der Brücke

Jahre schon wohnte unter der Brücke ein Liebespaar, zwei Obdachlose, sogar im Winter. Über ihnen lärmten die Autobahn und der Zug, unten brauste der Fluss. Ein braver Mann von der Stadtverwaltung wollte den beiden ein Zuhause geben. Er wusste, in einer Wohnung würden es die beiden nicht aushalten. Deshalb hatte er die Idee mit dem Wohnwagen, und es gelang ihm auch auf unbürokratische Weise, einen zu beschaffen. Der Wohnwagen wurde unter die Brücke gestellt, inwendig war alles vorhanden. Ein kleiner Ofen, ein Schrank, gefüllt mit Grundnahrungsmitteln.

Ab diesem Zeitpunkt war das Liebespaar verschwunden. Im Wald oder vielleicht schon in einem anderen Bundesland. Da wurde dem Mann klar, dass es Menschen gibt, die es nicht in vier Wänden aushalten können, auch nicht in den vier Wänden eines Wohnwagens. Und warum waren sie verschwunden? Sie waren so beschämt über das Geschenk und darüber, dass sie es nicht nutzen wollten. Der Wohnwagen blieb noch eine Zeit stehen, Fenster wurden eingeschlagen, dann wurde er abgeholt. Und bald darauf wohnte das Liebespaar wieder unter der Brücke.

Wie war es dazu gekommen? Ich kann es nicht wissen. Aber weil ich eine Schriftstellerin bin, kann ich es erfinden.

Die Frau stand am Bahnhof, und der Mann stand am Bahnhof. Drei Schritte voneinander entfernt. Sie hatten Gepäck bei sich, sahen nicht unbedingt vornehm aus. Der Haarknoten der Frau hatte sich aufgelöst, und die Absätze ihrer Schuhe waren schief. Der Mann, ein paar Jahre älter, grau an den Schläfen, unrasiert, fragte sie, ob sie auf jemand warte. Sie schüttelte den Kopf. Ob sie mit ihm eine Suppe essen wolle.

»Warum nicht«, sagte die Frau. Die beiden kamen ins Gespräch, fanden Gemeinsamkeiten, beide waren von zu Hause weggelaufen, er vor seiner Frau, sie vor ihrem Mann.

»Und wo willst du schlafen?«, fragte der Mann.

»Bei dir vielleicht«, sagte die Frau und strich sich eine Haarsträhne aus dem Gesicht.

Es war im Herbst, kalt am Abend, kälter in der Nacht, aber noch ohne Frost.

»Ich habe eine warme Decke in meinem Gepäck«, sagte die Frau.

»Und ich habe einen Schlafsack.«

Das traf sich gut. Die beiden gingen vom Bahnhof weg, kamen zu einem Fluss, gingen am Fluss entlang, kamen zu einer Brücke.

Unter der Brücke befand sich eine Höhle, die ziemlich trocken war. Da ließen sich die beiden nieder.

Sie hatten gut geschlafen, so dass sie beschlossen, die nächste Nacht wieder hier zu verbringen. Der Mann hatte etwas Geld, das gab er für Lebensmittel aus, die Frau hatte etwas Geld, das gab sie für ein Kopfkissen aus. Sie aßen vor dem Schlafengehen Schokolade und tranken Wein. Sie fanden, das könnte so weitergehen. Tags darauf verkauften sie ihre Handys an zwei türkische Männer und bekamen dafür so viel, dass sie sich Tabak kaufen konnten. Bald kannte man sie und redete über sie, und es kamen Leute, um sie anzuschauen. Sie beschlossen, sich fürs Anschauen bezahlen zu lassen. So könnten sie ein Auskommen haben.

Blaue Grotte

»Ich verzeihe Dir, Gott, dass Du mich zum Alkoholiker gemacht hast. Vertreibe die Sucht aus mir, dann können wir wieder auf freundschaftlicher Ebene miteinander reden. Einer Deiner Diener hat mir gesagt, dass ich auserwählt sei, und Du mir deshalb diese Prüfung auferlegst hast. Das kann doch wohl nicht sein. Du hast sicher wichtigere Dinge zu tun, als einen Armseligen wie mich zu strafen und es dann wie eine Prüfung aussehen zu lassen. Ich habe versagt. Immer und immer wieder. Wie oft willst Du mich noch dieser Qual aussetzen. Ich war einmal ein hübscher Mann, mein Lächeln ist berühmt, und es gab keine Frau, gleich aus welcher Schicht, die ich nicht für Minuten verunsichern hätte können. Heute Morgen habe ich mich im Spiegel gesehen und mir gedacht: So sieht also das Werk Gottes aus. Ein Wrack. Das ist jetzt mein fünfter Entzug, ich bin noch nicht vierzig Jahre alt und sehe aus wie sechzig. Ich muss am Wochenende probeweise die Anstalt verlassen, muss ausprobieren, ob ich der Versuchung widerstehen kann. Du weißt ja nicht, wie das ist, wenn einem die Gasthäuser zuwinken. Ich muss an ihnen vorbeiziehen immer und immer wieder. Da sehe ich dann eine Frau, die mit mir in der Anstalt ist. Auch sie hat eine Probe zu bestehen. Sie grinst mich an. Ich weiß, sie hat versagt. Sie lockt mich mit dem krummen Finger zu sich, sagt, ich verspreche dir das und das, nur einen Schluck. Und was mache ich? Ich sage zehnmal nein und beim elften

Mal, also gut, es muss ja keiner wissen, und sie lässt sich in die Bluse greifen, und dann gehe ich wieder zurück in die Anstalt, so als sei nichts passiert. Aber Du weißt es ja, Gott. Ich kann nicht ein Glas trinken wie normale Menschen, das war schon so, als ich vierzehn war. Wenn ich anfange, kann ich nicht mehr aufhören, ich liege unter dem Tisch oder wache im Krankenhaus auf. Wieder versagt. Die in der Anstalt lassen mich nicht ewig Anlauf nehmen. Das hier ist das letzte Mal.

Ich habe den Entzug geschafft. Bin mit dem Zug nach Hause gefahren. Habe mich vor den Leuten im Dorf gefürchtet, wollte nicht auf die Straße. Meine Tochter, die mein einziger Schatz ist, eine Schülerin – das Hübsche hat sie von mir und Gott bewahre nicht die Sucht –, also die Kleine sagt zu mir, Papa, wir zwei gehen in den Garten und schauen über den Zaun. Da sind erst einmal nur die Schafe. Dann gehen wir zusammen auf die Straße bis zur nächsten Kurve, und jeden Menschen den wir treffen, grüßen wir. Ich hatte sehr viel Angst. Angst gehört auch zu Deinem Projekt. Du gabst mir die Sucht und gibst mir die Angst, wieder süchtig zu werden. Wir fahren in die blaue Grotte, sagt meine Tochter, da waren wir schon einmal, und da bist du ganz ruhig geworden. Vielleicht musst du nur immer ganz fest an die blaue Grotte denken, jedes Mal wenn die Versuchung kommt.

Ich sage Dir Gott, es ist an der Zeit, dass Du mich in Ruhe lässt.«

Messer ins Herz

An einem Abend, und es schneite, ging der Mann durch den Park. Da traf ihn tief ein eisiges Messer ins Herz. »Bitte nicht hier«, sagte der Mann, »so dass ich dann auf dem Weg liege und man mich am nächsten Tag erfroren findet, bitte nicht hier und nicht jetzt, und warum überhaupt ich, und warum jetzt schon. War ich denn ein schlechter Mensch? Habe ich so viel falsch gemacht? Habe ich nicht funktioniert? Habe ich wieder versagt?«

Der Mann schleppte sich in seine Wohnung und schluckte zwei Aspirin. Er rief seinen Sohn an, und der veranlasste, dass der Mann so schnell wie möglich ins Krankenhaus gebracht wurde.

»Höchste Zeit«, sagte der Arzt, »katastrophaler Bluthochdruck.«

Und am nächsten Tag schnitten sie ihm die Leiste auf und fuhren mit einer Sonde direkt in sein Herz. Was sie da sahen, war nicht gut. Ein Gefäß, zu 90 Prozent verschlossen, an den anderen Gefäßen unregelmäßige Wände, Ablagerungen. Man legte dem Mann einen Stent, so heißt das Ding, das aussieht wie ein kleines Rohr, das sich mit einem Ballon aufdehnen lässt und das Gefäß weitet.

Der Mann wachte in der Nacht auf, die Herzmaschine piepste jede halbe Stunde, und Krankenschwestern kamen an sein Bett.

»Alles ist jetzt wieder gut«, beruhigte ihn der Arzt. »Aber Sie müssen sich im Klaren sein, dass Sie ein herzkranker Mann sind, und Sie sollten leben, wie es für einen herzkranken Mann angemessen ist. Nicht rauchen, salzarm essen, Sport betreiben, nicht fett essen, nur helles Fleisch, viel Gemüse, Obst.«

»Und ich dachte«, sagte der Mann, »dass ich ein starkes Herz habe.«

»Starkes Herz ist ein volkstümlicher Begriff«, sagte der Arzt.

Die Haut um die Leiste, wo die Sonde eingeführt worden war, färbte sich violett, das sah aus wie ein eingefärbtes Land – ein kleiner Schönheitsfehler, der würde vergehen.

Seine Söhne und seine Frau standen um das Bett und fanden, dass er schon viel besser aussehe. Bald würde er das Krankenhaus verlassen. Der Blick der Frau fiel hinter seine Augen, sie war immer noch ängstlich und spürte die Ängstlichkeit ihres Mannes. Sie wollte ganz zart zu ihm sein, ihn gesund pflegen und alles Böse von ihm fernhalten.

Was hieß alles Böse? Alle Termine, die ihn unruhig machten, er sollte Ferien haben wie ein Schulkind, so lange, bis er sich erholt hatte. Und dann könnte er wieder mit Vorsicht in sein Leben eintauchen, aber nicht mehr in sein altes.

Und wenn ich nicht so viel arbeite, dachte der Mann, das hieß, weniger Geld verdiene, werden sie dann noch mit mir zufrieden sein?

Du wirst um deiner selbst willen geliebt, dachte die Frau, aber sie sagte es nicht, weil das gleich so überhitzt klingen würde. Sie tauchte noch einmal hinter seine Augen, und da wusste er es.

Der Sohn bat den Arzt, ihm die Aufnahmen des Eingriffs zu kopieren, die wollten sie sich dann wie einen Spielfilm einwerfen.

Glaubst du das?

Ein Mann verließ sein Schlafzimmer durch das offene Fenster, er schwebte eine Weile im Freien und kehrte dann wieder ins Zimmer zurück. Seine Frau saß auf der Bettkante und zwickte sich in den Arm. Er schwebte waagrecht, mit dem Kopf voran, sein Körper war ganz steif, und er lächelte.

»Mach das bitte noch einmal«, sagte seine Frau leise. »Ich kann es nicht glauben.«

Da schwebte der Mann zum zweiten Mal, genau gleich, zum Fenster hinaus, lächelte und kehrte wieder zurück.

Er war erst vor kurzem aus dem Orient nach Hause gekommen. Dort hatte er sich diese übernatürliche Fähigkeit durch intensives Meditieren angeeignet. Eine asketisch psychologische Technik nannte er es. Die Frau konnte nur staunen. Sie schlug vor, dieses Schauspiel in Anwesenheit von Freunden zu wiederholen. Das wollte der Mann nicht. Nur für sie allein wollte er es tun. »Sag es auch keinem«, bat er.

Die Frau konnte die Geschichte aber nicht für sich behalten, das ist verständlich, und sie erzählte die Geschichte ihrer Schwester, und die Schwester erzählte sie ihrem Mann, auch das ist verständlich, finde ich. Die Frau kam in Bedrängnis, weil ihr weder Schwester noch Schwager glaubten, und so leistete sie einen Schwur auf ihr Leben, dass die Geschichte wahr sei, aber trotzdem glaubte man ihr nicht.

Da bat sie ihren Mann, die Levitation wenigstens in Anwesenheit ihrer Schwester vorzuführen. So lange bat sie, bis er einwilligte.

Die Schwester kam und brachte ihren Mann mit. Das war nicht so vereinbart. Der Schwager sollte im Wohnzimmer warten. Die Frau hatte ihr bestes Kleid angezogen, sie fühlte sich erhaben, und ihr Mann war ebenfalls fein gekleidet. Zu schwer allerdings durfte seine Kleidung nicht wiegen, deshalb trug er nur seinen Seidenschlafmantel mit den aufgestickten Kreuzen. Die Schwestern saßen auf der Bettkante und flüsterten miteinander. Der Mann verlangte Stillschweigen. Er öffnete das Fenster, sprang hinaus, und die beiden hörten, wie er auf den Steinplatten aufschlug.

Der Schwager, der während der Vorführung im Wohnzimmer auf- und abgegangen war, rannte die Treppen hinunter und fand den Mann tot. Einen Meter von ihm entfernt lag seine Perücke. Der Schwager hatte gar nicht gewusst, dass er ein Glatzkopf gewesen war.

»Du bist schuld«, weinte die Frau und machte der Schwester Vorwürfe. »Wenn du mich nicht gezwungen hättest, würde mein lieber Mann jetzt noch leben.«

Was für eine Geschichte! Und die soll ich glauben? Was ist mit der Frau weiter geschehen? – Sie hat wieder geheiratet und wieder einen merkwürdigen Menschen, der könne angeblich mit Tieren sprechen. Er habe behauptet, sein Hund sei in Wahrheit eine politische Persönlichkeit.

Eine österreichische politische Persönlichkeit?

Das wollte die Frau aus Furcht vor einem weiteren Unglück nicht verraten.

Nehmen Sie Ihr Leben nicht allzu persönlich

»Wollen Sie, dass ich in einem Aktenordner verschwinde? Dort wird man mich erst nach Jahren aufspüren«, sagte der Heimatlose.

»Ich kann nichts für Sie tun«, antwortete der Beamte, »ich bin meinen Gesetzen verpflichtet.«

Dann, als der Heimatlose sich abwandte, rief der Beamte ihm nach:

»Nehmen Sie Ihr Leben nicht allzu persönlich.«

Über diesen Satz sinnierte der Heimatlose in seinem barmherzigen Schlafsack: »Wäre ich ein Ding, würde ich mich als Ding definieren?« Dagegen sprachen die schlecht durchbluteten Zehen und die weiß gefroren Finger. »Was nützt es mir, wenn ich über meine Beschaffenheit hinaus denke. Ich komme nicht aus dem Staunen heraus. Jedenfalls so lange nicht, bis ich endlich erfroren sein werde. Ich bin ein Verzweiflungskünstler, bewege mich von einem Stillstand zum nächsten. Seit gestern habe ich nichts gegessen. Die Suppe bei den barmherzigen Schwestern war heiß und dünn. Mein Magen hat sich an Weniges gewöhnt. Er ist genügsam. Soll ich mich hinreißen lassen und in der Fußgängerzone die Hand aufhalten? Ich kann das nicht. Ich könnte das, wenn überhaupt, nur durch Tausch, ich spiele und singe und werde dafür bezahlt. Ich kann nicht spielen, weil meine Finger erfroren sind, ich kann nicht singen, weil ich nach dem ersten Ton schon in Tränen ausbreche, ich bin ein verdammt sentimentaler Mensch. Wenn ich dazu noch auf beleuchtete Weihnachtsbäume schauen muss, auf eine Litfasssäule, voll gehängt mit Veranstaltungs-Ankündigungen. Nie mehr werde ich ein Fest besuchen und gratis Getränke serviert bekommen.«

Gerade sah der Mann eine festlich gekleidete Menschengruppe vorbeiziehen. Ohne zu denken, schloss er sich in gemessenem Abstand an, er ging in ein beleuchtetes Haus, an plappernden Menschen vorbei, setzte sich ganz hinten auf den Rand eines Heizkörpers. Ein Kind, das einen Samtanzug trug, fragte ihn, ob er denn kalt habe, und er nickte mit dem Kopf. Da brachte der Kleine ihm einen dicken Mantel aus edler Wolle. Der Heimatlose zog ihn an und sah gleich aus wie ein frierender Künstler. Der Kleine, der vor Aufregung zitterte, weil der Heimatlose ihn so tief ansah, brachte ihm noch weiche Filzschuhe. Die zog der Heimatlose über seine zerrissenen Socken. Die alten Schuhe warf der Kleine aus dem Fenster. Dann führte er den Heimatlosen zum Buffet, und als ihn die Gäste fragten, wer der Mann sei, sagte der Kleine: »Ein Künstler, der in unserer Schule schon gespielt und gesungen hat. Ich habe ihn eingeladen, weil seine Familie außer Landes wohnt.«

»Du bist ein gutes Kind«, sagte die Mutter.

Sie bat den Heimatlosen um einen Song. Das machte ihn verlegen. Er sang mit zitternder Stimme ein Wiegenlied aus seiner Heimat. Das rührte die schon angetrunkene Festschar zu Tränen.

Mir geht es gut

Ein Mann und eine Frau saßen auf einer Bank bei dem Gebeinhaus der Tisner Kirche. Einst waren sie ein Liebespaar gewesen, jetzt verband sie eine verlässliche Freundschaft. Sie aßen ein Stück Kuchen, da setzte sich eine Elster vor ihre Füße. Der Vogel schaute sie an.

»So einen Vogel habe ich noch nie erlebt«, sagte die Frau. »Schau, wie er mich anstarrt.«

»Eine Elster«, sagte der Mann. »Ich erkenne sie am Schwanz. Hast du Gold an dir. Vielleicht ist sie scharf drauf.«

»Nein, das ist es nicht«, sagte die Frau, »die ist irgendwie anders, das spüre ich.«

Die Elster gab Laute von sich, und es klang wie: »Mir geht es gut.«

»Hast du das gehört, sie spricht! Hast du verstanden, was sie sagt?«

»Sie hat gekrächzt«, sagte der Mann.

Die Elster sagte, so dass es nun auch der Mann verstand: »Mir geht es gut.«

Beide staunten. Sie waren nicht betrunken, nicht angeraucht, sie waren stolz auf ihren Verstand.

Die Frau fütterte den Vogel mit ihrem Kuchen, das heißt, sie warf ihm Kuchenteile hin. Die Elster nahm ein Stück in den Schnabel, flog zu einem Grab, entfernte mit ihren Krallen den Weihwasserbesen und tauchte den Kuchen ein. Sie verschlang das Stück und bettelte sich einen zweiten Bissen, wiederholte die Prozedur, ein drittes Stück. Mann und Frau standen da und sahen zu.

Diese Begebenheit beschäftigte die Frau so sehr, dass sie sich Vogelbücher besorgte, in der Bibliothek in einem Vogellexikon blätterte und alles über Elstern las. Na also: »Das Gehirn der Elstern zählt zu den höchstentwickelten unter den Singvögeln.«

Die Geschichte mit der Elster verbreitete sich, und bald wusste jemand genau Bescheid: Ein Mädchen hatte die kleine Elster großgezogen, sie war aus dem Nest gefallen und hatte die Augen noch nicht offen. Jeden Tag übte das Mädchen mit dem Tier. Geduldig sprach es ihm vor: »Mir geht es gut. Mir geht es gut. Mir geht es gut.« So oft und so lange übte es mit dem Tier, bis sich ein Erfolg zeigte. Das Mädchen war sehr stolz auf die Elster und wollte deren Redekunst den Freunden vorführen.

Sie standen da und schauten. Die Elster flog auf die Turnschuhe eines Mädchens und öffnete die Schlaufen. Es war unheimlich. So unheimlich, das die Mädchen kreischend davonliefen und drei Buben die Elster jagten. Einer bekam sie zu fassen und erschlug sie.

»Ist das nicht ein Elend?«, sagte die Frau zu ihrem Freund.

»Was erwartest du dir von einem Vogel?«, fragte der Freund.

Das wollte die Frau nicht laut sagen. Sie hatte, als die Elster noch lebte, so vor sich hingeträumt und sich gedacht, vielleicht kommen wir beide über das Wundern und das Betrachten wieder zusammen.

Wunder verbinden. Aber es war ja kein Wunder, die Kunst der Elster war nachvollziehbar, was man von Wundern nicht behaupten können darf.

»Die Leute kaufen nur mehr Prozente ...«

... sagte der Teppichhändler mit den zitternden Händen. Sie schauen in das Schaufenster, sehen einen durchgestrichenen Preis, und darunter steht: minus 80 Prozent. Sie wollten eigentlich gar nichts kaufen, aber jetzt müssen sie, weil es nie mehr einen so günstigen Teppich geben wird. Sie kommen ins Geschäft, und der Teppichhändler fragt: »Wollen Sie den Teppich denn nicht ausgerollt sehen, an der Sonne, wir können ihn vor das Geschäft tragen und ihn bei Tageslicht betrachten. Es ist ein schönes Stück, aber ich habe noch andere, die genau so schön sind, nicht ganz so billig vielleicht.« Das will der Kunde nicht. Er hat wenig Zeit. Er zahlt, nimmt, geht. Der Teppich liegt im Kofferraum. Zu Hause sagt der Mann zu seiner Frau: »Ich habe ein Schnäppchen gekauft. Schau dir das an!« Die Frau sagt: »Wir brauchen keinen Teppich. Wo soll ich den überhaupt hinlegen?«

»Das finde ich traurig«, sagt der Händler, und er streicht mit zitternden Händen über einen Nomadenteppich. »Den zum Beispiel habe ich in Kayseri gekauft. Das liegt in Anatolien. Es heißt, hier hat eine Nomadenfrau ihren Heiratswunsch hineingewebt. Ich habe den Orient immer geliebt, die Gastfreundschaft der Menschen dort ist beschämend für einen von uns. Man sollte es ihnen gleichtun und ebenfalls großzügig sein. Man muss es nur probieren, und mit der Zeit lernt man es. Ich habe meine Menschenkenntnis sensibilisiert, trotzdem unterlaufen mir Irrtümer. Einmal kam ein Mann, es regnete, er stellte sein Rad vor dem Geschäft ab, seine nasse Pelerine tropfte auf mein Parkett. Wir tranken Kaffee, und er sagte, er suche einen Teppich für seine Mutter. Er sah ärmlich aus. Und ich war kleinkariert und zeigte ihm einen bescheidenen Teppich. Der Mann warf nur einen kurzen Blick darauf und schüttelte den Kopf. Ich brachte den zweiten, wieder lehnte er ab, den dritten, und dann dachte ich bei mir, das will ich sehen, und zeigte ihm meinen schönsten Seidenteppich. Ich hatte damals nur ein Stück von diesen Prachtexemplaren mit dem Purpurrot. Das ist die Farbe der Könige, sagte ich, sie stammt aus dem Panzer der Schildlaus. Ich hatte mir schon gedacht, dieser Teppich wird mir bleiben, weil er so viel Geld kostet. Der Mann sah ihn lange an, fragte nicht nach dem Preis und sagte: Den nehme ich. Bringen Sie ihn mir nach Hause. Ich bezahle bar. Ich war sehr beschämt«, sagte der Teppichhändler und gestikulierte mit zitternder Hand. »Ich brachte ihm den Teppich. Er wohnte gewöhnlich. Seine Mutter war verwirrt über das Geschenk ihres Sohnes.«

»Wenn Sie noch einmal ein Leben hätten …«, fragte ich halb.

»Dann«, sagte er und schaute in sich hinein, »dann würde ich wieder alles genau so machen. Ein bisschen gezielter vielleicht. Was gibt es Schöneres, als über ein ausgedientes Sofa einen Kelim zu werfen und sich wie ein Scheich zu fühlen.«

Paradies Krankenhaus

Er hatte gedacht, er träumt, der alte Mann vom Gebirge. »Bin ich schon im Paradies?«, fragte er.

»Nein, guter Mann«, sagte die Schwester, »Sie liegen im Hohenemser Krankenhaus.«

»Und warum bin ich dann weiß wie ein Engel?«

»Das ist das Krankenhaushemd, die sind alle weiß, damit man sie auskochen kann.«

»Flügel hab ich keine. Aber ich fühle mich so leicht.« Der alte Mann richtete sich auf.

»Sie wurden in der Badewanne aufgeweicht und geschrubbt, ihre Haare wurden geschnitten, der Bart abrasiert, die Zehennägel und die Fingernägel geschnitten.«

»So ein Luxus!«, rief der Mann.

»Hier wird man jeden Tag gewaschen, wenn man sich noch nicht selbst waschen kann.«

»Hoffentlich bin ich noch lange krank«, seufzte der alte Mann. »Ich werde mich lange noch nicht allein waschen können, Schwester.«

Das Essen wurde gebracht, Kartoffelpüree und ein Kalbsschnitzel, Karottengemüse und zum Nachtisch Pudding. Der Mann aß mit großem Appetit. Beim Pudding zauderte er, so etwas hatte er noch nie gegessen, es wackelte, als würde es leben.

Sein Zimmergefährte sagte: »Hören Sie endlich auf zu loben, die werden sonst noch ganz eingebildet. Haben Sie noch nie von Pfusch im Krankenhaus gehört?«

»Ich kenne nur Pfusch am Bau«, sagte der alte Mann.

»Im Krankenhaus gibt es das genauso. Haben Sie noch nie davon gehört, was mit einem passiert, wenn man sich einen Krankenhauskeim aufschnappt?«

Der Mann vom Berg bewegte heimlich den Teller mit dem Pudding. Der Pudding wackelte. Der Mann dachte: Ganz sicher haben es die Schwestern gut gemeint und aus Versehen etwas gebracht, was nicht mehr genießbar ist. Aber ich will nicht undankbar sein und mich beschweren. Ich esse es einfach nicht.

»Wenn Sie so einen Keim haben«, sagte der Zimmergenosse, »werden Sie die längste Zeit nicht mehr gesund und können daran sterben. Krieg ich den Pudding?«

Der Mann vom Gebirge schob ihm den Teller zu und hatte ein schlechtes Gewissen, dass er seinen Zimmergenossen nicht auf das Wackeln aufmerksam machte. Hoffentlich passiert ihm nichts, dachte er. Ob ich den Vorfall doch melden soll? Es wäre eine gute Gelegenheit, wieder einmal mit einer der Schwestern zu sprechen. Das war nämlich das größte Glück für den alten Mann.

»Die jungen Frauen hier sind eine Augenweide«, sagte er. »Wann hat einer, der so hässlich ist wie ich, das Glück, von so schönen Frauen angegriffen zu werden.«

»Was heißt hier schon angreifen?«, fragte der Zimmergenosse.

»Ich freue mich auf jede Blutabnahme, auf jede Spritze, da kommen die schönen Schwestern und halten mir den Arm, sie reden mir zu und sagen, es ist gleich vorbei, es tut nicht weh.«

Bei der Visite sagten die Ärzte, dass er jetzt gesund sei, der alte Mann vom Gebirge, und wieder nach Hause gehen könne.

»Ich glaube«, sagte da der alte Mann, »ich habe einen Krankenhauskeim.«

Gerade gut genug

»Gerade gut genug für das Ehrenamt.« Das sagte die Frau, die auf Bereitschaft war. Sie wurde angerufen und fuhr mit dem Bus ins Spital. Eine neunzigjährige Frau war zu betreuen.

»Damit du mich nicht falsch verstehst«, sagt die Frau weiter, »ich bin gerne ein nützlicher Mensch, und wenn ich noch gebraucht werde, tut mir das gut.«

»Aber«, sage ich »du bist doch erst fünfundsechzig Jahre alt.«

»Eben«, sagt die Frau, »zu alt, um als ›richtige‹ Frau durchzugehen. Denk aber nicht, dass ich verbittert bin. So ist das Leben. Entweder wird unsereins für die Enkelaufsicht eingesetzt oder im Sozialbereich. Oder wir sitzen zu Hause und arbeiten an unserer Depression. Weil ich das aber vermeiden will, mache ich mich nützlich.«

»*Nützlich* finde ich ein schreckliches Wort in diesem Zusammenhang«, sage ich, »bei *nützlich* denke ich an Nutzpflanzen und Nutztiere.«

»Man muss den Tatsachen ins Auge sehen. Ich kenne eine Frau, zehn Jahre jünger als ich, noch attraktiv finde ich, mollig, schönes Gesicht, irgendwann sagt ihr Mann, ›du bist mir einfach zu alt. Ich will noch einmal eine junge Frau.‹ Seine Frau dachte natürlich, da ist schon etwas am Laufen, aber es war nichts. Der Mann wollte suchen, und wenn er gefunden hätte, ausziehen. Meine Freundin, die klug ist, sagte: ›Weißt du was, da kannst du gerade jetzt gleich ausziehen!‹ Und sie stellte ihm seine Hausschuhe mit dem Lammfellfutter vor die Tür. Der Mann zog aus, fand aber keine neue Frau, er suchte und suchte, und er beschloss, wieder zu seiner Frau zurückzugehen, vor allen Dingen vermisste er ihren wunderbaren Hackbraten. Er träumte davon. Seine Füße waren so kalt. Er schlich um ihr Haus herum, sie sah ihn vom Fenster aus, reagierte aber nicht. Ihre Tochter hatte Mitleid mit dem Vater und bat die Mutter, ihn wieder zurückzunehmen. Die Mutter aber blieb hart. Sie lebt jetzt ohne Mann und kann getrost am Nachmittag in einem Kaffeehaus sitzen, sorgfältig zurechtgemacht, und sich ein Stück Marokkaner-Torte bestellen.«

Die ehrenamtliche Frau sitzt am Bett, und die Neunzigjährige jammert über ihre wehen Gelenke und über ihr Aussehen.

»Wenn ich bloß nicht so hässlich geworden wäre, ich war einmal eine Schönheit. Nächstes Mal, wenn Sie kommen, werde ich Ihnen ein paar Fotos zeigen.«

Im Nebenbett liegt eine junge Frau. Gerade hat sie Besuch von ihrem Mann bekommen. Sie sind liebevoll zueinander, und die Neunzigjährige verrenkt sich den Kopf nach ihnen. Der junge Mann sieht sie an und lächelt.

»Er hat mich angesehen«, sagt die alte Frau, »jetzt schon zum zweiten Mal. Ich glaube, er findet mich noch nett. Geben Sie mir mein Parfumfläschchen aus der Schublade.«

Beim Abschied küsst der junge Mann seine frische Frau, und an der Tür ruft ihm die Neunzigjährige nach: »Und ich? Krieg ich keinen Kuss?«

WIE ALT IST DIE SEELE?

Trägerrakete

Sie heißt Akulina und ist eine russische Leihmutter. Sie ist achtundzwanzig Jahre alt, arbeitet in einem Nagelstudio und hat einen Sohn und keinen fixen Mann. Sie verdient gerade 200 Euro im Monat, davon kauft sie sich Lebensmittel, Zigaretten und zahlt die Wohnung und den Strom. Frisör kann sie sich nicht leisten, eine Freundin färbt und schneidet ihr die Haare. Akulina gefällt den Männern, sie hat eine rundliche Figur und schwarze Augen. Sie hat bereits vier Kinder geboren und jammert, man sehe es ihrer Figur an. Sie befürchtet, dass sie bald keinem mehr gefällt.

Ihr Sohn Wanja tippt auf ihren Bauch und sagt: »Trägerrakete.«

Akulina ist stolz, dass Wanja aus ihrem Fleisch und Blut ist. Jetzt ist sie im siebten Monat schwanger. Das wird ihr drittes Kind, das sie für Fremde auf die Welt bringen wird.

Wanja möchte nicht, dass ihm das Kind ähnlich sieht. Wenn das Kind erst geboren ist, wird Wanja einen Computer geschenkt bekommen. Die feuchte Wohnung muss auch renoviert werden. Für das Baby bekommt Akulina 6000 Dollar. Die Auftraggeber zahlten 45 000 Dollar an die Agentur. Das Baby wird in Dänemark aufwachsen und dänischer Staatsbürger sein.

Nach dieser Schwangerschaft möchte sie aufhören. Vielleicht noch ein eigenes Kind bekommen, eine Schwester für Wanja.

Als Akulina siebzehn war, sprach sie eine Frau in einem Tanzlokal an, eine Ukrainerin, sie sagte: »Brauchst du Geld?«

Akulina brauchte immer Geld. Für Kleider, für Kosmetik, für Zigaretten und die alten Eltern.

»Wenn du dich entschließen kannst, deine Gebärmutter herzuleihen, kannst du viel Geld verdienen.«

Akulina wusste nicht, was die Frau meinte. Sie trafen sich am nächsten Tag in einem Café, und die Ukrainerin zeichnete mit Kuli auf einen Block und redete dabei, wie das ist, wenn man seine Gebärmutter herleiht.

»So wie du aussiehst«, sagte die Frau, »können wir einen guten Preis erzielen, 10 000 Dollar für dich, weil du jung und schön bist und auch nicht auf den Kopf gefallen. Du musst dich untersuchen lassen, ein Attest vorlegen, und dann kann ich dich vermitteln.«

Akulina willigte ein. Sie unterschrieb den Vertrag mit Schönschrift. Sie verheimlichte ihre Schwangerschaft, weil sie sich schämte, dass nach neun Monaten kein eigenes Kind da sein würde. Aber es war dann alles ziemlich unkompliziert. Ab dem siebten Monat wurde ihr ein Urlaub in Deutschland bezahlt, dort brachte sie das Kind zur Welt. Ein Mädchen. Obwohl sie nur einen schnellen Blick darauf geworfen hatte, konnte sie das kleine Gesichtchen nicht vergessen. Gleich nach der Geburt wurde ihr das Kind weggenommen, sie wurde bezahlt und reiste wieder in ihre Heimat.

»Was meinst du«, fragte Akulina ihren Sohn »finde ich noch einen Mann, der zu mir passt?«

»Das brauchst du nicht«, sagte Wanja, »du hast ja mich.«

Einmal noch sah sie die Ukrainerin in der Stadt. Da versteckte sie sich hinter einer dicken Eiche.

Wie alt ist Ihre Seele

»Wie alt ist Ihre Seele?«, fragte der Psychiater den jungen Mann, der mit den Händen an seinen Oberschenkeln rieb, als wollte er sie präparieren. »Antworten Sie mir spontan!«

Der junge Mann hörte auf zu reiben und starrte geradeaus. »Als ich drei war, so ungefähr, oder vier, man neigt ja dazu, sich in seinen Erlebnissen jünger zu machen …«

»Sie neigen dazu«, fiel der Psychiater ein, »Sie.«

»… da liebte ich Kühe mehr, als ich meine Mutter liebte, mehr als den Vater und die Schwester. Die Kühe schauten mich einfach nur an mit ihren seelenlosen Augen, und das machte mich ganz ruhig. Jeden Tag ging ich in den Stall von unserem Nachbarn und hielt mich bei meinen Kühen auf. Ich sage ›meine Kühe‹, weil ich dachte, dass sie zu mir gehörten und nur zufällig bei den Nachbarn wohnten. Also, und da begab es sich, dass sie auf einmal nicht mehr da waren. Die Kühe waren auf der Alpe. Das hat mir niemand gesagt. Ich ging meinen Eltern und meiner Schwester mit meinem Gejammer auf die Nerven, die alte Nachbarin hatte Mitleid mit mir. Sie versprach mir, alles dafür zu tun, dass ich beim Alpabtrieb dabei sein darf. Meine Eltern erlaubten es ungern. Die Kühe wurden mit Blumenkränzen geschmückt, ihre großen Schellen dröhnten. Sie marschierten wie eine Schulklasse beim Ausflug auf das Dorf zu, ich mitten unter ihnen. Ich sah nur ihre Beine, träumte vor mich hin, trat in warme Kuhfladen. Und plötzlich war ich allein. Ich hatte wohl so getrödelt, die Kühe waren vorausgelaufen, die Hirten hatten nicht nach mir gesehen. Ich stand auf einem Hügel und schaute ins Tal. Unter mir hörte ich die Kuhglocken, aber ich sah niemanden. Ich war in die falsche Richtung gegangen, es war dunkel geworden, ich setzte mich auf den feuchten

Boden und rief, so laut ich konnte. Keiner hörte mich. Ich fing an zu weinen, stand auf, stolperte, fiel hin. Ich wusste nur, ich muss abwärts gehen. Im Dorf vermisste man mich. Meine Eltern wurden informiert. Meine Mutter habe geschrien und die Nachbarn verflucht, mein Vater ging augenblicklich los, um mich zu suchen. Die Schwester beachtete niemand. Sie saß in ihrer Ecke und zeichnete.«

»Offensichtlich ein Trauma«, sagte der Psychiater. »Und Sie meinen, dass damals Ihre Seele stehengeblieben ist?«

»Darauf erwarte ich von Ihnen eine Antwort«, sagte der junge Mann.

Man hatte den Buben in der Nacht noch gefunden, unterkühlt mit vollgeschissenen Hosen. Er wurde von da an gehätschelt wie niemals zuvor. Seine Schwester wurde vernachlässigt. Alle Sorge galt ihm.

»Wohnen Sie immer noch zu Hause?«, fragte der Psychiater. »Und wenn, sollten Sie rasch ein eigenes Leben beginnen.«

»Das sagt sich so leicht«, sagte der Patient. »Ich habe nichts gelernt und wüsste nicht, womit ich mein Geld verdienen sollte.«

»Wie denken Sie, kann das weitergehen?«, fragte der Psychiater.

»Das beantwortet zu bekommen, bin ich hier.«

Besondere Kennzeichen

Er schlief in einem Auto, das nicht mehr fahren konnte, weil es keine Zündkerzen mehr hatte. Ein Polizist klopfte ans Fenster und verlangte seine Papiere. Der Mann griff sich an die Stirn und sagte: » Ich schlief, ich schlief, aus tiefem Traum bin ich erwacht.« Das war eine Zeile von Nietzsche, die er oft zitierte. Der Polizist schaute ihn gleichmütig an. »Deinen Pass«, sagte er, und der Mann fragte: »Duzen wir uns?«

Er zeigte seinen abgegriffenen Pass. Bei den besonderen Kennzeichen stand, mit Hand geschrieben: »Kein Geld.«

Das hatte ein Freund getan. »Nicht ich habe das getan«, sagte der Mann, »ein Freund, der schon lange tot ist. War ein Spaß. Verstehen Sie keinen Spaß? Ihr Polizisten erzählt euch doch ständig Witze.«

Der Polizist hatte in seinem Register nachgeschaut und eine offene Strafe gefunden: Unbefugtes Benützen eines Feuerlöschers mit Folgen – offene Geldstrafe oder eine Woche Haft.

»Eine Woche Haft«, sagte gleichmütig der Mann. »Die Welt ist tief und tiefer, als der Tag gedacht.« Wieder ein Nietzsche-Zitat.

Der Mann sah abgerissen aus, keine Frage, er trug bei Null Grad nur ein T-Shirt, seine Haare klebten ungewaschen an seinem Kopf. Er drehte sich eine Zigarette, sehr geschickt, nur mit einer Hand, bot sie dem Polizisten an, der lehnte sie ab.

Später erzählte der Mann, in Bludenz im Gefängnis habe man ihn zuvorkommend behandelt – er könne nicht klagen. Man fragte ihn, welches sein Lieblingsessen sei. Er sagte, man müsse wissen, ihn interessieren nur aufgestuhlte Festsäle. Das Essen sei Nebensache.

Er fragte, ob ich wissen wolle, wie es zu der Feuerlöschergeschichte gekommen sei.

Es war vor dem Haus gewesen, in dem er ein Zimmer hatte, noch einen Schlüssel besaß, aber selten dort wohnte. Er war davor gestanden, war in einem denkwürdigen Zustand gewesen und hatte gefunden, dass es so nach möglichem Brand aussah, irgendwie.

»Da habe ich weiß gesehen«, sagte er.

»Weiß gesehen? Was soll das heißen?«, fragte ich. »Man sagt doch eher *rot sehen*.«

»Ich aber habe weiß gesehen«, beharrte der Mann. »Der Feuerlöscherschaum ist weiß. Ich habe ihn heftig in Betrieb genommen. Das Haus war nach der falschen Behandlung in ziemlich schlechtem Zustand und musste renoviert werden.«

»Ich glaube«, sagte ich vorsichtig »du bist verrückt.«

»Ein wahres Wort«, sagte er. »*Energie an* bedeutet, es passiert etwas. *Energie aus* bedeutet, dass nichts passiert. Hinter allem, was Lebewesen antreibt, kann man das Bedürfnis nach positiven Gefühlen entdecken. Das ist das Geheimnis der Welt. Nicht die Höhe, der Abgang ist das Furchtbare.«

»Das ist mir eindeutig zu hoch«, sagte ich, spendierte dem Mann ein Bier und fragte, ob ich ihn von nun an *Philosoph* nennen solle.

»Nicht nötig«, sagte er und ging auf der rutschigen Straße Richtung Bahnhof.

Anonym

Kennen Sie das? Sie öffnen einen Brief, und darin werden Sie beleidigt. Keine Unterschrift. Wie soll man das verstehen? Versteckt sich der Schreiber aus Feigheit? Er will mich treffen und, verdammt, es gelingt ihm. Den ganzen Tag bin ich niedergeschlagen. Hat er sein Ziel erreicht? Natürlich würde ich lieber über den Dingen stehen. Einen Tag habe ich dem Feigling geopfert. Das muss genügen. Wer sagt mir überhaupt, dass es ein Mann ist, sind Frauen nicht gemein?

»Zeigen Sie sich«, möchte ich sagen, »verstecken Sie sich nicht hinter Ihren Bosheiten!«

Zu dieser Begebenheit ist mir folgende Geschichte wieder eingefallen:

Die Mädchen standen in einem kleinen Kreis, und als ich mich zu ihnen stellen wollte, rückten sie von mir ab, als würde ich stinken. Ich wusste nicht, was ich getan hatte. Einen Tag lang waren sie freundlich zu mir, den anderen wieder kalt. Eine, wie ich glaubte, Freundin, sagte, dass ich mir das alles einbilde und selber schuld sei. Warum bist du überhaupt so komisch? Deine Stimme klingt irgendwie daneben.

War ich irgendwie daneben und wusste es nicht? Ich wollte sein wie alle. Ich wollte Schnürlsamthosen wie sie und gestreifte Matrosenpullover. Meine Garderobe bestand aus Faltenröcken und hellen Blusen. Aber das war es nicht. Vielmehr hatte es mit meiner eigenen Dunkelkammer zu tun, ich meine damit mein Inneres. Sahen die Mädchen mein Inneres? Wussten sie, dass ich ja nicht wirklich sein wollte wie sie? Ich war nicht hässlich. Ich toupierte meine Haare vor dem Spiegel und frisierte sie zu einer Brigitte-Bardot-Frisur. Das sah ziemlich gut aus. Aber so in die Schule zu gehen, traute ich mich nicht.

Einmal hatte ich in der Turnstunde laut aufgeschrien, eigentlich schon im Ankleideraum. Ich war in meine Turnhose geschlüpft und hatte etwas Weiches gespürt. Es war eine tote Feldmaus. Die Turnlehrerin ließ alle Mädchen antreten und fragte jede einzelne, wer das gewesen sei, und wer den Täter kenne. Die Hexen waren unschuldig.

Ich war in einen Buben verliebt, und meine Freundin wusste das. Ich hatte ihm schon einige Briefe geschrieben und keine Antwort erhalten. Einmal sagte meine Freundin zu mir, er warte im Park auf mich und ich solle nur nicht zu spät kommen. Ich zog über den Faltenrock den Staubmantel meiner Cousine an und schnürte ihn eng um die Taille, ich türmte mir die Bardot-Frisur. Im Park dann stand ich unter der Blutbuche und hörte nur das Kichern der Hexen.

Euch werde ich es noch zeigen, dachte ich und rannte durch die Unterführung, an der Hauptstraße entlang, nach Hause.

Als meine Schwester und ich das erste Mal zu unserer Tante kamen, nahmen wir vom Bahnhof weg ein Taxi. Es kostete zwölf Schilling und meine Schwester gab dem Fahrer einen Zwanziger (den einzigen) und sagte: »Passt schon.« Das war ein gutes Gefühl, so als ob wir auserwählt wären. Mindestens für fünf Minuten.

Stinkender Bär

Ich bin von zu Hause weggegangen und kann nun nicht mehr zurückkehren. Mein Stolz verbietet es mir. Ich fand meine Frau zu alt und habe ihr das auch gesagt. Da hat sie mir einen Koffer mit dem Nötigsten vor die Tür gestellt. Ich habe keine junge Frau gefunden, es wird daran liegen, dass ich selber schon ein stinkender Bär bin. Ich setze mich nach der Arbeit auf den Spielplatz. Ganz hinten hin, wo mich keiner bemerkt.

Ich beobachtete eine junge Mutter, die gemächlich in die Hocke ging, um mit ihrem Kind auf Augenhöhe zu sein, sie hob den abgekauten Schnuller auf, schleckte ihn ab und steckte ihn dann wieder zurück in den Kinderschnabel. Ein größeres Kind kam angelaufen mit einem Blumenstrauß, es trug ihn vor sich her wie eine Fackel. Die Mutter achtete nicht gleich darauf, da warf das Kind die Blumen hinter sich und lief zurück zur Schaukel. Türkinnen saßen zu dritt auf einer Bank, ihre Kopftücher tief im Gesicht, ihre Kinder auf den Knien.

Nie in meinem bisherigen Leben habe ich Menschen beachtet. Jetzt fällt mir auf, wie verschieden sie sind.

Ich stand auf, sammelte die Blumen ein und brachte sie der Frau mit den zwei Kindern. Ich gebe zu, ich hatte Hintergedanken. Ich wollte ein Gespräch anfangen, ganz unverkrampft, sie würde mich sympathisch finden, wenn ich Glück hätte, wäre da kein Mann, und sie würde mich zu sich einladen. Weit gefehlt. Sie schaute mich kurz an und sagte, ich solle verschwinden. Ich sagte: »Warum sind Sie denn so abweisend, mögen Sie keine Blumen?« Und sie: »Wenn Sie nicht augenblicklich verschwinden, rufe ich die Polizei.« Und schon griff sie in ihrer Tasche nach dem Handy.

Ich sitze in diesem Computercafé und überlege, wem ich schreiben könnte. Wer von meinen Freunden wird mich verstehen, mich ein paar Tage bei sich aufnehmen. Ich sollte dringend duschen und mich sammeln. Wie fange ich ein neues Leben an?

Folgendes schrieb ich schlussendlich an die Mailadresse meiner Frau:

»Liebes Kübele, was auch immer geschehen ist, es tut mir von Herzen leid. Nimm mich wieder bei Dir auf. Dein Essen fehlt mir. Ich finde Deine frisch gewaschenen Haare sehr schön, und wenn Du das violette Kleid anhast, siehst Du hübsch aus. Wir sind beide alt. Verzeih mir. Ich gestatte Dir auch einen Fehler, wenn Du mir meinen vergibst. Soll ich Spargel mitbringen? Ich komme am Mittwoch um 19 Uhr. Ich hoffe, Du freust Dich auf mich, wie ich mich auf Dich freue.

Dein Dich liebender Mann.«

Der Mammutbaum

Es gab eine Frau, Julia Hill mit Namen, die beeindruckte den Reisenden so sehr, dass er ihr Bild aus der Zeitung ausschnitt und es in sein Tagebuch klebte. Er wollte ihr ein kleines Denkmal errichten. Die Frau auf dem Bild hat ein städtisches Äußeres, feine Gesichtszüge, lange rötliche Haare, man könnte sie sich auf der Fifth Avenue in Manhattan vorstellen oder in einer Modezeitschrift. Weit gefehlt. Frau Hill kletterte (ihr Bewunderer schreibt: im zarten Alter von 24 Jahren) auf einen achtzig Meter hohen und 1000 Jahre alten Mammutbaum, um ihn vor der Vernichtung zu schützen. Eine Holzfirma war beauftragt worden, den Baumriesen zu fällen. Ganze zwei Jahre verbrachte die Frau auf dem Mammutbaum.

Sie hatte einen schweren Autounfall erlitten und war danach auf der Suche nach dem Sinn des Lebens. Erst war sie mit einer Gruppe von Umweltschützern aus Nordkalifornien unterwegs. Einmal war sie wieder aus Protest auf einen Mammutbaum geklettert und beschloss auch gleich, oben zu bleiben, bis sie die Zusicherung hätte, dass wenigstens dieser Baum nicht gefällt würde. Zuerst dachte sie nur an ein paar Tage, dann an ein paar Wochen, doch die Holzgesellschaft gab nicht nach. Sie sandten Holzfäller zu ihr hinauf, um sie herunterzuholen. Als dies fehlschlug, versuchte man sie auszuhungern. Ein großer Helikopter flog über sie hinweg, so nahe, dass ihre Nylonplane, mit der sie sich vor Regen und Wind geschützt hatte, weggerissen wurde. Weihnachten feierte sie, indem sie die Sterne über sich anschaute. (War sie mit einem Kältehauch zugedeckt? – Ich schaue wieder auf das Zeitungsbild und versuche ein Gefühl in ihrem Gesicht zu finden. Es ist nur ein Gesicht, und was ich gern wissen möchte, steckt hinter der weißen Stirn).

Die ersten Monate waren die schlimmsten für sie gewesen. Sie hatte von Nüssen und Dörrobst gelebt. Regenwasser nahm sie zum Trinken und Waschen. In einen kleinen Kübel verrichtete sie ihre Notdurft. Ein zweites Kübelchen ließ sie an einem Seil herunter, um die Nahrung hinaufzuziehen, die ihr immer wieder Freunde brachten.

Die kleine Plattform, auf der diese »großartige Frau« (Zitat aus dem Tagebuch des Reisenden) ausharrte, hatte nur die Größe eines Bettes. Ein Schmetterlingsbild war das einzige Schmuckstück in ihrer Behausung. »So stark kann nur eine Frau sein.«

Leider berichtet der Reisende in seinem Tagebuch nicht

mehr, wie diese Geschichte geendet hat, ob der Mammutbaum gefällt wurde und mit ihm die tapfere Julia Hill.

Gefesselt

Bevor die Mutter aus der Wohnung gegangen war, hatte sie die Zwillinge im Kinderwagen festgebunden und diesen am schweren Holztisch fixiert, so dass er sich nicht wegbewegen konnte. Der Fernseher lief.

Ja, sie liebte ihre Kinder. Jedem, der sie nach den Kindern fragte, sagte sie, wie sehr sie ihre Kinder liebe.

Aber da war dieser Mann, der sie auf der Straße angesprochen hatte. Sie war sofort in ihn verliebt. Alles an ihm gefiel ihr. Sie wollte nichts von ihm wissen. Fragte man sie, nachdem er bei ihr eingezogen war, wie heißt er mit Nachnamen, wusste sie es nicht. Sie wusste nichts. Er interessierte sich nicht für ihre Kinder, aber das muss man auch verstehen, es waren ja nicht seine. Was hat er für einen Beruf, was hatte er für einen Beruf, hat er überhaupt etwas gelernt, warum ist er arbeitslos, war er immer arbeitslos, warum ist er arbeitslos, ist er überhaupt arbeitslos?

»Lasst mich in Ruhe«, schrie die junge Mutter und hielt sich die Ohren zu. »Er findet mich schön, und deshalb liebe ich ihn, nie hat das einer noch zu mir gesagt. Ihr seid doch alle nur neidisch!«

Ja und dann wollte er, Roman, so hieß der Mann, eben manchmal am Abend einen trinken gehen und sie mitnehmen, das kann man ihm nicht verkehren, wer hält es denn schon in diesen vier Sozialwohnungswänden aus, wo nichts ist, was schön ist. Nichts, überhaupt nichts. Nur der

SPAR-Kalender mit abgebildetem Essen an der Wand. Am schlimmsten ist der Geruch von den Windeln. Ja, es sind Zwillinge. Keiner mit nur einem Kind kann wissen, wie es ist, wenn man Zwillinge zu betreuen hat. Sie schreien doppelt, sie wollen gleichzeitig essen oder nicht gleichzeitig, die Windeln sind voll, gleichzeitig oder nicht gleichzeitig. Die Waschmaschine ist kaputt.

Ja, natürlich Wegwerfwindeln. Sie rennt doch nicht wegen jeder vollen Windel zur Mülltonne. Sie wirft sie in den Eimer, und der Eimer steht im Bad. Roman sagt, wenn der Gestank aus dem Eimer das Bad verpestet, kann er sich nicht waschen. Dann stellt sie den Eimer vor die Tür. Die Nachbarn regen sich auf. Das ganze Haus stinkt. Warum schreien die Kinder immer? Werden sie geschlagen?

»Was fällt den Leuten überhaupt ein, ich liebe meine Kinder. Klar, Roman sind sie egal, aber er greift sie nicht an. Und einmal ist es genug. Wir müssen an die Luft. Wir müssen Leute treffen und einen trinken. Da mache ich die Kinder am Wagen fest und den Wagen am Tisch. Sie sagen dazu fesseln, ich sage nicht fesseln, ich liebe meine Kinder!«

Dann ist es einmal gut gegangen, zweimal, dreimal, nach ein paar Stunden waren sie wieder bei den Zwillingen, sie sind im Wagen eingeschlafen.

»Ich hab sie abgeschmust und ins Bett getragen. Zugegeben, manchmal habe ich vergessen, die Windeln zu wechseln. Roman hat ihnen einmal, nur einmal, ich schwöre, eine halbe Beruhigungstablette gegeben. Dieser Mann braucht doch auch seinen Schlaf.«

Dann sind die zwei eine Woche lang weg und haben die Kinder irgendwie aus den Augen verloren. So und jetzt sind sie verdurstet.

»Ich glaube sowieso, dass es die Zwillinge im Himmel besser haben.«

Wertschöpfung

Der Mann kaufte sich einen Anzug, was schwierig war, denn er war sehr klein und sehr zart. Seine Mutter hatte ihm geraten, in einer Kinderabteilung nachzuschauen. »Eventuell ein Firmanzug«, hatte sie gesagt, »das sieht immer feierlich aus.« Der gekaufte Anzug war tatsächlich ein Firmanzug, dunkelblau, das Hemd dazu schneeweiß, die Schuhe zurückhaltend schwarz. Gerne hätte er Schuhe mit Plateausohlen gekauft, aber allein die Fragerei wäre ihm so peinlich gewesen, dass er es lieber bleiben ließ. Er war fünfundzwanzig Jahre alt, hatte mit sechzehn maturiert und war in der Studienzeit durch seine außerordentliche Intelligenz aufgefallen. Er hatte Jus und BWL studiert, vor Tagen war er zu einem Kamingespräch mit der Firmenleitung eingeladen worden.

»Das klingt so intim«, sagte seine Mutter, »was kann ich mir darunter vorstellen? Da wird aber kein Kamin mit gemütlichem Feuer sein, es ist ja Frühling.«

»Auf jeden Fall ist es eine Herausforderung für mich«, sagte der Mann. »Sie werden mich in Sachen einweihen, weil sie mir vertrauen.«

Er schrieb sich eine Liste zusammen mit eventuellen Antworten, mit Fragen und Vorschlägen. Gut gewappnet traf er im Kaminzimmer ein.

»Fruchtbare Gespräche in persönlicher Atmosphäre«, sagte er am Telefon zu seiner Mutter. Er stand an seinem Hotelfenster und schaute auf Mercedes-Autodächer. »Das Zimmer ist sehr vornehm. Sie haben mir auf Tisch Nummer eins einen Platz reserviert. Du willst sicher fragen, wie viele Tische es gibt, sieben an der Zahl, am siebten, sind die, die nur zuhören. Morgen, gleich als erster, werde ich meinen Vortrag halten. ›Forschung ist Investition‹.«

»Sind da auch Frauen?«, fragte die Mutter.

»Keine, die mir gefällt«, antwortete der Mann.

Und die Mutter konnte es sich nicht verkneifen zu sagen: »Du tust gerade so, als könntest du es dir aussuchen.«

»Werde ich auch«, sagte der Mann.

Den letzten Vortrag mit dem Titel ›215 Millionen Kinder werden ausgebeutet‹ hielt eine Frau Doktor aus Hamburg. Was sie sagte, passte nicht in das Gesamtkonzept. Ihre Stimme war sehr leise, das Mikrophon rutsche ihr ein paar Mal weg. Sie kam vom Tisch Nummer zwei. Als sie vom Podium ging, sah der kleine Mann, dass sie auf einem Schemel gestanden hatte. Das gefiel ihm.

Seine Kollegen redeten über Wertschöpfung, dass diese generiert werden muss, um so die Landflucht zu stoppen. Alles Geschichten, die man längst weiß, dachte der kleine Mann und machte sich beim Buffet auf die Suche nach der winzigen Frau Doktor.

»Wer ist für diese Einladung verantwortlich«, fragte einer aus der ersten Reihe, »wohl wegen der Quote?«

Der kleine Mann fand die Frau Doktor an der Garderobe, man suchte dort ihren Staubmantel und fand ihn nicht. Der kleine Mann beteiligte sich an der Suche, er ging in die Knie. Der kürzeste würde der ihre sein. Zusammen verließen sie das Seminargebäude.

Sie wollte sich frisch machen, er sich duschen und das zweite schneeweiße Hemd anziehen. Er verwendete ein After Shave mit dem Namen *Pour Monsieur*. Sie roch dann später an seinem Hals und fand den Duft hinreißend.

Er rief seine Mutter an und sagte: »Eine produktive Tätigkeit hier, Transformation vorhandener Güter, ich bin glücklich, Mama.«

Tabletten

Der Mann war sehr gewissenhaft. Das beruhigte die Frau, denn nach seiner Krebserkrankung gab es nichts Wichtigeres, als dass er seine Tabletten regelmäßig einnahm.

An einem Morgen fand er die Tabletten nicht. Sie waren nicht mehr dort, wo sie gelegen hatten. Mann und Frau suchten die ganze Wohnung ab, ohne Erfolg. Der Arzt schrieb ein neues Rezept. Die Tabletten lagen wieder im Küchenschrank. Am Morgen darauf waren sie schon wieder verschwunden. Das brachte den Mann und dann die Frau völlig aus der Fassung. Am übernächsten Tag wiederholte sich der Alptraum.

»Wer will mich umbringen?«, sagte der Mann. »Du weißt, wenn ich die Tabletten nicht regelmäßig nehme, werde ich endgültig sterben.«

Die Frau war wie Stein.

»Ich weiß auch«, sagte der Mann, »dass du Alternativmethoden im Kopf hast. Könnte ja sein, dass du mich auf diese Art heilen willst? Aber du heilst mich nicht damit, du tötest mich.«

»Ich habe sie nicht angerührt«, sagte die Frau, »glaub mir doch einfach! Könnte es sein, dass Fanny sie weg hat?«

Fanny war das Nachbarskind, und die Frau betreute die Achtjährige. Sie war ein lustiges Mädchen, und wenn der Mann für sie das Ungeheuer spielte, lachte sie die Tonleiter auf und ab. Da war sie direkt musikalisch.

Vorsichtig fragte die Frau: »Sag, Fanny, du weißt doch, dass mein Mann jeden Tag seine Tabletten nehmen muss, damit er gesund wird?«

»Aber er ist doch schon gesund«, sagte Fanny.

»Nein, ist er nicht. Hör zu, Fanny«, redete die Frau weiter,

»mein Mann braucht die Tabletten, die verhindern, dass der Krebs sich noch einmal ausbreitet.«

»Den Krebs hat man doch schon herausgeschnitten.«

»Aber zur Sicherheit muss weiterbehandelt werden«, sagte die Frau. »Also, Fanny, ich frage dich, hast du die Tabletten aus dem Küchenkasten genommen?«

Fanny sagte nichts und schaute auf den Boden.

»Ich habe dich nach den Tabletten gefragt«, sagte die Frau. Sie war ziemlich gereizt und hätte Fanny gern an den Haaren gezogen. »Dreimal hat der Arzt ein neues Rezept geschrieben, zweimal davon mussten wir die teuren Medikamente selber zahlen, du darfst nie mehr zu uns kommen, Fanny. Ich werde das deiner Mutter sagen. Muss sie sich halt einen anderen Platz für dich aussuchen.«

»Ich hab doch gar nichts getan«, sagte Fanny. »Das war der Georg. Der hat sie für seinen Papa mitgenommen. Weil der nämlich auch krank ist, aber nicht zum Arzt gehen will. Sein Papa ist viel jünger als dein Mann, der braucht sein Leben noch. Wenn er nicht mehr für die Familie arbeiten kann, geht alles den Bach hinunter, hat der Georg gesagt. Sein Papa ist bereits so dünn wie ein Blatt und wird bald sterben, wenn er keine Tabletten nimmt. Dein Mann, das hast du selber gesagt, ist auf dem guten Weg, der hat sogar schon Appetit auf Torten. Georgs Papa kann gar nichts mehr essen. Darum habe ich dem Georg gezeigt, wo die Tabletten liegen.«

»Wann war der Georg in unserem Haus?«

»Als du so ewig telefoniert hast.«

»Du weißt, Fanny, was du zu tun hast. In zehn Minuten bist du mit dem Georg bei mir, und er bringt die Tabletten mit.«

»Aber wenn er sie doch schon für seinen Papa in Tee aufgelöst hat?«

DIE BAR IM FREIEN

Die Bar im Freien 1

Der Europäer lag wach auf seinem Lager. Er hatte Durst. Vor seinem Haus standen Wachen, und Stacheldraht spannte sich. Der Ort des Geschehens heißt Maputo. Es war Spätsommer und obwohl nachts, hatte es noch über fünfundzwanzig Grad. Der Mann stand auf, schlüpfte in seine weiten Hosen und knöpfte sein Hemd zu.

»Auf eigene Gefahr«, sagten die Wachen zu ihm, »und wenn Sie lebensmüde sind.« Sie sprachen Makua und Portugiesisch, der Europäer verstand diese Sprachen, er lebte seit einem Jahr in Mosambik.

Er grüßte und ging an den Männern vorbei. Es herrschte Finsternis draußen. Er schlug eine gewohnte Richtung ein, seine Schuhe traten sicher auf die Erde, bald aber wurde der Boden weich und wellig, weiter ging er, ihm schien, als sei er schon ziemlich lange unterwegs, da roch er Alkohol und sah glimmende Punkte. Glühende Zigaretten, afrikanische Stimmen nahm er wahr, im Näherkommen mischten sie sich mit mittleren und hohen Tönen. Er streifte ein Streichholz an und sah einen provisorischen Tisch. Aus Fässern wurde Bier und Schnaps ausgeschenkt. Er bestellte Bier und trank aus einer Tasse. Und bestellte Schnaps und trank aus einer Tasse. Und bestellte Bier und trank aus einer Tasse und bestellte

Schnaps. Im Schein seiner Zigarette sah er, dass sein Gegenüber wahrscheinlich ein Chinese war.

Der Chinese sagte auf Portugiesisch: »Gut, dich zu sehen, gut, dein Gesicht zu sehen.«

»Gut, dich wieder zu sehen«, sagte der Europäer.

Der Chinese trank Schnaps. »Morgen wird auch meine Schwester unter uns sein«, sagte er. »Ich hatte fast schon aufgegeben, da rief sie an, sie kommt. Sie wird in meiner Hütte schlafen, bis ich sie verheiratet habe. Kennst du einen Chinesen, der eine Frau sucht?«

»Ich suche eine Frau«, sagte ein Inder, er sprach Chewa. (Der Europäer kannte auch diese Sprache.) »Ist sie schön, deine Schwester?« Der Inder stank nach Schweiß und Schnaps. »Glaubt sie? Hat sie Religion? Sie soll nur an mich glauben. Ich glaube nichts. Sie muss mir dienen. Kann sie nur deine Sprache? Sie muss mich nicht verstehen und muss auch nicht reden. Wenn sie schön ist, genügt das. Wie alt? Sind ihre Haare lang und weich? Das ist euer Vorteil, dass eure Frisuren nicht unerotisch sind, das ist das Beste an euch.« Der Inder gab dem Chinesen einen Zettel. »Es gibt da diesen Fluss, der an eine Schlange erinnert …«

Der Europäer spürte die Blicke, die über seinen Rücken krochen. Er drehte sich um und stolperte. Er fiel und fiel neben Männer, die auf dem Boden lagen und schnarchten.

Ein Schwarzer, der neben ihm lag, sagte in Swahili (auch diese Sprache verstand der Europäer): »Komm her, Weißer«, und er zog ihn zu sich heran und drückte ihm einen Kuss auf die Wange, küsste, wo er ihn gerade traf, auf den Hals, auf die Schläfen, und schlängelte seine Zunge in den Mund des Europäers.

»Bald wird das Gras aus deinem Rücken wachsen«, sagte der Europäer drohend und wandte sich ab. Mühsam erhob er sich auf seine Beine.

Eine Gruppe von Männern diskutierte auf Portugiesisch über den Fall der Berliner Mauer und den bevorstehenden Tod Fidel Castros, die grüne Farbe des Islam und die miese Qualität neuerer Kalaschnikows. Als sie den Europäer durch ihre Zigaretten erleuchtet sahen, wandte sich einer, ein fetter Schwarzer, ihm zu. Sein Hemd war steif wie Regenschirmstoff, auf dem Kopf trug er einen Schutzhelm.

»Du kannst mir einen Brief schreiben«, sagte er. »An eine Behörde. Einen Beschwerdebrief. An diese Schweine, die mich betrügen. Ich lade dich auf einen Schnaps ein.«

Der Europäer spürte den Alkohol. »Erzähl!«, sagte er zu dem Fetten, bereitwillig, denn er war bereit, er hatte kein Ziel, war bereit, eigentlich für alles, hatte sich vordem kurz gedacht, ob er sich für die angebotene Chinesin interessieren könnte. »Sprich!«, lallte er.

»Ich bin in eine Verschwörung hineingeraten, und du sollst mich da wieder herausholen«, sagte der Fette. »Mit einem Brief meine ich. Einem Brief, so klug, wie ihn diese Schweine selber nie schreiben könnten. Du siehst aus, als wär das für Dich ein Sekundenfick.«

Die Männer lachten.

»Dann sollte mir das auch Spaß machen«, sagte der Europäer in seinem fließenden Portugiesisch, diese Sprache liebte er, wie er Lissabon liebte, dort hatte er eine Frau gekannt, die schöner war als alle zusammen, klug, klüger als alle, und die ihm nie widersprochen hatte. Er konnte sich nicht mehr auf die Geschichte des Fetten konzentrieren, alles in seinem Körper floss ineinander, Schweiß trat ihm auf die Stirn, und er fiel abermals um.

Die Männer brüllten vor Lachen.

»Es war an einem Sonntag. Sie hat sich gekämmt und gepudert, es nützte nichts, sie war trotzdem noch hässlich«, hörte er jemanden auf Spanisch sagen. »Sie war nicht einmal vulgär, schade, denn das hätte mir gereicht. Ich musste sie wieder wegschicken.«

»Meine hatte blaue Augen«, sagte ein Schwarzer auf Chimakonde (auch diese Sprache verstand der Europäer). »Ich war neugierig auf sie, immer wieder, ich musste sie nicht anlügen, ihre Brüste waren hart und klein und die Hüften breit und schwer.«

»Blaue Augen?«, sagte sein Gegenüber. »Dann war sie eine Hexe.«

Der Europäer versuchte sich aufzurichten, erst nach Minuten schaffte er es. Er dachte sich, ich muss auf mein Lager, solange die Sterne noch nicht auf der Erde liegen. Aber er glitt aus und fiel wieder hin. Es ist so warm hier, dachte er, so warm zwischen den Beinen, die wie Baumstämme sind, ich bin im Wald, im Wald, im dunklen Wald.

»Erzählt, Brüder!«, sagte er. »Erzählt mir euren Trost in der Dunkelheit!«

Kommen Sie, Lady, ich werde Sie erlösen!

Ich sah eine Blutspur im Schnee. Ich kam vom Friedhof, auf dem unser Mädchen begraben liegt. Die brennenden Kerzen steckten in engen Schneemulden. Ich hatte Rosen die Stiele abgeschnitten und die Köpfe in den Schnee gedrückt. Am Grabkreuz hängt ein Foto, auf dem unser Mädchen eine Zigarette raucht. Sie ist die einzige Raucherin auf dem Friedhof. Das hätte ihr gefallen. Es war früher Abend. Die Blutsspur führte vom Eingang des türkischen Lokals weg zum Kindergarten. Der Mann – ich nehme an, dass es ein Mann war, weil nämlich seine Schuhabdrücke groß und breit waren – hatte wohl nicht mehr gerade gehen können, er musste sich vorgebeugt haben, und so ist das Blut von ihm abgetropft. Vielleicht hatte er einen guten Anzug an und wollte ihn schützen. Seine Fußabdrücke bildeten einen Kreis, dort musste er stehengeblieben sein. Warum bin ich nicht in das Lokal gegangen und habe nachgefragt? Die Spuren sahen frisch aus. Man hatte die Rettung nicht gerufen, man hatte den Mann einfach alleingelassen. War er betrunken? Seine Spur führte in Richtung Krankenhaus. Irgendwann war sein Körper in den Schnee gefallen. In den nächsten Tagen suchte ich im Lokalteil der Zeitung eine entsprechende Meldung, fand aber nichts.

Mein letztes Gespräch, bevor ich das Flugzeug nach Havanna bestieg, führte ich vor dem Flughafengebäude in Zürich mit einer Zigeunerin. Besser gesagt, die Zigeunerin führte ein Gespräch mit mir. Sie wollte mir meine Zukunft voraussagen. Ich aber wollte das nicht.

»Hast du Milch für mich?«, fragte sie.

Ich schüttelte den Kopf.

»Hast du für mich Kaffee? Bohnen? Ich will aber nur Bohnen, keinen gemahlenen.«

»Nein«, sagte ich. »Ich muß einchecken. Tut mir leid.«

»Hast du tiefgefrorenes Fleisch für meinen Mann?«

»Nein!«, wehrte ich sie ab. »Das habe ich alles nicht. Was soll ich denn um Himmelswillen mit tiefgekühltem Fleisch am Flughafen anfangen! Ich habe nur meinen Koffer. Ich muß jetzt hinein. Bitte!«

»Hast du Regenschuhe? Geld für Fleisch? Geld für mich? Geld für Schuhe? Wenn du wegfliegst, hast du doch Geld bei dir.«

Ich weiß nicht warum, es war mir so dringend und drängend, ich erzählte ihr, dass unser Mädchen gestorben ist.

Die Zigeunerin unterbrach mich: »Welche Kleidergröße hat sie gehabt? Mach ein Paket für *meine* Kinder, wenn du wieder zu Hause bist. Ich geb dir meine Adresse. Du brauchst ja die Sachen von deiner Tochter nicht mehr. Es ist auch besser, wenn nichts mehr von ihr bei dir ist.«

Ich gab ihr Geld, damit sie mich in Ruhe lässt.

»Du wirst viel Glück haben!«, rief sie mir nach. »Alle werden dich lieben! Du wirst gesund bleiben und alt sterben!«

Eine Woche später in Havanna sah ich frisches Blut auf der Alameda de Paula. Wieder folgte ich der Spur. Einem schwarzblauen Hund tropfte Blut aus dem Ohr. Er hielt vor der Frau in der Schachtel. Sie beugte sich zu ihm nieder, presste ein kleines Gefäß an sein Ohr und fing das Blut auf. Der Hund winselte. Sie hob ihn hoch und legte ihn vor sich auf den Schachteldeckel. Er ließ alles mit sich geschehen. Sie murmelte auf ihn ein. Vor der Schachtel stand eine Silberschale mit Münzen. Sie sah mich an und sagte, ich solle mir ruhig Geld nehmen, wenn ich wolle. Natürlich wollte ich das nicht. Ich stand unschlüssig da. Die Frau wohnte in der Schachtel. Sie trug einen Regenmantel. Nun schob sie die Kapuze zurück und bedeutete mir, näher zu kommen. Der Hund lag vor ihr wie eine Speise. Sie zog mich mit ihrer faltigen braunen Hand zu sich nieder und strich mir über das Haar.

»Geh in die Totenstadt«, sagte sie, »fünf Querstraßen nordwestlich der Plaza de la Revolución. Du wirst ein Grab vorfinden. Dort kannst du bitten. Es ist das Grab von Amelia Goyri de la Hoz und ihrem Kind. Sie starb bei der Niederkunft. Das Kind wurde zu Füßen der Mutter ins Grab gelegt. Ein Jahr später öffnete man das Grab. Da lag das Kind in ihren Armen. Du musst dreimal mit dem Messinggriff auf den Grabstein klopfen. Lege deine Lieblingsblumen auf das

Grab, nenne deine Bitte und entferne dich, ohne der Statue den Rücken zuzuwenden.«

Ich bedankte mich bei der Frau in der Schachtel und ging weiter. Ich hörte Trompetenspiel aus einer ausgebrannten Hausruine.

In der Nacht träumte ich: Unser Mädchen kam zu mir und meinem Mann und sagte, wir müssen sie mit Wasser überbrühen. Das konnten wir nicht. Dann muss ich es selber tun, sagte sie und überbrühte sich. Sie wurde dunkel wie Nussholz. Sie griff sich an wie hartes Plastik. Es knackte in ihrem Körper. Wir streichelten sie, und sie wurde weich. Ihr müsst mich so lange streicheln, bis ich wieder ganz gesund bin, sagte sie.

Am nächsten Tag nahm ich ein Fahrradtaxi zur Totenstadt. Der Fahrer war mir vertraut, als hätte ich bereits Geschäfte mit ihm gemacht. Er fuhr mich durch Centro Habana, überholte Limousinen und Coco-Taxis, schlängelte sich durch den Verkehr und war, obwohl ohne Motor, der Schnellste. Ich band mir das Tuch mit dem Blumenmuster um den Hals. Meine Haare verdeckten die Augen. Ich fror.

»Es wird Schwierigkeiten geben«, rief mir mein Fahrer über die Schulter zu.

»Was meinen Sie mit Schwierigkeiten?«, fragte ich.

»Hindernisse. Verteidigungslinien. Aufrüstungen. Sperrfeuer. Hinterhalte.«

»Sie wollen mir Angst machen«, sagte ich. Ich hatte keine Angst.

»Vertrauen Sie auf meine Tapferkeit?«

»Das tu ich.«

»Changó ist mit mir!«, rief er und jauchzte.

Auf einem Platz so groß wie ein Fußballfeld prangten, von

Glühbirnen umrahmt, ein Plakat von Che Guevara und eines von Fidel Castro.

Mein Fahrer hielt, stieg von seinem Bock und sah mich an, als wäre ich seine Sorge. »Dreimal im Jahr und in Zeiten der Heimsuchung sprach er hier zu uns.«

Auf dem Platz stand eine kleine Armee. Aber es war nur eine Schulklasse – Mädchen und Buben, helle und dunkle, in Schuluniform, weinrote Blusen, beige kurze Hosen, beige kurze Röcke, die bei den Prallen hurenhaft aussahen. Sie hielten sich an der Hand und bildeten eine Kette.

»Jetzt beginnen die Schwierigkeiten«, sagte mein Fahrer.

Die Schüler versperrten uns den Weg. Mein Fahrer befahl ihnen, Platz zu machen. Gab es hier keine Aufsichtsperson, einen verantwortlichen Lehrer, eine Frau der Partei? Sie hatten Trommelstöcke in der Hand, schlugen sie über ihren Köpfen gegeneinander und kreisten mich ein.

»Machen Sie sich klein!«, rief mein Fahrer.

Ich sah mich wie einen Käfer über den weiten Platz kriechen. Sie warfen die Stöcke hinter sich und legten einander die Arme um die Schultern.

Mein Fahrer riss sie voneinander los und schrie: »Término!« Hatte er zwei Schüler auseinander gebracht und nahm sich die nächsten vor, dann schlossen sich die ersten wieder zusammen.

Als ich mich aufrichtete, war unser Weg frei.

Wir waren angekommen und standen vor einer hohen Mauer. Mein Fahrer wollte draußen auf mich warten. Ich fand den Eingang nicht. Eine uniformierte Frau nahm meinen Fotoapparat und meine Tasche in Verwahrung. Man darf nur mit blanken Händen die Totenstadt betreten. Am Tor winkte ich meinem Fahrer zu, wie einem engen Vertrauten, so verzagt war ich. Er winkte zurück.

Die Mittagssonne brannte auf meinen Scheitel. »Soll ich dir den Haaransatz färben?«, hatte mich unser Mädchen gefragt, wenn sie Strümpfe, Pullover oder die Tiffany-Ohrringe von mir ausleihen wollte. Jetzt wartet sie im Himmel auf mich, und wenn ich gestorben bin, wird sie vor mir stehen und mir Alles erklären. Und ich werde sagen: Was! So einfach ist Alles, und trotzdem kommt keiner dahinter?

Einem einzigen Menschen begegnete ich in der Totenstadt. Einem Mann. Er hatte tatsächlich meinen Fotoapparat umgehängt und wollte mich für fünf Dollar fotografieren! Er sei mittellos, sagte er, geschieden, seine Frau habe ihm den Sohn weggenommen. Sein Sohn, das wünsche er sich, solle Polizist werden, weil die Polizisten zehnmal so viel verdienen wie gewöhnliche Menschen. »Wird mich mein Sohn bei sich aufnehmen?«, fragte mich der Mann, der mich mit meinem Fotoapparat fotografierte und den ich dafür bezahlte. »Gewiss«, sagte ich milde. »Versprechen Sie es mir?« Ich gab ihm meine Hand darauf.

Vor dem Grab der wundertätigen Amelia Goyri de la Hoz und ihrem Kind befolgte ich genau die Anweisungen der Frau in der Schachtel. Ich klopfte dreimal. Dann sprach ich meine Bitte aus. Meine Lieblingsblumen hatte ich draußen nicht gefunden.

Ich ging zwischen Marmorgräbern hindurch, sah aufgestapelte Kränze aus Papier mit aufgesteckten Blumen, las Inschriften und rechnete mir aus, wie lange die, die hier lagen, gelebt hatten. Bei einem der Grabmäler sah ich das Foto einer jungen Frau, die, wie ich las, durch einen Unfall ums Leben gekommen war, gerade einundzwanzig, aufgesteckte Haare, schwarze Augen, voller Mund. Ihr Verlobter betrauert sie mit einem Vers von José Martí:

Des Morgens
Weckt mich
Meine Liebste
Mit einem großen Kuss
Rittlings sitzt sie
Auf meiner Brust
Schmiedet sich Zaumzeug
Aus meinen Haaren

Ich sah ein Feuer, Särge wurden verbrannt und Papierfetzen stiegen in die Luft. Ein angesengtes Blatt sank vor meine Füße, eine Adresse und eine Telefonnummer standen darauf.

Draußen vor dem Friedhof lehnte mein Fahrer an der Steinmauer. Wie lange hatte er auf mich gewartet? Wie würde er die Wartezeit verrechnen? Und wenn ich zu wenig Geld bei mir hätte? Ich setzte mich in sein Gefährt, und er trat in die Pedale. Er drehte den Kopf nach mir um und fragte, ob ich Musik wünsche. Schau lieber auf die Straße, dachte ich.

»Bei uns«, sagte er und blickte dabei immer noch nach hinten zu mir, »passieren keine Unfälle.«

»Woher wissen Sie, was ich denke?«, fragte ich.

Im Hotelzimmer baute ich mir einen Altar, wie ich vor meiner Abreise ähnliche in einem Buch über Kuba gesehen hatte. Eine Ecke in jeder kubanischen Wohnung scheint für den Schutzheiligen reserviert zu sein. Er hat nicht weniger Platz als ein Mitglied der Familie. Vor ihm steht eine Schale mit Öl und ein Glas mit Rum. Nur Babalú Ayé, der Heilige Lazarus, braucht ein Glas Wasser. Ich breitete mein Halstuch mit dem Blumenmuster über den Altar aus und stellte darauf die Heilige Barbara in den Farben rot und schwarz, die ich in einem Touristenladen gekauft hatte. Mit ihrem Schwert würde sie meine Familie beschützen. Aus der Geldbörse nahm ich das Foto von unserem Mädchen. Sie trägt darauf einen Turban aus geschlungenen Stoffstreifen. Das gleiche Foto hängt an ihrem Grabkreuz. Ich dekorierte den Altar mit Steinen von der Straße und Hibiskusblüten von Parksträuchern. Ich hatte eine Frau mit echten Hibiskusblüten im Haar gesehen. Sie war nach Feierabend mit ihrem Besen über die Plaza de San Francisco getanzt. Meine Lieblingsblume ist die Rose. Ich habe in Havanna keine Rose gefunden.

In der Nacht träumte ich wieder. Zwei Uniformierte trugen mir auf, den Pass unseres Mädchens herzuzeigen. Ich rief sie an, erreichte sie aber nicht, da fiel mir ein, dass sie tot war, und ich ging in ihre Wohnung in der Haberlgasse in Ottakring, die Vorhänge warfen ein gnädiges Licht auf das Chaos. Es roch nach Zigarettenrauch. Im Aschenbecher brannten noch zwei Zigaretten. Unser Mädchen hatte die Angewohnheit gehabt, eine Zigarette an der anderen anzuzünden, hatte die eine vergessen und eine dritte angeraucht. Wäschehaufen lagen herum, ihr Schlafanzug aus Flanell mit der Aufschrift *Gute Nacht, mein Kind, der Abend war heute so schön*. Aus einem Wäschehaufen kroch ein winziges Fräulein. Bitte, verraten Sie mich nicht! Ich habe die Erlaubnis, mich so lange zu verstecken, bis die Gefahr vorüber ist. Welche Gefahr? Da bewegten sich ein zweites und ein drittes Fräulein unter dem Kleiderhaufen. Das sind meine kleinen Brüder, sagte das Fräulein. Aber das sind doch Mädchen und nicht Buben, sagte ich. Sagen Sie bitte niemandem, dass Sie uns gesehen haben, flüsterte das Fräulein. Bitte!

Dann wachte ich auf.

Mein Zimmer lag im obersten Stock des Hotels, das Dach war die Terrasse. Ich hörte Trommeln und Stampfen, es klang, als würde ein Heer auf das Hotel zumarschieren. Was, wenn Fidel Castro gestorben ist, und sein Bruder, der Armeechef, die Macht ergriffen hat? Die Angst war finster und formlos und komisch zugleich. Man erzählte sich, Fidel lebe nur noch im Pyjama und trage unter der Armbanduhr die bunten Bänder seines Santos. Es trommelte so heftig und marschierte auf meine Zimmertür zu. Ich saß aufrecht im Bett.

Der Hotelangestellte, der mir beim Frühstück immer als erster den ofenfrischen Rosinenkuchen servierte, sagte am nächsten Morgen, die Band habe sich in der Nacht auf der Dachterrasse in Trance getrommelt und sei daraufhin entlassen worden.

Auf dem Weg zur Frau in der Schachtel trugen mir kubanische Männer ihren Standard vor:

»Where do you come from?«

»What's your name?«

»You want to dance salsa with me?«

»I will marry you, if you want.«

»I need you.«

Die Männer versperrten mir den Weg, wie ihn mir ihre Kinder auf dem Revolutionsplatz versperrt hatten. Sie standen eng beieinander, ein Arm berührte den anderen. Die an den Seiten schwenkten ein, und dann war ich in ihrer Mitte, und von außen konnte man mich nicht mehr sehen. Und nun drängten sie mich in eine Seitengasse. Einer bot mir Zigarren an. Zehn Dollar für eine Schachtel. Ein Viertel des offiziellen Preises. Ich solle ihm dafür Milchpulver besorgen. Er geriet in Panik wie ein Süchtiger. »Für mein Baby!«, brüllte er. »Für sein Baby!«, brüllte nun auch der neben ihm. »Ich will die Zigarren nicht«, sagte ich. »Sie sind nur für dich«, sagte ein dritter. »Schau sie an, sie haben alle die gleiche Farbe. Originale!« Er zog eine Zigarre aus der Packung schüttelte sie. »Schau, keine Tabakstücke fallen heraus! Und sie riechen alle gleich wunderbar perfekt! Die Länge, genau alle gleich lang, bis auf den Millimeter. Kleines Siegel hier, großes Siegel da.« »Es sind aber nur sieben Stück in der Packung«, sagte ich. Der größte von ihnen stellte sich so nahe vor mich hin, dass es vor meinen Augen dunkel wurde. »Du willst also, dass das Baby meines Freundes wegen drei Zigarren stirbt?« »Das will ich nicht«, sagte ich. Er breitete die Arme aus, die anderen traten zurück. »Sie will, dass Ernestos Baby wegen drei Zigarren stirbt.« Die Männer nickten bedächtig und machten mir den Weg frei. »Sie will, dass das Baby von Ernesto stirbt.« Der Mann, der wohl Ernesto war, sagte: »Sie sind frei, Lady. Gehen Sie!« »Ich werde alles tun, was Sie wollen«, sagte ich. »Sie sollen tun, was *Sie* wollen«, sagte Ernesto. Ich legte meine Geldbörse in seine Hände.

Sie liefen auseinander, und da sah ich am Ende der Gasse meinen Fahrer.

»Schau keinem in die Augen«, sagte er. »Man sieht es dir an.«

»Was sieht man mir an?«, fragte ich. Aber ich wartete nicht auf seine Antwort, sondern ging mit gesenktem Kopf.

Ein schwarzblauer Hund lag mitten auf der Straße. Die Blutspur führte zu seinem Ohr. Schlief er in der Sonne? War er krank? Oder war er tot? Ich ging um ihn herum und betrachtete ihn. Ich kenne mich mit Hunden nicht aus. Zuhause fürchte ich mich vor ihnen.

Die Frau saß in der Schachtel und hielt Audienz. Ich stellte mich am Ende der Schlange an. Die Leute fragten, bekamen Antwort, warfen Geld in die Silberschale und gaben Zigaretten.

Ich zeigte der Frau das Blatt, das mir in der Totenstadt zugeflogen war. Sie sah mich an und kicherte wie ein Schulmädchen. Sie bot mir eine Zigarette an. Ich rauche seit zehn Jahren nicht mehr, traute mich aber nicht abzulehnen. Es war eine gedrehte dünne Zigarette, mir wurde schlecht davon.

»Wenn du Geld brauchst, nimm es dir«, sagte sie.

»Warum willst du mir Geld geben?«, fragte ich. »Gibt die Heilige Geld, wenn sie nicht helfen kann? Nimmt sie Geld, wenn sie helfen kann? Ich möchte lieber Geld geben.« Ich hielt ihr das Blatt vor die Augen. »Wer wohnt bei dieser Adresse? Wer nimmt den Hörer ab, wenn ich diese Nummer anrufe?«

Sie zog an ihrer Zigarette. Dann sagte sie: »Das Parfum. Du riechst gut. Hast du das Parfum bei dir? Gib es mir!«

Ich legte den Flakon in ihre hohle Hand. »Und jetzt?«, sagte ich.

Und sie sagte: »Die Nächste!«

Ich hätte mir wenigstens gewünscht, dass sie über mein Haar streicht. Alles entgleitet und vergeht. Diese Welt ist eine Manufaktur zur Herstellung von Zigarren, Fahrrädern mit breiten Sitzen für Touristen, von Zucker und Milchpulver, von Arbeitsschürzen und Maschinengewehren, und ich will darin funktionieren.

Ich traf Frauen mit Besen, Kübeln und Putzbürsten in den Händen. Eine schob den Schlauchwagen. Sie sangen:

Heute putzen wir dich, José Martí
Dein Denkmal putzen wir
Du, unser Poet!
Wir bürsten dich mit Seife
Spritzen dich mit Wasser ab
Und polieren dich
Wir küssen deine Füße
Die in einen einzigen Kuss passen

Aus der Putzkolonne trat eine Frau. Sie hielt die Hand vor mein Gesicht und sagte: »Warte!« Im selben Augenblick hob sich der Kanaldeckel und eine Wasserfontäne stieg in den Himmel. Sofort fiel sie wieder in sich zusammen.

Die Frau zog mich vor den offenen Schlund und sagte: »Steig hinunter, und es wird alles gut werden.«

»Ich habe meine besten Schuhe an«, sagte ich.

»Was für eine Größe?«, fragte sie.

»38.«

»Zieh sie aus und gib sie mir!«

Ich gab ihr die Schuhe, drehte mich um und ging in Strümpfen davon.

Ich war vom Scheitel bis zu den Zehen nass gespritzt. Mein Fahrer kam mir mit seinem Gefährt entgegen. Er schwenkte ein Handtuch und blieb stehen und trocknete mir meine Haare, tupfte sie sanft ab, und ich liebte die Berührung. Gern hätte ich geweint.

Er betrachtete das Blatt aus der Totenstadt, las die Adresse. »Das wird heute knapp«, sagte er. »Guanbacao liegt an der Stadtgrenze von Havanna, mit meinem Taxi nicht einfach, aber es ist möglich. Sie müssen mit 70 Dollar rechnen. Geht das in Ordnung? Wenn wir Glück haben, sehen wir Zunzuncitos. Die werden Ihnen Glück bringen. Diese kleinen Vögel haben viel Glück übrig, müssen Sie wissen. Dem Zunzuncito ist nämlich genauso viel Glück gegeben worden wie jedem anderen Vogel. Aber er ist der kleinste Vogel der Welt und braucht nicht so viel wie die anderen, und deshalb hat er einen Überschuss. Die Weibchen sind ein bisschen größer als die Männchen, dafür leuchtet das Gefieder der Männchen kräftiger. Die Männchen haben also mehr Glück zu vergeben.«

Er reckte mir seine Brust entgegen. Sein Hemd war gelb, und es glänzte.

In der Straße waren Löcher, so breit und tief, dass mein Fahrer abstieg und mich schob. Ich wollte ebenfalls absteigen, aber er befahl mir, sitzenzubleiben. Er war zehn Jahre jünger als ich, ein Athlet mit einem Rückgrat wie eine Himmelsleiter und nervösen Bewegungen und abgekauten Nägeln.

Als er mich sicher über die Risse und Krater gebracht hatte, wischte er sich die Haare aus der Stirn und sagte: »Jetzt können wir eine Pause machen, wenn Sie es wünschen.«

Wir setzten uns an den Straßenrand. Ich zeigte ihm das Foto von unserem Mädchen. Er sah das Bild lange an und drückte meine Hand.

Es war eine offene Wohnung an der breiten Straße, ohne Tür und ohne Fenster, ein Loch. Im Dämmer der Mitte saßen ein Mann in einem weißen Hemd und eine alte Frau, sie hatte ein rosarotes Handtuch über ihren mageren Schenkeln. Vor den beiden stand eine Kiste mit Orangen.

Mein Fahrer blieb vor der Schwelle stehen. »Gehen Sie hinein!«, flüsterte er. »Sie ist seine Mutter, sonst nichts. Er ist der Babalao.«

»Buenas tardes«, sagte ich.

Niemand antwortete mir. Der Mann warf mir einen schnellen Blick zu, dann schälte er seine Orange weiter. Ich stand zwei Armlängen vor den Schaukelstühlen, in denen die beiden saßen, und wartete. Ein lindgrüner amerikanischer Kühlschrank war das größte Möbelstück im Raum, darauf stand ein Fernseher, in dem ein amerikanischer Zeichentrickfilm gezeigt wurde. An die Wand war ein Bild geschraubt, das ein junges Mädchen zeigte, vielleicht einundzwanzig, aufgesteckte Haare, schwarze Augen, voller Mund. Als wär's das Amulett an einer Halskette, hing vor dem Portrait ein Strauß getrockneter Minze. Unter dem Bild auf einer Konsole waren eine Büste von Che Guevara, eine blaue Madonna, so groß wie ein Neugeborenes, ein Oberschenkelknochen und ein Totenkopf arrangiert.

»Zeig ihm das Foto von deinem Mädchen!«, rief mir mein Fahrer von draußen zu.

Ich reichte das Bild der alten Frau, und sie gab es, ohne einen Blick darauf zu werfen, ihrem Sohn weiter.

Der sagte zu mir in gelangweiltem Ton: »Zieh deine Schuhe und Strümpfe aus und knie dich nieder!«

Er schob die Orangenkiste beiseite, setzte sich eine mit Glasperlen verzierte Kappe auf den Kopf und hängte eine mit Glasperlen verzierte Kette um seinen Hals. Die Perlen auf der Kappe waren bunt und schienen mir willkürlich angeordnet, die Perlen der Kette waren größer und alle gelb.

Ich drehte mich noch einmal um. Der Fahrer war verschwunden. Ich zupfte die Strümpfe von meinen Füßen und kniete nieder. Hinter mir war die Straße. Ich wusste, dort ging das Leben weiter. Frauen eilten mit Einkaufstaschen vorüber, Kinder fuhren auf Dreirädern, die der Papa gezimmert hatte, Zigarren rauchende alte Männer schauten auf meinen Rücken. In einer Stunde wird alles vorbei sein, dachte ich. Im Fernseher auf dem Kühlschrank sah ich einen Pfeil fliegen, und der Pfeil nagelte einen Hasenkopf an die Wand.

Der Babalao legte sich Notizblock und Bleistift bereit. Er griff neben sich in eine Blechbüchse, nahm eine Kelle voll weißer Perlen heraus, schüttete sie in seiner Hand, schüttelte sie kräftig und gab sie an mich weiter, damit ich das Gleiche tue. Dann öffnete er vorsichtig meine Hände, betrachtete das Muster, das die Perlen darauf bildeten, nickte und schrieb in den Notizblock. Diese Prozedur wiederholten wir zwanzig Mal. Meine Knie taten weh. Die alte Frau war eingenickt, das Handtuch lag nur noch auf einem ihrer Schenkel.

Der Babalao erhob sich, sagte, auch ich dürfe jetzt aufstehen, ich solle meinen Rücken ordentlich durchstrecken, dann gehe es mir gleich wieder gut. Er lächelte und reichte mir die Hand. »Es ist genug jetzt«, sagte er. »Geh und amüsier dich!«

Ich gab ihm zwanzig Dollar. Er wollte, dass ich die Scheine küsse. Geld küssen. Von mir aus. Mir war alles recht. Ich küsste und ging.

Es war Abend und die Straße ohne Beleuchtung. Ich hörte die Stimme meines Fahrers. Er rief nach mir. »Lady!«, rief er, ich erkannte seine Stimme, und wusste, er meinte mich. Er kam mit ausgebreiteten Armen auf mich zu, hob mich hoch und trug mich zu unserem Gefährt. Er fuhr mich über finstere Straßen, sein Taxi hatte kein Licht, und die Fahrräder, die uns entgegenkamen, hatten auch kein Licht und die Autos auch nicht. Ich fürchtete mich. Aber mein Fahrer lachte nur und sagte, ich solle seine Tapferkeit nicht unterschätzen, Changó, der Gott der Männlichkeit, sei mit ihm. Er reichte mir eine Orange und sein Taschenmesser nach hinten. Das Messer war scharf wie eine Rasierklinge. Ich rutschte aus und schnitt mir in den Finger, bis auf den Knochen so tief. Das Blut rann über das Handgelenk. Ich wischte es ab und wickelte den Finger in meine Wolljacke.

Dann waren wir beim Hotel, und ich bat den Mann an der Rezeption, den Fahrpreis zu bezahlen und den Betrag auf meine Rechnung zu schreiben. Meinem Fahrer wollte ich nicht die Hand geben, weil mein Finger unter der Wolljacke so stark blutete und er kein schlechtes Gewissen haben sollte. Ich stellte mich vor ihm auf die Zehenspitzen und küsste ihn auf den Mund.

Durch die Lobby zog sich eine Blutspur, im Lift bildete sich ein Fleck auf dem Teppich, im letzten Stock führte die

Spur bis zur Nummer 417. Der Hotelangestellte, der mir am Morgen immer das erste Stück vom frischen Rosinenkuchen servierte, kam mir nachgelaufen und rief: »Lady kommen Sie, ich werde Sie erlösen.«

In der Nacht kam unser Mädchen und sagte: Schreib dem Papa einen langen Brief, ich bleib so lange bei dir sitzen. Da nahm ich alles Papier, das ich hatte und schrieb. Sie saß still an meiner Seite. Ich wollte nicht, dass sie weggeht, deshalb schrieb ich das Leintuch voll, von oben nach unten von links nach rechts. Als es draußen schon hell wurde, sagte unser Mädchen: Schlaf jetzt, Mama! Und sie war fort.

Die Bar im Freien 2

»Long, Long, mach die Tür auf, ich bin es, Bao, deine Schwester. Wenn du die Tür nicht aufmachst, klettere ich durch das Dach.«

Nichts rührte sich im provisorischen Haus. Das war so einfach gesagt. Wie sollte sie auf das Strohdach klettern? Sie fand nichts, wo sie hätte hinaufsteigen können. Rund um das Haus war es sumpfig, und ihre Beine waren bis zu den Knien voll Schlamm. Long hatte sie gesehen und sich auf den Boden gesetzt. Er wusste, seine Schwester wollte von ihm aufgenommen werden. Weil sie nicht zufrieden mit dem Inder war. Der Inder hatte nicht schlecht bezahlt, und hätte er Bao zurückgenommen, müsste er auch das Brautgeld zurückgeben. Das war nicht mehr da. Er hatte damit einen neuen Computer gekauft.

Weil Long nicht öffnete, setzte sich Bao in den weichen

Dreck, direkt vor die Tür. Irgendwann würde er über sie stolpern. Sie sang das Lied von den Tierkreiszeichen:

Ratte fett,
Ochse stark,
Tiger, Tiger,
Hase bin ich und Drache bist du,
Schlange, die Schwester,
Pferd, Schaf, Affe sind meine Freunde,
der Vater Hahn,
die Mutter Hund.
Wer das Schwein?
Das Schwein wird mein Mann sein,
wenn ich einmal groß bin,
wenn ich einmal groß bin.

Bao hatte sich ganz dicht an die Tür gedrückt, mit angezogenen Beinen, ihre Füße waren ziemlich klein, für diese Füße gab es nur Kinderschuhe. Sie sah den Inder auf das Haus zukommen. Ich werde mich totstellen, dachte sich Bao. Gleich höre ich auf zu atmen, gleich, wenn er über mir ist. Sie spürte seinen Fußtritt in ihrem Bauch. Sie rührte sich nicht. Ich werde tot sein, und Long wird sein ganzes Leben nicht mehr froh. Der Inder schrie und hämmerte auf die Tür, sie öffnete sich, mit einem weiteren Tritt schob er Bao in das Haus. Long saß auf dem Boden und stellte sich tot, im Sitzen gestorben, das hat es schon gegeben. Der Inder kippte ihn um, wie man ein Möbel umkippt. Er lag nun zusammengerollt neben Bao. Auf der Feuerstelle kochte Suppe. Der Inder übergoss die beiden, da sprangen sie auf und liefen zum Fluss. Ihre Kleider flammten wie Fackeln. Sie ließen sich in den Fluss fallen und treiben. Long sagte: »Verschwinden wir, bevor uns die Krokodile verschlingen.«

Eng aneinandergeschmiegt, warteten sie bis zur Mitternacht. Da ging Long, um den Europäer zu suchen. Er wusste, bei der Bar im Freien würde er ihn finden. Bao grub sich ein Erdloch und legte sich hinein.

Der Europäer saß auf den Hintern umgekippter Schwarzer und trank Bier aus einer Tasse.

»Ich bin auf deine Hilfe angewiesen, Europäer«, sagte Long. »Du musst meine Schwester bei dir aufnehmen, bis ich den Inder beseitigt habe. Vielleicht gefällt sie dir auch.«

Gemeinsam gingen sie zum Fluss. Anstelle von Bao lag ein Hase im Erdloch.

»Den brate ich dir, Europäer«, sagte Long, »ich habe da ein verführerisches Rezept aus meiner Heimat.«

INHALT

Verbrecherkartei

Böse Zeichen

Virtuelle Pflanzen

Blaue Pflaumen

Armer Leute Kind

Irrsal und Wirrsal

Wer bist du?

Im Erdenreich

Guerillas

Wieder beim Psychiater

Eingeborene

Messer ins Herz

Wie alt ist die Seele?

Die Bar im Freien